让 我 们 一 起 追 寻

恶魔之城 City of Devils

日本侵华时期的上海地下世界 A Shanghai Noir

〔英〕保罗·法兰奇 **作品**
（Paul French）

兰莹 **译**

社会科学文献出版社
SOCIAL SCIENCES ACADEMIC PRESS (CHINA)

本书获誉

法兰奇先生堪称一流的上海故事讲述者。

——《经济学人》

毒品、堕落和风月场等主题总是很受欢迎……法兰奇以充沛的精力和热情讲述了这一切。

——加里·克瑞斯特（Gary Krist），《纽约时报》

节奏快而情节奇……除悬疑怪谈之外，作者还生动地描绘了日军占领前夕的上海……对喜好最阴暗罪案故事的读者来说，这个没有英雄的卡萨布兰卡正合口味。

——《科克斯书评》

叙事生动而又考据严谨，为读者展示了某个俗丽野蛮的国际化大都市最终泯灭于暴力的过程。

——《金融时报》

《恶魔之城》不容错过……作者认真考证，书中的生动细节紧紧抓住了我的心。我自己就是上海人，这本书于我仿佛时空胶囊，密封着这座城市迄今为止尚不为人所知的前尘旧事，以及那些早已逝去的激情和苦难。

——裘小龙，著有侦探小说"陈警探"系列

书中讲述的真实历史罪案带你回顾 1930 年代的那个颓废、疯狂、美丽的上海，一个就五花八门的邪恶和暴力事件而言，与实行禁酒令的芝加哥不相上下的地方。在那个年代，一位前美国海军拳击手成了上海的"老虎机之王"。

——《新闻周刊》

保罗·法兰奇的《恶魔之城》仿佛一部黑色犯罪电影，将怀旧之情发挥得淋漓尽致，讲述了两次世界大战之间，关于上海的流亡者和罪犯的那段既光鲜又肮脏的历史。

——《纽约杂志》

本书对"东方巴黎"的腐化、美丽和疯狂的捕捉极为出色。在 J. G. 巴拉德的《太阳帝国》和安德烈·马尔罗的《人类的命运》之后，我就未再读过这样的作品……我认为对《恶魔之城》无论怎样推崇都不过分。

——阿德里安·麦金蒂（Adrian McKinty），

著有侦探小说"刑警肖恩·达菲"系列

《恶魔之城》被归类为"纪实文学"，大体说明此乃一个叙事和文笔俱佳的历史故事。以 1930 年代近乎无法无天的上海滩为背景，这本有着黑色罪案小说风格的著作描写了真实的案件，讲述了两个白手起家的男人……在那个堕落城市倾覆前夜的浮沉史。

——詹姆斯·塔米（James Tarmy），彭博新闻社

在《恶魔之城》中，法兰奇先生深挖这座大都市那令人厌恶的一面，聚焦那个时代难登大雅之堂的元素，如毒品、枪支、黑帮、赌博和贪污。在当时，那个无法无天的上海被嘲笑为"黄浦江上的芝加哥"。在法兰奇笔下，它看起来腐败而危险，但同时诱人得不可思议……

——莫拉·坎宁安（Maura Cunningham），

《华尔街日报》

少有作家能比保罗·法兰奇更擅长将犯罪故事和社会历史，以及新闻的精度和小说的广度融合在一起。在他的作品中，时代和地点被描绘得如此引人入胜，故事被讲述得如此生动及令人痛心，以至于阅读几页后，读者的心就会完全被它们俘获。如果你喜欢理查德·劳埃德·帕里和大卫·格兰，就不要错过《恶魔之城》。

——"爱伦·坡奖"得主梅根·阿博特
（Megan Abbott）

它读起来更像是本冒险小说，而非经年累月的学术研究造就的详尽论文。你从一开始就会被它吊起胃口。老实说，我已不记得上次遇到如此引人入胜且读起来津津有味的非虚构作品是什么时候了。我一头扎到水下，读完半本书后才想起浮出来透口气。

——"罪案元素"网站（*Criminal Element*）

献给 A. V. W.

我难以形容人们的所作所为有多可怕，后来有段时间我几乎要认为自己生活在恶魔之城里。

——查尔斯·狄更斯

上海是一座充斥着罪恶和暴力的城市：有人腰缠万贯，有人身无分文；有飞速旋转的赌盘、时而爆响的霰弹枪、声嘶力竭的乞丐……上海是一座俗丽的城市，随处可见难民和种种非法勾当。

——瓦尼娅·奥克斯（Vanya Oakes），

《白人荒唐记事》（*White Man's Folly*，1943）

上海。造在地狱上的天堂！

——穆时英，

《上海的狐步舞》（1934）

我们确实都是恶魔手中的牵线木偶。

——夏尔·波德莱尔

目　录

1941年的上海

公共租界

"歹土" 百乐门

麦特赫司脱路

麦特赫司脱路

小沙渡路

大华饭店

静安寺路

爱文义路

爱情路

爱多亚路

古拔路

雷米路

西爱咸斯路

1941年的"歹土"

极司菲尔路

法伦夜总会

栀子花

大西路

海路路

德尔蒙特

铁丝网
封锁区

前　言

　　我曾在上海居住多年，每天在这座城市的街头漫步，沉浸于它独特的氛围。尽管数不清的摩天大楼拔地而起，高速公路在空中纵横交错，我闲暇时仍在其中寻找历史的痕迹。我在这座城市中闲步，试图重现当年以上海公共租界为家的外侨的生活。在20世纪的最后二十五年中，上海的面貌焕然一新。1950年代早期，这座城市的港口实际上已近于停运；而在接下来的四十余年中，情况几乎没有改变；直到1990年代中期，上海才再次繁荣发展。20世纪末21世纪初，我居住过的这座城市以惊人的高速进行城市建设：人们似乎毫无顾忌地拆除老旧失修的建筑，热衷于尽快建起崭新闪亮的大楼。然而，昔日那座城市仍未消逝。

　　上海易使人怀旧。这座大都市里属于历史遗留的建筑环境正不断被侵蚀。那些装饰艺术①和现代主义建筑

---

　　①　装饰艺术演变自19世纪末的新艺术（Art Nouveau）运动，同时结合了机械美学的一种建筑装饰风格，多采用机械式的几何装饰线条。——译者注

遗存的最后残余正迅速消失，同样消失的还有狭窄逼仄的传统"下只角"①、弄堂、石库门民居及里弄住宅。上海确实会定期做些努力，尝试唤起人们对两次世界大战之间的那个全盛时期的记忆；但事后想来，每次追忆过去的努力都使记忆更加支离破碎。现在，若想在某条里弄中、某栋古旧建筑里或城中河浜两岸上一瞥上海旧日的魅力和风华（我发现一天当中进行此类活动的最佳时间是黎明或薄暮时分），需要有更强大的想象力。试图理解上海旧时居民的所思所为时，我的探索总是集中在这一度辉煌的国际大都市更深的底层，即上海外侨社会的阴暗面。这里的男男女女鲜被记述，很少能从城市的荣光或惊人财富中受惠，甚至在城市的备忘录和正式记录中也难觅他们的踪迹。然而，这些流浪者、穷困的流亡者、陷于困境的难民、游手好闲的临时过客、被淘汰的投机者和男女骗子的故事深深地吸引了我。我追寻那些来到中国沿海，选择在这座城市的犯罪中心生活，宁愿隐匿在小巷和偏僻街道里的外侨的踪迹。他们既不

---

① 指 1949 年前上海的贫民区，主要包括华界和城乡接合的地区。——译者注

高贵，也不英勇，而且毫无例外都是谎话连篇者和骗子。他们称得上一无是处，还全都有可怕的缺陷。他们常住上海，因为他们要摆脱执法者的紧追，并且一如既往地，留给他们的选择极少。但许多人都有独特的风度或潇洒的派头，有自己的特殊天分。我下了很大功夫来寻找他们，其踪迹尽管模糊不清且粗略有限，但还是有所留存。

《恶魔之城》取材于真人真事，是我从目击者和参与者的口中，以及当时的媒体报道中能得出的最接近事实的推测成果。鉴于此中所涉及人士的本性，对于他们不愿为外人所知的生活方式、蓄意隐藏历史、伪造姓名甚至修改出生日期的做法，以及犯下的和（或）教唆他人犯下的罪行，我们已经不可能得到完整的记录。即便确有记录留存，它们也称不上完整详细，而是充斥着歪曲的事实、笔误，以及因战争与灾难而更加扭曲的谎言，无法满足学院派史家的要求。尽管有不利条件在前，但我已尽最大努力遵循史实。当然，所有主要角色现在都已逝去；然而，即使他们在世，我也确信他们会否认一切，就像当年一样。

凭借形形色色的原始资料或消息来源，我勾勒出了这个故事。现在距离书中事件的尾声已过去七十五年，原始信息很难获得。幸运的是，有些经历过那个时代的人仍然在世，还有些人曾把自己的经历讲给子女或孙辈听。我在后记部分向他们表示了感谢。我广泛查阅了二手资料，包括上海公共租界工部局警务处及警务处特别部的档案、上海公共租界工部局的年度报告、英国和美国领事馆的资料、上海美国在华法院的记录，以及美国海军陆战队的卷宗。我也利用了中国沿海城市当时发行的报刊，特别是《密勒氏评论报》（*China Weekly Review*）、《大陆报》（*China Press*）、《字林西报》（*North-China Daily News*）、《上海泰晤士报》（*Shanghai Times*）、《购物新闻》（*Shopping News*）、《京津泰晤士报》（*Peking and Tientsin Times*）和《哗啦哗啦》（*Walla-Walla*）[①]。正文中出现的《购物新闻》片段选自真实出版的历史文章，只是增加了一两点次要内容以提高叙事的趣味性。

在两次世界大战之间，各国语言在上海这处通商口岸汇聚，而我也试图重建这座语言学层面的巴别塔。当时上海除英语（即使是英语也分英国英语、爱尔兰英语、美国英语和澳大利亚英语等数种变体）外，还有

---

① 美国海军陆战队第四团创办的周刊。——译者注

居民讲意第绪语①、德语、俄语、葡萄牙语、法语、意大利语、西班牙语、塔加拉语②、朝鲜语和日语。当然，上海也是中国各地方言，包括官话（北平话）、粤语以及必不可少的上海话的大熔炉。我用了传教士季理斐（Donald Mac Gillivray）的《英华成语合璧字集》（*A Mandarin-Romanized Dictionary of Chinese*，1930 年第 8 版）来规范威妥玛式拼音体系，使相关表述符合标准。也就是说，大多数的罗马化拼音在汉字里没有明确的对应。

需要注意的是，大多数俚语、咒骂、具有种族侮辱性质的表达方式、俗语及术语是当时当地的特殊产物。如果不考虑故事发生的时间和地点，它们可能会使现代人反感。在写作过程中，我力图使用当年回忆录和报纸上最常见的单词和短语，其中有许多会被视为无礼；然而若非出于历史准确性的考虑，我确实无意从故纸堆中将其翻出。在两次世界大战之间，上海当然是高度国际化的；但居住于此的中外人士以多种正式或非正式的方式被隔离开来。有时，两个圈子会有所交叉，其中的少

---

① 中东欧犹太人及其在各国的后裔说的一种从高地德语派生的语言。——译者注
② 菲律宾马尼拉地区的方言。——译者注

数犯罪分子或大多数守法良民的生活轨迹也会重叠。对本书中的大部分角色来说，上海永远是那个他们居住、娱乐和从事犯罪活动（主要同其他外国人一起）的中国城市。

1930 年代末 1940 年代初，上海的通货膨胀不断升级，因此无法以现在的货币单位来计算当时的物价。在那个时代，多种货币在上海并存，只要人们认为可靠，从金条到印度卢比的任何东西都可以用来做生意。在"歹土"的时代，墨西哥鹰洋①是最值得信赖的货币，它们被大量进口。中国银行发行了面值为一元、五元、十元、五十元和一百元的纸币。然而，通货膨胀带来不少麻烦，同时伪造纸币的现象一度猖獗。造币者也铸造假铜币，而三百枚真铜币等于一枚鹰洋。经粗略估算，当时上海的鹰洋总量大约相当于 2017 年美元总量的六分之一。

保罗·法兰奇

2017 年 8 月于伦敦

---

① 墨西哥银圆的正面铸有该国国徽图案中的鹰，因此也被称作鹰洋。——译者注

引　言

　　上海是列强通过鸦片战争攫取的战利品。英国为将鸦片引入中国国门而发动了战争。该毒品给"中央帝国"带来痛苦和死亡，虚耗她的国库；与此同时，西方列强却赚得盆满钵满。在获胜后签订的不平等条约中，外国人要求获得上海作为战利品。在英国炮舰的炮口下，中英签署了史上罕见的不平等条约，将上海从中国的肌体中生生剥离出来。于是在这里，在靠近长江入海口的黄浦江两岸，在这个通向中国广大内陆地区的门户，一座奇怪的城市畸形地成长起来。外侨来到这里，建设这座城市，并把上海形容为"一盏明灯"，认为它展现了现代化和自由贸易的好处，照亮了未开化的中国的暗夜。对其他人来说，这座弱肉强食的城市是一块磁石，吸引了冒险家和游手好闲者；是溃烂性甲状腺肿；是一块被窃取的领土。然而笑骂由人，上海自顾自地生长发展。这个曾经躲在围墙后，在劫掠成性的海盗面前瑟瑟发抖的小渔村，变成一座国际化的"通商口岸"；1930 年代，它成为世界第五大城市。世界各地的语言在这里叽里呱啦地响成一片；形形色色的行政机构在这里各立山头，十分混乱。来自几十个国家的、大有前途的冒险家，怀着共同的简单信念——"钱"以及"挣钱"——走到一起。各传教使团都把给中国带来光明当作使命而努力着；周日恨不得有一百个不同的教派在布道，而在这些布道中，上海被描述成罪恶之城索多玛的疯狂化身。上海成为一个传奇，代表"野蛮的东方"。1920 年代，面积仅为 9 平方英里的公共租界已成为 350 万人的家园。

公共租界实行自治，因为上海是通商口岸，不同于新加坡那类殖民地；这里是征服者做买卖并聚敛财富的地方。公共租界由经选举产生的工部局管理，其成员绝大多数是自称上海人（Shanghailander）的外侨。后来，它不情愿地接受了几位华人。外国人掌权的工部局警务处是执法机构；如有需要，万国商团①会召集士兵，补充外国驻上海的兵力，从而保护租界。公共租界中存在

---

① 万国商团（Shanghai Volunteers）于 1853 年成立，前身是英美等国以保护其侨民为名组建的上海义勇队。它是租界的准军事化武装力量，于 1943 年解散。——译者注

14 股列强势力，它们是比利时、巴西、丹麦、法国、意大利、日本、荷兰、挪威、葡萄牙、西班牙、瑞典、瑞士、英国和美国。欧美列强从摇摇欲坠且软弱的清政府手中攫取通商口岸的种种权利，在公共租界内自设领事馆和法庭。在租界内，外侨不受中国司法的约束，只服从于本国司法。此项治外法权意味着美国人只会被美国法庭传唤，英国人只接受英国法庭传唤，以此类推。后又设立会审公廨，以便处理中外人士之间的法律事务。会审公廨中由华人出任正会审官，然而开庭时一位外国陪审官会陪坐其侧。

法国人拒绝加入公共租界，在附近保留了自己的租界，有自己的公董局、巡捕房、军队和司法系统。两处租界的北部和西部毗邻广阔的华人区。紧邻租界边界的马路由于各方角力，反而成为真空地带。当中国陷于对日战争，局势每况愈下时，曾经绿树成荫的沪西越界筑路地区①便摇身一变，成为汇聚赌博、毒品和违法活动的"歹土"。

---

①　上海公共租界从 1860 年代开始在界外筑路，后来法租界也加入进来。越界筑路围出的区域被称为越界筑路地区，是租界势力取得了一定行政管辖权的"准租界"。——译者注

上海是中国领土，却被外国势力占据，这是清王朝积贫积弱的最直接体现。1912 年，延续 267 年的清政府倒台，中华民国成立，很快中国又陷入手足相残的内战。各地军阀林立，他们豢养了私人军队，忙于裂土分疆。1920 年代，他们控制的中国领土面积几乎等于整个欧洲。中国似乎一直处于崩溃的边缘，看上去马上就要退回战国时代。然而，在这一片混乱中，上海屹立不倒，繁荣发展。

在两次世界大战之间，上海是那些无处可去也没人愿意收留之人的家园。它的公共租界、法租界和"歹土"接收了逃亡者、难民和那些没有身份证件的人，接纳了那些远离经济大萧条和贫穷，想要来此地淘金的冒险家，收留了那些逃离法西斯主义和俄国革命，在此寻找避难所的绝望者，也为那些希望建立犯罪帝国和想要忘记过去的人提供了安身立命之处。这座城市对他们一无所求——不要求签证，不要求资金，更不要求地位。上海成为"再造"之城，它将古老的中国重塑为某种金光闪闪的、更现代的东西。在这里，一个中国农民不必像他的祖先那样吃苦受累就能发家致富。某个孤儿出生在美国中西部一处只有冷水供应的公寓里，他从

有最严密安全防范措施的监狱中越狱后，也在这里利用
"吃角子老虎机"、轮盘赌和暴力变成百万富翁。某个
来自维也纳犹太人隔都的男孩饥肠辘辘却又野心勃勃，
上海将他打造成了赫赫有名的演出经理，实现了其摆脱
贫困的梦想。此人创造了令人眼花缭乱的舞池奇观，他
编排的歌舞演出不比纽约、伦敦或巴黎的任何表演逊
色；他还建立了远东地区史无前例的赌博帝国。

　　然而，没有哪座城市能大到容纳所有的逐利者，即
使是上海也不能。因此，不同的人、不同的国家、不同
的意识形态不可避免地在不断升级的暴力和报复的狂欢
中发生碰撞。而与此同时，入侵的日本军队正在公共租
界的大门外恣意地强奸和劫掠。

　　上海四面受围：东面和南面背靠汪洋大海，在北面
和西面则须面对烧杀抢掠的残暴日本兵。1937 年 8 月，日
本人轰炸上海华界。因为尚无力与欧美列强开战，他们的
攻击绕开了外国租界，于是公共租界和法租界成为"孤
岛"①。日军将过去划定的界线肆意践踏在脚下；之前

----

　　①　从 1937 年 8 月 14 日（"血色星期六"）日本人首次进攻上海地
　　　　区到 1941 年 12 月 9 日日本军队最终占领公共租界，上海的租界
　　　　成为所谓的"孤岛"，这一时期也被称为上海的孤岛期。

确认"势力范围"的协定也成为一纸空文。成千上万的无辜民众被杀害，街巷被烧为白地，华界变得满目疮痍。日本人登堂入室，抢走所有财物，只留下狐妖散布的战争磷火在各街巷中盘旋。能逃走的人都逃走了，但还有许多人被留在这座恶魔之城里。

本书记录了珍珠港事件爆发之前，住在上海的两个男人的真实故事。他们经历了这座城市的垂死岁月，然后，它就被日军全面占领了。乔·法伦（Joe Farren）生于维也纳隔都，原名约瑟夫·波拉克（Josef Pollak），家境贫寒。他初到上海时，是一个舞男；在上海发迹后，他被称为"衣冠楚楚的乔"。他是上海的佛罗·齐格菲尔德①，曾在最华丽的夜总会指导最棒的歌舞表演，最后他的名字在"歹土"最大赌场上方的霓虹灯招牌上闪耀。在上海最终也是最盛大的冒险中，他的搭档是杰克·拉莱（Jack Riley），一个改换姓名和身份的家伙，一个前美国海军士兵、被通缉的越狱犯。此人从沪北条件最艰苦的一处贫民窟起家，最初给人当保镖，

---

① 佛罗·齐格菲尔德（Flo Ziegfeld）是美国音乐剧历史上有着非凡成就的制作人。——译者注

后来成为这座城市的"老虎机之王"，控制了城中的每一台老虎机。

多年来，这两个男人小心翼翼地打着交道，一起变得富有、强大。他们一手为这座城市缔造了"世界罪恶之都"的声名。乔不断攫取，同时对城市里的诱惑来者不拒，只要它们能成为他崛起的踏脚石；贪婪的杰克则不放过任何一个机会。"衣冠楚楚的乔"和"幸运的杰克"狭路相逢，通力协作，发生冲突并最终和解成为搭档，这可真是之前谁都没想到的事。

1940 年 11 月，他们高踞上海"歹土"之王的宝座，那里的街巷就是他们的王国，庞大的夜总会和赌场就是他们的宫殿。与此同时，"孤岛"周边陷入绝望、贫穷、饥饿和种族屠杀的绝境。他们认为自己统治了上海，但这座城市并不这么认为。

这个故事讲述了他们作为上海外侨的地下世界的一员，向权力顶峰攀爬的经过，也讲述了他们垮台的始末，展现了他们走向毁灭时身后留下的足迹。上海曾是他们的游乐场，但那个时期在历史中也不过是昙花一现，只有短短几年。在那个稍纵即逝的瞬间，即便是最疯狂的梦想，也似乎有可能在这座城市里实现。

序幕　恶魔的最后一舞

1941年2月15日

上海"歹土"，大西路，法伦夜总会

"上海已经今非昔比了……"她一再听到别人如是说。这句话如此频繁地出现，已成为公认的观点。人们在外滩附近举办的依然浮华的鸡尾酒会上这样说，在法租界优雅依旧的公寓和别墅里的宴会中也这样说……自1937年8月那个"血色星期六"① 以来，上海就不再是曾经的上海了。

她对这种看法并不赞成。

这并不是说战争、轰炸和日本人没有改变上海，而是说这种改变并非全都是负面的。通货膨胀和社会动荡使人们对金子的需求迅速飙升，她的父亲，一位金条交

① 即1937年8月14日，"八一三事变"爆发后的第二天，在这一天日军轰炸了淞沪地区。——译者注

易商因祸得福，现在赚到了比之前更多的钱。日本人将外国租界团团围住，确实造成了一定的不便：进出港的船舶减少，民航服务名存实亡。许多生活中的赏心乐事也消失了，生活在受保护的"孤岛"可能会有些无聊，但这些都可以克服。

爱丽丝·戴西·西蒙斯（Alice Daisy Simmons）刚满二十八岁。她出生于上海，未婚，是自称上海人的外侨之一，也是她父亲公司的合伙人。对她来说，"孤岛"上的生活激动人心。她的衣柜里塞满了定制礼服和西伯利亚皮草。从她位于法租界的顶层公寓看出去，这座城市入夜时灯火闪耀，好似一只珠宝盒。他们都知道战火几乎已烧遍中国内陆；战时陪都重庆在夜晚会遭到轰炸；没人敢于螳臂当车，拦住渴望征服全中国的日本军队的去路。但在这里，在上海的外国租界里，霓虹灯仍然在闪烁，计程车司机仍然你推我搡地揽客，夜总会一如既往地宾客盈门。

其他外侨女孩已经搭船离开上海，有的南下去了香港，有的远走至澳大利亚，但她留了下来。她的父亲对上海有信心，认为日本人会在此留一片特殊区域来为他们自己创造利润，因此他们不会来侵扰租界，而是会用栅栏把它围好，让上海继续做它一直在做的事：赚钱。她也相信这一点。

于是，她留在"孤岛"，随后发现在这处被围住的避难所里，仍有经济实力住在此地的那些人继续沉迷于享乐；而与此同时，这世界的其他地方已战火连天。这就是1941年的上海。她也是它的一部分。

在2月的某个寒天里，时近午夜，爱丽丝到达位于大西路的法伦夜总会。这是她最喜欢的夜总会，恐怕也是远东地区最大的夜总会。这地方迷住了她。日本人入侵沪西后，允许"歹土"的卡巴莱歌舞厅、赌场、毒窟和妓院在公共租界和法租界中迅速发展，它们拥挤地排列在街头巷尾和林荫大道上。于是，她开始找借口避开闷热会客室里的晚会、无聊的午餐间闲聊和法租界里的咖啡厅。她发现法伦夜总会就在霓虹灯下，就在所谓的"上流社会"之外。这座三层楼高的赌场里充斥着轮盘赌、十一点①和铮琮作响的骰子。

在这里，人人都认识她、尊敬她。其他宾客和她同样兴奋。看门的那位年轻的奥地利流亡者让两扇大门在

---

① 一种纸牌游戏。——译者注

她面前敞开，夸张地鞠着躬，将她引进来，还厚着脸皮冲她挤眉弄眼。门口的安保负责人沃尔特·伦塞（Walter Lunzer）是维也纳人，长得虎背熊腰，但很有魅力。他帮爱丽丝脱下皮草，一位衣帽间的女侍已经送上一只衣架。他打了个手势，示意爱丽丝往吧台走。法伦先生，这处俱乐部的金主，上海战时夜生活的首席导师，已经在那里了，他从立在角落的冰桶里拿出香槟，为她倒满一杯。这只冰桶永远是满的，以备"衣冠楚楚的乔"向他最喜爱的老主顾敬酒。乔吻了她的双颊，举起手中的香槟杯。他们碰杯。他在她耳畔悄声低语，与此同时乐队正在舞池搅起暴风疾雨。她没太听清他的话，但她点头微笑。和"绅士乔"在一起时总是能听到恭维话。

爱丽丝穿过食客和跳舞的人群，不屑理睬他们的问候和邀舞。这些留在上海的家伙算是很幸运了——他们还吃得起牛排，喝得起香槟。虽然这个群体的人数不断减少，但最擅长聚会和赌博的人都来了法伦夜总会。她拾级而上，去楼上的赌场，走向轮盘赌台。她的"同道中人"每夜都聚在那里。爱丽丝喜欢轮盘赌，这游戏的输赢纯靠机遇。只有那些相信高赔率，而且钱包鼓得足以支撑整晚赌博的人才会得到回报。令人惊讶的是，在上海这样一个没人敢打赌说自己能比别人活更久的城市，竟然会有这么多人对轮盘赌台顶礼膜拜。然而，赌桌边挤满了人，没有空凳子了，但她知道他们总是能给她找个位子的。

她通常在晚上来这儿，先跟赌场经理杰克·拉莱，也就是"绅士乔"的搭档聊会儿天。乔是个温和的人，有着中欧人的高雅，而杰克这个率直的美国佬也自有其粗野的魅力。但今晚，她知道杰克不会在这里，她听说杰克和法院有点麻烦，正敛迹蛰伏。有些人认为他已经不告而别，其他人则说他正潜藏于虹口的"小东京"①。如果警方（或者说上海仅存的执法机构）执意要把他投入监狱的话，他就不会再出现了。

她停下脚步，和几个朋友碰杯，祝大家今晚有好手气。这些人也爱在法伦夜总会的轮盘赌台边消磨夜晚。然后她向赌台走去，决定去看看今晚好运之神是否会护佑自己。杰克的副手、暂代赌场经理艾伯特·罗森鲍姆（Albert Rosenbaum）看见了爱丽丝，向她眨眨眼。他拍

---

① 日本侨民的居住区。——译者注

了拍一位衣着华丽的华人的肩膀，在后者耳旁低语。那花花公子一直在下低注，赌的还是等额赔率，因此和庄家堪堪打平。他拒绝了荷官继续下注的提议，决定今晚到此为止。罗森鲍姆在此人面前放了几个筹码，作为让出位子的补偿，后者把那堆筹码装进了口袋。罗森鲍姆向爱丽丝打了个手势，请她坐到那个空位上，然后在她面前的桌子上放了一堆筹码。她见到罗森鲍姆在他的小本子上记下数额。一位好的赌场经理总是会保证口袋里有钱的常客面前随时都有筹码。

爱丽丝把最后一滴香槟酒饮尽，向乔点了点头。后者正走出酒吧，走上楼梯，要和罗森鲍姆一起去顶楼的私人办公室。

突然，她听到楼下传来枪声和尖叫声。她知道发生了什么。这里是"歹土"，绝望的持枪歹徒曾洗劫其他夜总会和赌场。她看到旁边台子上的赌徒手忙脚乱地钻到桌底。随后又传来更多尖叫、大喊和玻璃碎裂的声音。枪声再次响起，这次是在赌场所在的楼层。一盏灯被击成碎片；还有一枪打中了轮盘赌台对面的墙，打得木屑横飞。她听到从楼梯传来的沉重脚步声，于是转过身来。爱丽丝看到了手里拿着枪的杰克·拉莱，十分惊讶。他的德国保镖施密特（Schmidt）挥舞着一支毛瑟枪。人群四散，想逃下楼梯。杰克不应该出现在这里，因为警察正在抓他，他是上海的头号通缉犯。他向她咧嘴微笑，露出断掉的牙齿。她曾经如此熟悉这个笑容。他看起来局促不安，随后转开视线。杰克和施密特把枪口指向天花板开了火。赌场员工伏身寻找掩体。杰克瞬间又把目光转向她。她觉得后背有强烈的烧灼感传来，然后倒在了地板上。

1941年3月28日
上海公共租界，景林庐①

杰克·拉莱孤苦伶仃地蛰伏在虹口乍浦路的景林庐公寓里。"幸运的杰克"现在没那么幸运了。只有沪东的广阔地带，包括虹口、杨树浦和沪北越界筑路地区，才可能供其暂时避难。这里是上海的华界，实际上已脱离上海公共租界工部局警务处的日常控制范围。此地的治安由日本人维持——日本军队的狙击手曾如老农耙地

---

① 当年上海基督教堂景灵堂的配套建筑，供神职人员或教友居住。——译者注

一般扫射过它的北部边缘，而自称"浪人"的日本平民劫掠者又把这里打砸了一遍。虹口现在只有流动人员居住，包括日军逃兵、从乡间逃来的中国难民，以及那些只要有钱就可雇来的"白相人"①。在逃期间，杰克以高价租下这间廉价公寓，每天用现金结账。大家都知道他正在东躲西藏；各大报纸都在津津乐道这一事实，认为上海的"老虎机之王"逃脱的机会委实不大。他被称为"拉莱之友"的手下已作鸟兽散。所有他之前的盟友也不知去了哪里。

在上海这个"死胡同"里，他已走投无路。城外被占领的乡间到处都有日本水兵闲逛，没有哪个白人能躲开五分钟以上。想要从海上脱身，他就先得沿江而下二十英里，而这一路上到处都是"小日本"，他们就好像成群的害虫。黄浦江也处于一级封锁状态，江面上有从"小东京"来的宪兵穿梭巡逻。法租界太小，而他的敌人太多——他之前和治安警察、亲维希派以及法租

①　白相人是上海话中对无业游民的叫法，通常指那些特别好斗的乞丐，他们可能很快就会走上犯罪道路。该词被收入了上海工部局的出版物《供租界巡捕使用的一千条上海俚语短语》（*One Thousand Phrases in the Shanghai Dialect for the Use of the Municipal Police*）（1926 年版）中。

界里的科西嘉人都结过怨。"歹土"里到处是汉奸和恶心的日本宪兵。前者是一帮刚成为伪军的可疑暴徒，动不动就要开枪；后者则是来自东京的"盖世太保"，以喜欢拔人指甲而闻名。如果他落到他们手里，这些人肯定要先给他一顿好打，然后把他送去领赏。他们也曾像朋友一般对他微笑，从他手里接过塞着现金的厚信封，和他一起吃饭或进行会谈。他们每个人都很熟悉杰克的长相，因为这帮人长期以来都从他那里拿钱。杰克也不可能从上海"歹土"的辛迪加①那里得到任何帮助——因为他的事，它已经玩儿完了。他妨碍了它的生意，违背了它的首要原则：别太招人眼。

虽然他有悔意，但这种感觉并不强烈。他只是觉得应该对巴贝（Babe）和娜泽达（Nazedha）更好一点，她们是他生命中仅有的动过真感情的女人。他后悔之前没能更好地维持与乔的关系。他无法把轮盘赌台旁爱丽丝的样子赶出脑海：她倒在地板上，双眼一直盯着他。

---

①　这里指外侨底层社会中围绕有影响力的人物形成的某种同盟。——译者注

于是，杰克只好待在这里，待在瓦砾和缓慢燃烧的木料中间。日本海军的炸弹瞄准了城外的主要铁路，而他周围的一切也是它们的杰作。房间里十分寒冷，空荡荡的，壁炉纯粹是个摆设，就算他能弄到煤也是枉然（更不用说上海已断煤数月，只有靠过硬的门路才能搞到）。他只有个日式火盆，以及一点珍贵的木炭作为燃料。洗手间已经坏了，他只好使用夜壶，房间里也因此充满恶臭。铁床上放着又旧又脏的床垫，上面睡过的一千个房客使它变得凹凸不平。那条薄薄的红色鸭绒被恐怕从来没洗过。房间还附带一个小阳台，不过他不敢在阳台上露面。半夜时分，他能听到 97 式狙击步枪的单发声，射击的目标是出去捡柴的穷人。他们的尸体就横在街头。睡在这里的第一晚，他曾从梦中惊醒，全身上下挠个不停。壁纸上爬满了臭虫，像是做弥撒的狂热人群。他和衣而眠，但无论怎样都躲不开虱子，它们在他的胳膊和腿上留下瘢痕，就好像注射毒品后留下的针孔。杰克从来不碰兴奋剂或注射毒品，让他上瘾的是咖啡因和苯丙胺。现在如果能喝到一杯咖啡，让他杀人都行。但他手头只剩一把安非他命药片了，那是他的老姘头巴贝私下从虹口百老汇路上的信谊药房为他讨来的。

他知道自己得省着点儿服这药，它能使他保持警觉、停止打战。

他不敢离开这栋公寓楼，因为人人都认识他，人人都熟悉"老虎机之王"杰克那招牌式的、露出断牙的咧嘴一笑。所有蠢货都认识他。他们中有人曾在虬江路的"钉棚"①里买过两美分的啤酒，或向妓女付过一美元度夜资；有人曾在爱多亚路上晃悠，跟身价更高的姑娘搭讪，或是在他开的 DD's 歌舞厅看过表演，或在百乐门舞厅摆过阔；有人曾在法伦夜总会玩轮盘赌，在逸园赛狗场赌犬，周五晚上在法租界观看拳击赛、棒球，或是在海阿拉②回力球场看最棒的回力球赛；有人曾在海军陆战队第四团的俱乐部吹牛皮说自己去施高塔路的"壕沟"体验过下等生活，或曾去"血巷"观看公平的赤拳格斗。现在，他们中的每个人都可能出卖他。

1937 年，日本人为狙击国民党士兵，在这栋楼的

---

① 开在棚户区的下等妓院。——译者注

② 即西班牙人喜爱的一种游戏，运动员戴着长勺手套（弧形，以柳条编成），以相当快的速度将球击向墙壁，让它从墙上弹开。在上海，这项运动一直被称为海阿拉。

砖石墙上凿出了步枪子弹大小的孔。他不能泡澡，也没法去淋浴，只能用一把越来越钝的剃刀刮脸。他知道自己日渐潦倒：他的领子肮脏，袖口污秽；他的牙齿疼痛，牙床流血，手指冻得生疼。杰克·拉莱还是第一次如此长时间地陷入绝望。

他蜷伏在窗边，听到自己的末日正在逼近，听到那辆警用巡逻车的引擎轰鸣声。全副武装的人从车后涌出，各就各位；他们觉得他会开枪射击。工部局警务处的防暴组带来了大口径枪支并拉开了保险栓，下士则扛着 M1896 式半自动毛瑟枪的难看中国仿制品，其老式枪托像扫帚柄一样丑陋。士兵中有一些大块头的白人小伙子，长着爱尔兰人典型的红发（来自阿尔斯特①的下等人的特征），带着英国人特有的凶狠微笑。穿着防水衣的锡克人站得像铁棒一般笔直，他们经精挑细选后才加入了精英部队，配有口径为 0.303 英寸的卡宾枪。狙击手已就位，他们旁边还跟着个带催泪瓦斯弹的家伙。

景林庐公寓楼陷入了奇怪的寂静。防暴组肯定不会

---

① 阿尔斯特（Ulster）为爱尔兰北部地区的旧称。——译者注

犹豫。这是他们的标准命令吗？开枪击杀他，然后数到十？这他妈的到底是怎么回事？杰克滑到床架下，希望它多少能为自己提供一些掩护。他抬头看向铁床上生锈的弹簧；他几乎能感觉到外面那些人的手指正在抚摸扳机。也许在被打成马蜂窝之前，他会再次变成"幸运的杰克"……

第一部分

崛起之路

上海是个现代化的大城市，也是独一无二的城市。紧跟时代潮流的市民住在摩天大楼的公寓里，欣赏最新的摇摆舞音乐，并随之翩翩起舞。

——《中国文摘》，1940 年

上海，充斥着财富和罪行、虚荣和罪恶、苦难和绝望……

——马克·沙杜（Marc Chadourne），

《环球之旅：远东卷》（*Tour de la terre*：

Extrême-Orient，1935）

听我唱那首关于老酒馆的歌

黑人路易斯在那里住过

奥尔加和索尼亚向它施放过魔法

咒语来自怀蒂·史密斯、博·迪德利和那小小的卡尔顿女孩

还有乔·法伦和他可爱的俄罗斯姑娘内尔

——混合风格的上海万国商团军歌《马路记忆》

1

　　他出生时名叫法尼·艾伯特·贝克尔（Fahnie Albert Becker），而监护人叫他约翰。他的生身父母一直是人们八卦和猜测的主题，几十年来有种种不同的说法。然而，他很可能于 1897 年生于马尼图斯普林斯（Manitou Springs）附近的一处伐木屋里。他的双亲名叫内莉·尚克斯（Nellie Shanks）和艾伯特·阿兹尔·贝克尔（Albert Azel Becker），这一点是确凿无疑的。后来在上海，所有人都叫这个男孩杰克·拉莱。他的老爹是个暴力的酒鬼，在他满周岁之前就去世了，丢下贫困的妻儿无依无靠。母亲把他遗弃在塔尔萨（Tulsa）的一家孤儿院，那里的保育员会体罚男孩，让他们晚上饿着肚子睡觉。贝克尔七岁时决定逃离那里。他到处闲荡，不知用什么办法居然到了丹佛。他在那儿的一家夜总会里找到了擦铜器和倒痰盂的活，下班后睡在小旅馆里。这家小旅馆还兼做赌场、桌球酒吧和妓院的生意。

十七岁那年，贝克尔应征入伍，加入美国海军，算是有了家和家人。他从旧金山扬帆启航，乘坐军舰"奎洛斯"号（*USS Quiros*）抵达马尼拉。其间，他在隶属美国亚洲舰队的长江巡逻队当了两年三等兵。"奎洛斯"号隶属于一支从上海驶向重庆的舰队。该舰队在所有沿江港口执行巡逻任务，捍卫美国公民及其利益，同时还要守护约翰·D. 洛克菲勒的美孚石油公司的油轮、德士古公司在中国内地的集散站，以及英美烟草公司满是货物的仓库和堆栈。

1919 年，贝克尔获准退伍，但他想不出比延长服役并被再次派驻国外更好的选择了，于是事遂人愿，这次他从马尼拉被派到上海。晚上休息时，他会在虹口和闸北的水手酒吧里掷骰子，或是参加酒吧后面的露天职业拳击赛，用赢来的钱在"血巷"里痛饮。这段经历使他成了响当当的"甲板阎王"、大受好评的斗士、彻头彻尾的好家伙。然后他回到船上，逆流而上前往南京、武汉和重庆。一旦有了能自由支配的时间，他就在甲板上练习拳击、去岸上打棒球或在食堂里掷骰子。后来长江巡逻队轮岗，"奎洛斯"号归国，约翰·贝克尔于 1921 年光荣退役。

约翰·贝克尔在旧金山登陆，在加利福尼亚州（后文简称加州）的各港口城镇里游荡。他住在只收现金的小旅馆里，每晚换一个住处；在锯末满地的小饭馆里吃咸牛肉，或是在通宵营业的廉价中餐馆吃炒烩菜，同时把牡蛎壳在脚下踩得咯吱作响。后来当地实行禁酒令，他只好转而去无照经营的地下酒吧喝劣质的私酿酒、杜松子酒和淡啤酒。最后他把钱花得一干二净，只好动身回俄克拉荷马州的塔尔萨。虽说他对那里的孤儿院和暴力的保育员的记忆远远说不上温暖，但那是他唯一能勉强称之为家乡的城市。

他在出租车公司找到一份临时工作。他对发动机懂得不少，能修理自己的车，于是那家公司可以省下一个技师的工资。1923 年，贝克尔仍在开夜班车，送那些醉鬼回家，但他很笃定塔尔萨不是什么好地方。格林伍德（Greenwood）发生种族骚乱后，黑人区几乎成了废墟，秩序完全失控，犯罪行为激增。

一天晚上，他在查尔斯佩奇大道（Charles Page Boulevard）上的一处地下酒吧接到两个家伙。他们的车费给得很慷慨，而且贝克尔当时也喝了酒，觉得自己能对付这两个小伙子。到达目的地，即郊区的一处房屋后，那两人让约翰·贝克尔等一下，说要去取点东西，然后再回城里去。计价表仍在跳动，而他喝了一夸脱大麦酒，所以管他的呢！那两个人穿过草地向那房子走去。他们打开门，烟雾从屋里散入黑沉沉的夜空，此时约翰还能看到他们帽子的轮廓。然后就是大喊、骚动和一声枪响。他们迅速跑出来，拖着第三个人，且后者看起来很不情愿离开房子。

如果约翰·贝克尔没说谎，那么他直到听见喊叫和枪声才知道发生了什么事。那两个人把第三人扔进后座，随后跳上车，把那倒霉鬼打得昏了过去。贝克尔开车带他们去了另一处房屋，那个刚被揍了一顿的家伙被拖了进去。但在此之前，两人之一给了贝克尔一张一百美元的大钞，让他赶紧离开。第二天，警察出现了，以绑架的罪名逮捕了贝克尔。他的乘客参与了非法骰子赌博，杀掉一个赌徒，又绑架了另一个。当时美国中西部盛行绑架。当年又是改选年，于是法官变得没那么好说话。约翰·贝克尔被判在麦卡莱斯特（McAlester）的俄克拉荷马州立监狱服刑三十五年。

他们没收了他的便服，剃光他的头发以防里面生虱子，给他采指纹并照相。囚室外的大块头守卫拎着黑色警棍。囚室只有七英尺长、三英尺宽，里面放了个装有消毒剂的便桶。如果有人越狱或发生了暴动，震耳欲聋的警报声就会响起。伙食很糟。人们都在祈祷。有的惯犯患了梅毒，因得不到治疗而精神错乱，抽泣着叫妈妈。这里是麦卡莱斯特疯狂而糟糕的一面。

贝克尔跟别人玩骰子，赢了就有烟抽。他成为模范囚犯，在监狱里的商店得到份工作。一位老年惯犯教他做灌铅骰子，只要学会了投掷的手法和分散别人注意力的技巧，就能随心所欲地掷出想要的点数。他在长江巡逻队里花在棒球上的时间也被证实没有白费——他成为监狱棒球队中的先发投手。他们去参加麦卡莱斯特市举办的无替补比赛。当队员们和看守走向某个方向时，贝克尔却选择去了另一个方向。他一边走，一边觉得汗水像小溪一样从背上流下来。他等待着某个看守送他一颗子弹，击碎他的脊柱。他没有跑起来，也没有转身归队。他的心脏剧烈搏动，几近跳出胸腔。但那颗子弹没有到来。他跳上一艘走圣路易斯—旧金山航线的货船。当时他只服完了三十五年刑期的一小部分。

逃亡路上，他曾住在旧金山下游的内河码头安巴卡迪罗（Embarcadero）的一间公寓里，从那儿要想再往西走就只能游泳了。他晚上曾待在流浪汉的宿营地，在那里不会有人问起他的来历。现在，他需要躲起来，从人们的视线中消失，祈祷俄克拉荷马忘记他。他知道自己很走运，能有重新做人的机会。他戒了烟酒，因为觉得这两样都没给自己带来好处。他在水边发现了一个酣睡的醉鬼，趁机拿走了那人的身份证件。现在，他是爱德华·托马斯·拉莱（Edward Thomas Riley）了，法尼·艾伯特·贝克尔已成为历史。他觉得"杰克"比"爱德华"强，认为可以保留那个中间名，而且"拉莱"也刚好合适。"拉莱"是个很常见的姓，美国味十足。外面可能有成千上万个杰克·拉莱。然而，比起姓名，有些东西更难改变。

杰克坐在一张小桌旁，卷起袖子，把烧碱倒入一只杯子。他解下皮带咬紧，然后把两条擦手巾摆在杯子旁边。深呼吸三次后，他看向窗外，看向那凌乱的公寓后院，然后将左手手指浸入化学药剂。化学物质灼伤了他的手。他从鼻子里发出哼哼声，强迫自己把每根手指都伸进去，然后换成右手，深呼吸，重复这一过程——先是拇指，然后是所有其他手指。他把最后一根手指收回，松开紧咬的牙关，让皮带落在膝盖上。他设法用毛巾把手裹好，跌跌撞撞地走到床边。他卧床数日，肉体忍受了极大的痛苦，精神上却感到心满意足。指尖上的涡纹消失了，伤口会慢慢愈合，变硬，形成老茧，那里的皮肤会变得很难看；但从此以后，他获得了重生，有了新的起点。他与一艘不定期货船签约，成为机修工，然后横越太平洋，抵达了菲律宾。

* * *

在两次作为水手派驻国外的经历中，杰克曾经很喜欢马尼拉。起先他还不出水手驻地，但后来就学聪明了，开始到处体验生活。他常去一家叫作埃德·米切尔的朗达烤肉店（Ed Mitchell's Rhonda Grill）的餐厅，和一处叫作汤姆的美国迪克西厨房（Tom's Dixie Kitchen）的肮脏小酒馆（这里的牛排很嫩，进口的苏格兰威士忌卖九比索一小杯）。他在都市花园（Metro Garden）和格里尔舞厅（Grill Ballroom）里津津有味地旁观那些美国亚洲舰队的小伙子痛饮冰镇蓝带啤酒。圣诞节那天，马尼拉湾的小酒吧和大都会地区①成了白帽子的海

---

① 以马尼拉市为核心，涵盖周边十五个城市及一个自治市的大型都会区。——译者注

洋。那些小伙子尽情享用醇酒、美女和毒品，似乎唯恐自己的薪水花得不够快。

杰克在马尼拉酒店（Manila Hotel）换了间更好的房，开始加入别的赌徒的圈子，玩掷骰子游戏。从俄克拉荷马州立监狱里带出来的神奇骰子帮他赢了一笔钱。他在上流人士出没的湾景酒店（Bayview Hotel）参加下午茶茶舞，与海军的妻子调情，还给自己买了几件西贡亚麻做的西服，让自己看起来风度翩翩。下午，他很早就去马拉干鄢宫①附近的剧院看电影，但后来他发现剧院的椅垫上爬满了虱子，他必须用煤油洗头才能杀死那些小杂种。他喜欢在繁华的大街上行走，那里住着富裕的麦斯蒂索人②和美国侨民。海湾边的主干道和杜威大道（Dewey Boulevard）安静宽阔、绿树成荫，两边都是美国人住的奢华大宅，每条私家车道上都有辆敞篷拉萨耶③。

---

① 马拉干鄢宫（Malacanyan Palace）位于帕西河边，曾是菲律宾历任殖民地总督的官邸，1845 年菲律宾独立后被用作总统官邸。——译者注
② 麦斯蒂索人（Mestizos）是美洲印第安人与欧洲殖民者的混血后裔。——译者注
③ 拉萨耶（Lasalle）为凯迪拉克 1927 年出产的高级轿车。——译者注

在大都会，杰克和一个叫帕科（Paco）的当地人勾搭在一起，后者带他见了不少世面。帕科的英国女朋友名叫伊芙琳（Evelyn），却有个俄罗斯姓氏奥列加（Oleaga），因为她之前和一个俄罗斯人结过婚。帕科和伊芙琳马上就发现杰克是在逃的"甲板阎王"。三人在埃德·米切尔的餐馆逗留到很晚才回到大都会。杰克坚决滴酒不沾，只喝德国赛尔脱兹牌气泡水。伊芙琳喝餐馆自制的杜本内鸡尾酒。帕科总是跟他的马尼拉好兄弟喝得烂醉，把杰克和伊芙琳留在一旁聊天。杰克闻着她的西普调香水，挖苦她奇怪的女王式发音。他告诉她，自己想出去走走。马尼拉简直是塔尔萨的翻版，不同的是这里水汽氤氲；上海才是真正的好地方。她承认自己讨厌这片湿地，也想去上海。"你就看我的吧。"杰克说。

几周后，靠着伊芙琳提供的密报，帕科和他的好兄弟成功抢劫了银行，带着四万比索逃掉了。伊芙琳曾盯上银行经理，用甜言蜜语套他的话，把帕科想知道的一切都套了出来。于是就在这个经理的抽屉塞满现金的当天，帕科动了手。伊芙琳向帕科要自己的那份钱，但帕科哈哈大笑，在她脸上唾了一口，一巴掌把她扇到房间的另一边，又把她扔到外面的大街上，叫她恶魔。伊芙琳带着黑眼圈找到了杰克，当时他正在埃德·米切尔的朗达烤肉店里喝咖啡。她伤心地把这事告诉了他。杰克很是不满，带她回到她在唐人街上的公寓，在那里找到了帕科。帕科当时灌饱了酒，正跟一个日本妓女搂搂抱抱。杰克把帕科打得找不到北，把伊芙琳的那份钱要到手，然后竟看到她反复踢帕科的睾丸。帕科是对的，杰克想，你真是个恶魔，是"邪恶的伊芙琳"。她在他的酒店房间里过了夜，把西普调香水味留在杰克的床上。第二天早上，他带她去港口，目送她登上一艘开往上海的轮船，把帕科抛在脑后。"邪恶的伊芙琳"在他颊上轻啄一口，说这次自己算是欠了他个人情。

在马尼拉，杰克第一次真正见识到大型老虎机如何运行，看到那些目光呆滞的海军陆战队队员如何在发薪日排队等着向它们投喂硬币。他之前在塔尔萨也见过老虎机，但只见了一次，在某家地下酒馆或私酒铺里。在那个地方，没有人能有很多余钱花在这上面；但在马尼拉，这些机器恨不得布满整个楼层。他眼睁睁地看着硬币被扔进老虎机，然后轮子转动，吐出少得见鬼的硬币。后来一个粗脖子的家伙走过来，打开机器后盖，把所有硬币装进桶里，一直装到桶沿的高度。这真是笔好买卖。

于是杰克和那个身材瘦长的主管搞好关系。那人大概是前加拿大士兵，名叫彭福尔德（Penfold），或平福尔德（Pinfold）。他向杰克介绍了老虎机生意。在造物主脚下绿色的大地上，没有比这更简单的赚钱生意了。不用花工资雇用荷官。机器不会偷赌注。连最蠢的乡下人都能搞明白该怎么玩——把一枚比索硬币扔进那个插槽里，拉动手柄，一切搞定，然后再来一次……再来一次……再来一次。只要把它安在房子里，再给业主提成就行，而提成顶多是生意不错时全天收入的十分之一。

到继续前行的时候了。杰克巴结上那些海军小伙子，蹭美军运输船去了上海。美国军舰经常干这事儿，而且船员总是愿意帮长江巡逻队的老兵一把。或许他们还能帮一位美国海军老兵把老虎机这种奇怪的货物从马尼拉运出来，让他在中国沿海城市追求更好的生活？他们也许就这么做了。

* * *

1930年春，上海的天气迟迟没有暖和起来。杰克·拉莱感到手指冻得难受。他在虹口租了间按天付钱的单间公寓住下，跟别的租户共用厕所。这里由一位瑞典老海员的遗孀经营，在水手面前她很好说话，也不会紧逼着要房租。他躺在单人床上，用漏油的旧煤油加热器取暖，把衣物放在散发着樟脑球气味的衣柜里，衣柜后面是发霉的蓝色墙壁。晚上，杰克在维纳斯餐厅找了一份临时的打手工作。"维纳斯"是四川北路上一家营业到很晚的卡巴莱歌舞厅，离虬江路的廉价酒吧很近。罪恶的犹太人萨姆·莱维（Sam Levy）和他的小姨子京吉（Girgee）一起经营这里，他们都喜欢杰克。萨姆负责跟主顾闲谈拉关系，京吉则把生意打理得井井有条。付 10 分钱，就能和这里的白俄①舞女跳一支舞。萨姆很高兴杰克能来帮他照管大门。凌晨四点前后，当那些乌七八糟的人都离开后，他会付杰克钱，让杰克跟他一起吃"维纳斯"的传统火腿蛋。

"维纳斯"在白天是个安静的小酒馆。午夜时分，当下值的水兵、英国二等兵、上海的下等侨民和贫民窟里的头面人物济济一堂时，这里就没那么宜人了。杰克随身带着指虎和一根甩棍；如果事态恶化的话，他胸前的口袋里还装着把孟加拉式割喉剃刀。在"维纳斯"，

---

① 指 1920 年代因俄国革命和苏俄国内战争而流亡至中国的俄裔难民，主要为反对苏俄政权的原沙俄官员、军官、士兵、知识分子、有产者等。——译者注

百分之九十九的麻烦都是靠拳打脚踢解决的。杰克在海军里曾是出色的业余拳击手，这名头也起了些作用。他和名叫米基·奥布赖恩（Mickey O'Brien）的凶狠家伙搭档，此人之前也在海军服役。奥布赖恩是他的坚实后盾，这两人从第一天见面起就很投缘。

他开始和"维纳斯"的常客巴贝·萨德利尔（Babe Sadlir）交往。她是何时来上海的呢？只有上帝才知道。棕色眼睛的巴贝的老家在内华达州。她在旧金山用刀捅了跟她抢男人的女孩后，着实过了段暗无天日的日子。她甩掉那个男人，躲过警察，迅速逃到上海。巴贝是中国沿海城市庞大的"白人交际花军团"中的一员。这些准交际花在公共租界里四处游荡，从刚到上海的英国"格里芬"①、手头宽裕的年轻商人、大商行的雇员、有薪水可供挥霍的士兵，以及那些长途旅行者（他们在到港上岸后需要有人陪伴）的手里骗取钱财。

白天，人们会看到巴贝在美国乡村总会的泳池边晒日光浴，叼着美丽牌香烟，穿着短裤，身体暴露，基本

---

① 希腊神话中的虚拟生物，是一种鹰头狮身的怪兽，这里指来到东方不久的西欧人。——译者注

上不给人留遐想的空间，这引起了那些大班①太太的愤慨。晚上，你会看到她穿着紧身亚麻连衣裙，抢鱼子酱吃，而这些都要记在法商球场总会某位英国或法国官员的账上。她经常彻夜不归，而让杰克睡在她在乍浦路景林庐公寓的住处。他们偶尔会有床笫之欢。杰克喜欢巴贝：喜欢她背上那道锯齿状的伤疤（是很久以前某次女人间的动手造成的），喜欢她说话总免不了带脏字，喜欢她那头金色长卷发。她教他说中国沿海的洋泾浜英语，它听起来很滑稽，还包含了少许上海俚语。但她有很厉害的毒瘾，有时会一连消失数日，双目呆滞地躺在月宫舞厅后部的梁氏烟馆的长沙发上。月宫舞厅位于虹口百老汇路，客人主要是华人。梁先生很喜爱她的金发，叫她"小狐狸精"，允许她赊账，直到她能找到另一个冤大头作替补。

　　杰克发现凌晨四点和萨姆吃饭的那帮人大多是犹太人，其中有经营"德尔蒙特"（Del Monte，这家餐厅位于沪西越界筑路区域的海格路）的阿尔·伊斯雷尔（Al Israel），经营红玫瑰卡巴莱歌舞厅（Red Rose Cabaret）

---

① 大老板。

和苏州河浜北几处私酿酒棚的文加滕（Wiengarten）兄弟，经纽约从墨西哥城来到上海的艾伯特·罗森鲍姆，名叫艾利·韦勒（Elly Widler）的瑞士奸商（你跟他握完手后最好数数自己的手指头少了没有），以及两位舞蹈表演者乔·法伦和内莉·法伦（Nellie Farren）。巴贝是在大华饭店认识内莉的。而乔和以色列人的圈子关系很好，因为他自己也有相同的宗教信仰。

　　一天晚上吃完火腿蛋后，乔告诉杰克附近有个白俄帮派组织的双骰儿①赌摊，就在上海大戏院的后面，已经营了很久。戏院里会放默片，与此同时他们在外面开赌，弯着腰，靠着墙，在一条旧军毯上掷骰子，用军毯代替铺毛毡的赌台。那些刚从加州来到上海或刚走下从英国来的轮船的呆瓜，任凭杰克·拉莱使用他自己的骰子，它们是他从俄克拉荷马州立监狱里带出来的唯一纪念品。要掷六点很难，八点却很容易，十点又很难。杰克扔出个四点，这在行话里叫"科科莫来的小乔"；又掷出个两点；接着是每粒骰子各三点，这叫"乡下来的吉米·希克斯"。在他的操作下，骰子飞转，赌注不

---

　　① 一战期间兴起于美国军营的一种赌博方式。——译者注

停移动，没有人注意到他的把戏。年轻的海员和"格里芬"对杰克肃然起敬，对他的手法照单全收。

他们赌了又赌，每局都耗时颇久，直至天色大亮。杰克加大赌注，引诱那些傻瓜跟注，同时用目光慑服任何敢于质疑自己的骰子有猫腻的人。"维纳斯"关门后，他在"壕沟"周围布满了酒吧的区域游走，听揽客的华人边吆喝着"波兰姑娘，波兰姑娘"，边把客人们拉进设在"钉棚"后的赌局。这些赌摊摆满了整条施高塔路，让他把注下得越来越高。他决定下一步是为自己谋求些真正的不动产，在上海打下根基。

上海北站附近，虬江路两侧有不少爬满了臭虫的廉价公寓，住着上海的"外国阿飞"①。上海租界里的体面居民，也就是所谓的上海外侨才不会跟这贫民区有任何瓜葛。它与那些最高级的总会——如大华饭店——似乎相隔千山万水，但它们的实际距离只有一英里半。以大华饭店为例：那儿的舞厅供应着被大家称为斯滕格斯（stengahs）的威士忌苏打水混合饮品，衣帽间里挂满了

---

① 在上海，人们经常用这个词来形容来到这座城市的某些底层外国侨民。他们软弱无能，拒绝工作，经常从事轻微犯罪活动。

西伯利亚产的皮草。而这一排排廉价公寓后还搭着棚屋，其间蜿蜒的通道好似吸毒者臂上的血管。工部局曾愤慨地评论说，此地乃对上海美名的亵渎。虚伪的上海公共租界工部局警务处把它称为"充斥着罪孽和恶行的臭粪堆"。爱夸夸其谈的《字林西报》则认为，诚实的白人若走进这片藏污纳垢之地，就别指望还能活着离开。但此地自有其生存之道——上海公共租界工部局警务处收下保护费，对它睁一只眼闭一只眼。

这条小巷自成一体："维纳斯"里屋的小伙子掌控了一切，和来自罗马尼亚的文加滕兄弟一同称王称霸。新来者已很难在这里插上一脚。但只要过了苏州河，穿过爱多亚路，穿过公共租界的边界进入法租界，就到了朱葆三路，即年轻水手口中的"血巷"。杰克还在长江巡逻队服役时，就很了解这地带的肮脏。

机会来了。杰克每晚和萨姆、京吉、乔一起在"维纳斯"吃饭。当内莉和巴贝开始交换小道消息时，乔告诉杰克，"血巷"里有只肥羊待宰。此人曾是海军的厨师，在上海退了役，视酒如命，给自己买了间酒吧。他爱上了掷骰子和波旁威士忌，而且坚信幸运女神总是与自己同在。乔将杰克介绍给他，并赌咒发誓说杰克是个可靠的家伙。杰克隐瞒了自己在长江巡逻队里的往事，表现得像个满怀希望的、天真的普通人，将那人诱入圈套。杰克跟这酒鬼每晚赌到深夜，这种状态一直持续了两周。杰克先输钱，再赢些回来，总是保持略逊于对方的状态。随后杰克提高赌注，直到使这家伙债务缠身，最后债台高筑。现在，这傻子的唯一出路就是孤注一掷，玩一把大的，祈祷能拼个最好结果。但很快，他就陷进债务的无底洞，手里只剩下这间酒吧；再然后，他连酒吧也失去了。杰克为他买了大来航运轮船公司的船票，让他回旧金山去，还在码头真心实意地挥别此人，对他说再见。

　　这就是杰克·拉莱成为曼哈顿酒吧的主人的经过。这是"血巷"里最低等、对顾客最粗暴的无照经营的小酒馆之一。现在他成了有产者杰克·T. 拉莱先生。他邀请乔、内莉、萨姆和下了班的"维纳斯"员工前来喝一杯。米基帮他换了锁，巴贝则让他们在被香烟烧出痕迹的桃花心木吧台前坐下。萨姆告诉杰克：这酒吧主要接待水手，在"血巷"里算是不怎么样的……乔则抢过他的话头做了总结："你会发财的——祝你好运！"大家一起为这句话干杯。

2

犹太小伙子约瑟夫·波拉克出身于维也纳利奥波德城里狭窄的隔都，那里住的是讲意第绪语的东欧人。他们在经历迫害后流亡到了此地。为生计所迫，他们有的拾荒，有的做小贩卖些不值钱的东西；有的卖炒栗子，还有的在妓院弹钢琴。所有人回家后都只有稀薄的肉汤果腹，除此之外等待着他们的只有贫穷。十二个人合住在一间租来的屋子里；五六十人甚至更多的人挤在到处是跳蚤的廉价小旅馆中；一家人挤作一团，经营小手工作坊……但至少这是在维也纳，不是在比萨拉比亚（Bessarabia）或加利西亚（Galicia）那种仇恨犹太人的地区。

一战后，大萧条摧毁了城市经济，约瑟夫就是在这个时期告别少年时代，长大成人的。自杀事件占据了报纸头条：年轻人失去所有希望与钱财，于是点一杯咖啡，加上点氰化钾，喝下杯中液体，痛得在地板上打滚，几分钟后就断气了。波拉克一家人丁不少，他有很多兄弟姐妹。钱永远不够花，永远有人失业在家。在漫长的冬季里，煤炭和木柴不够烧，维也纳市民和波拉克一家人都冻得打哆嗦。流感夺走年轻人和老年人的生命。"茨伊特赫"们（字面意思是战栗的人）由于战争失败、帝国崩溃而患上战斗疲劳症。① 他们住在门洞里，乞求别人施舍克朗。

约瑟夫想要更好的生活。他视力不好，进不了那些血汗工厂；他也很瘦弱，利奥波德城的帮会不会对他感兴趣。他从维恩莱蒙德剧院（Wien Raimund Theatre）的边门溜进去，盯着舞台上的歌舞表演看个不停，欣赏那被称为拉格泰姆②的新潮音乐，憧憬着聚光灯下的生活。他学会了跳舞，用发油把头发捋平，保持指甲干净。约瑟夫在城中热闹的舞场里撒谎，说自己是个伴舞者，独身前来的女士可雇他当舞伴；此外，如果他需要钱，且有那个心情的话，也能当当小白脸。那些有点资

---

① "茨伊特赫"（*zitterers*）是一个德语术语，诞生于第一次世界大战期间，指患有严重创伤后应激障碍的士兵，这种疾病会导致身体无法控制地颤抖，也被称为"炮弹休克"。

② 拉格泰姆（Ragtime）是一种节奏强劲的音乐和舞蹈，在 20 世纪初的美国很流行。——译者注

产的下贱女人喜欢他的魅力和风度；他取悦她们，而她们给出慷慨的小费。他成了舞男，每晚都换不同的舞伴，为舞厅来宾展示舞蹈动作。他在地板上轻盈地滑动，舞步优美而高雅。

有人注意到了他。1924 年，一个名叫"午夜快乐时光"（Midnight Frolics）的欧陆风歌舞团录用了他，这些演员出发去远东地区的港口巡回演出。团里有各种类型的成员：踢踏舞演员、俄罗斯芭蕾舞演员、口风琴演奏者、边唱边拉琴的小提琴演奏者、魔术师，以及意大利男高音歌手。在雇来的演员中，有一对白俄姐妹，分别叫内莉和艾娃。她们曾接受芭蕾舞训练，善于表演轻喜剧。约瑟夫和姐姐内莉一起表演。内莉是个美人，有一头墨玉般的长发，双颊抹了胭脂，眼周画了眼影。约瑟夫穿黑色燕尾服，内莉穿雪纺丝绸衣服，他们建立了互惠互利的搭档关系。约瑟夫·波拉克改名为乔·法伦，逃离了利奥波德城的贫穷和隔都，开始了新的生活。他们在海报上称自己为乔·法伦和内莉·法伦。因此，他们陷入情网也就不足为奇了。

"午夜快乐时光"在海报上打出了"中欧地区最佳"的广告语，后来在东方风行一时。但这帮人喜怒不定：芭蕾舞女演员总是吵嘴，男高音酗酒，魔术师吸毒。他们在神户和横滨、巴达维亚①和新加坡城跳舞，后来又转场到马尼拉，漂洋过海到达天津以及北京，然后又到了上海。上海是远东巡演路线上最重要的一站。

* * *

1926 年，距歌舞团启程已过去两年。在这两年里，歌舞团成员多次乘轮船来往于各个潮湿的远东港口城市，多次乘坐横越各国的列车。他们住在到处是臭虫的旅馆里，化妆间小到足以让人患上幽闭恐惧症。在上海汉口路的派利饭店里，在壮观的外滩后面，在公共租界的中心地带，他们见到了那些挥金如土的人。他们看到"棒极了的"杰克·卡特（Jack Carter）和他全由黑人乐师组成的乐队"小夜曲演奏者"挤满乐池。他们听到拟声歌唱家博·迪德利（Bo Diddley）即兴演唱毫无意义却在上海一炮走红的歌。他们听说美国百老汇黑人舞者瓦莱达·斯诺（Valaida Snow）摇身一变，成了喇叭手和歌手，和"恶魔钢琴家"泰迪·韦瑟福德（Teddy Weatherford）搭档演出。在华丽的派利饭店里，

---

① 即印度尼西亚首都雅加达的旧称。——译者注

上海最富有的外国大班穿着晚礼服，啜饮斯滕格斯，抽着粗大的雪茄。他们的太太穿着丝绸衣服，戴着珠宝，与上海华人精英中的时髦年轻人勾勾搭搭。在仍然温暖的某个 9 月的夜晚，瓦莱达以一曲《守护我的人》结束了系列演出；与此同时，中国"摩扑"小伙子和他们身边的"摩格"姑娘①接吻。小伙子把手帕折起来塞进紧身春亚纺②西装的口袋，而女孩的连衣裙由细线和布片连缀而成。那一晚，乔闻着樟脑的味道和上海大街上的气味，看到了自己未来。但他和内莉还要为"午夜快乐时光"歌舞团再服务两年。

* * *

1929 年 12 月，上海的局势日渐严峻；始于华尔街的经济危机现在也影响到了公共租界。尽管如此，在大多数地方，富人仍然富有，静安寺路上大华饭店的舞厅也仍然宾客盈门。乔和内莉在大华饭店得到了舞蹈表演

---

① 在 20 世纪早期，上海人模仿日语里"モプ"和"モゲ"的发音，对时髦（通常具有一定经济实力）的年轻男女的称呼。他们接受了摩登的生活方式，追逐的一般是美国、欧洲和日本的时尚、音乐等。

② 一种柔软的薄织物，适用于轻便服饰和夏季服装，多产自上海和中国东部地区的工厂，供当地消费，并同时出口到以美国为主的西方国家。

者的临时工作，这要感谢乐队指挥怀蒂·史密斯（Whitey Smith）。怀蒂偷偷从深受禁酒令之苦的旧金山溜出来，从 1922 年起就常住上海。他曾在新加坡偶然看到了法伦在"午夜快乐时光"的演出，并告诉法伦：如果他愿意的话，大华饭店里会有他和内莉的位置。乔当然愿意啦。上海于他一度有如穆斯林心中的麦加。那里有最好的俱乐部、最棒的机会和最鼓的工资袋。最后他们离开了歌舞团，搭上一艘拥挤的轮船去了上海，直奔大华饭店。

乔穿着一身白衣，皮鞋擦得光可鉴人，在大华饭店四叶草形状的舞池中翩然滑过；内莉依偎在他的臂弯里，身上散发出香水的芬芳，她擦的是娇兰的"蝴蝶夫人"。他们的舞姿使人愉悦，他们的舞蹈堪称样板。他把她拉近，她落入他的怀中。这是一种花招，一种幻觉，一系列排练过的、刻意表演出来的动作。它可以说服围观的新手：他们也可以带着同样的激情，轻松地滑过舞池，看起来和乔·法伦与内莉·法伦一样漂亮。来宾不会知道的是，这两人也惊讶于自己能如此轻易地达到这种效果。内莉觉得乔单薄高挑的身材简直完美，乔也感觉不到内莉的坚硬关节和嶙峋瘦骨。他们简直是绝配。至少在舞池里，在聚光灯下，他们配合完美，其表演摄人心魄。

上海人当时正对舞蹈如痴如醉，而这两人是城里最好的舞者。乔和内莉使人们觉得舞蹈是如此文雅的活动。当八百位重要人士坐下来用餐时，乔和内莉，以及歌手和喜剧演员便开始演出，怀蒂则指挥一支拥有十件乐器的管弦乐队为他们伴奏。大华饭店提供伙食，还帮他们分担洗衣费。怀蒂的男仆给乔擦鞋，内莉也有了自己的女裁缝。舞蹈表演结束后，如果你是一位到了一定年龄的女士或太太，想寻找一个油滑且口音纯正的欧陆男子调情，就可以和乔跳舞。而那些男士把舞票攥在拳头里，排队等着和内莉共舞，好将那苗条的身躯搂在怀里。内莉明白自己在做什么。他们盯着她圆圆的黑眼睛看，鸦翅般的黑眼影使它们更加引人注目。他们闻着她身上的香气，认为自己可能会有机会。然而，那双眼睛只属于乔和他们即将给出的小费。当乔和内莉的眼神偶尔相遇时，他们便飞快地朝对方微笑一下。

他们在离大华饭店不远的五福弄租下一个只供应冷水的单间。这是典型的上海弄堂里的房子：木楼梯吱嘎作响，夏天暑热蒸人，冬天滴水成冰。老橡木床上松垂的蚊帐从来都无法真正把那些小混蛋挡在外面。床腿浸在老旧的火油罐里，罐子上还涂了砒霜，以防止臭虫顺着床腿爬到床垫里。乔挂起的粘蝇纸上有很多圆胖难看的苍蝇尸体，内莉对此十分厌烦。她喝不惯从上海乳品店里买来的有奇怪酸味的牛奶，也闻不惯那从屋檐投下长长影子的煤油灯散发的难闻气味。破旧的窗帘只能勉强遮住一扇窗户，而窗户距对面的公寓只有三英尺远。他们从不拉开窗帘，但上海刺目的阳光还是能溜进来。房间里还有个脏兮兮的橡木妆台，抽屉里垫着旧《德意志上海报》（*Deutsche Shanghai Zeitung*），其边缘部分被贪吃的蚂蚁咬碎了。镜子的裂纹从边上一直蔓延到中心，每当内莉对镜化妆时，她的脸就会在镜中扭曲。屋里还有两把要散架的藤椅、一张桌子、一个带水龙头的搪瓷盥洗盆（当然是缺了口的）。他们从弄堂尾的店里买热水。花上几分钱，中国苦力就会在搪瓷坐浴盆中注满水。在楼下一层的楼梯口，他们在公用的炭烧火炉上做饭。房子里很吵，木炭的烟又让人热得透不过气来。这里住着三教九流的华人，他们不久前才从乡下进城；几家看似拮据的白俄人；一位爱吵架的葡萄牙女人，她之前从事着某种可疑的工作；以及一位从不离开自己房间的英国老人。

乔和内莉睡下时，那拨早起的上海人常常已经开始满弄堂地以最大音量抱怨。每天早上，两人都能听到刺耳且混杂的噪声：沙哑的清嗓子声、被晨起第一支烟诱发的咳嗽声、刷牙杯与瓷器碰撞的当啷声、洗漱声、吐痰声、热铁板的吱吱声、大声的俄语喊叫、有喉音的上海话、擤鼻子的声音、从后面的公厕传来的跺脚声、水壶里沸水发出的哨音、平底锅的叮当声、茶水在铁杯中晃动的声音。但乔保证说这只是他们的起点。他们会存下钱，他们会继续前进。在上海这个地方，这目标可以实现。

* * *

这是一个清爽寒冷的上海冬日早晨，是新的十年的开端。他们已在上海住满一年，准备为此庆祝一番。乔一改日常作息，早起外出采购。静安寺路上比安奇糕点店（Bianchi's）里的奶油蛋卷，一个本地小贩卖的内莉最爱的芋头糕，天鹅绒甜品店（Velvet Sweet Shop）的土耳其软糖（杰克告诉他，大家都知道那里的中国甜食商会私下卖一种白色粉状物质给眼里有很多血丝的常客），曼哈顿酒吧的盐渍三文鱼和冰镇香槟（蒙新老板

杰克·拉莱之好意），法租界最好的葡萄酒商埃加勒 –
谢（Egal & Cie）供应的柯尔酒（一种干白葡萄
酒）——所有这些都是内莉新近发现的心头好，是她
在还是小女孩时曾梦寐以求的东西。

内莉·法伦是上海的"万人迷"，是甜美的、忧郁
的、来自俄罗斯的内尔。无论是万国商团的士兵、不当
值的公共租界巡捕还是刚下轮船的"格里芬"，他们中
没有谁不会被内莉深深迷住。乔对此表示容忍，因为这
对生意有好处。她收下赞美和雀巢巧克力。她与人调
情，开怀大笑，卖弄风情，努力把英语讲得更好，把元
音发得饱满圆润，扑闪着乌黑的大眼睛。当她穿着丝绸
衣服出场，在乔的怀抱里翩然滑过地板时，男人们会觉
得心在隐隐作痛。到如今他们都知道她是乔的禁脔，尽
管乔并不总是为她守身。

他们已在上海待了一年，体验过这座城市潮湿得几
乎能拧出水来的闷热夏季，也体验过稍纵即逝的宜人秋
日，那时法租界里的英国梧桐叶会纷纷飘落。然后，他
们迎来了严寒入骨的冬天，见识了圣诞节时的雪。接着
是多雨的春天，随后又是另一个火炉般炎热的漫长夏
日，年年如此，从无例外。他们已经意识到在大华饭店

演出的妙处：丰厚的报酬，以及爱出风头的客人付的锦上添花的小费。客人中有上海的精英，即所谓的"四百精英"，他们是公共租界里最富裕、最有影响力的外侨和城里最有钱的追欢逐乐者。法租界的新富也来到这里，为夜生活寻找新刺激。好奇的有钱华人同样会前来追捧爵士乐和西方舞蹈。厚厚的北京古纹式地毯上摆着朴素的牌桌，客人围坐在桌边，身下是宽大的藤椅，身边摆着插棕榈叶的竹筒。他们在这"冬日温室"里饮酒，酒桌上铺着白色亚麻桌布。乔和内莉甚至有一晚曾和来上海推销自己默片的道格拉斯·范朋克和玛丽·碧克馥①跳舞。乔和那位"美国甜心"共舞，她身上佩戴的红蓝宝石就贴在乔的胸上。内莉则被范朋克推着，围着他转了一圈。乔和玛丽看着那个家伙拍了拍内莉的臀部。

即便在大华饭店，夏天也很难熬。虽说有穿着白色工作服的苦力在人们看不见的地方彻夜打扇，但饭店里还是闷热无比。舞池中央摆着一打大冰块，好让跳舞的

---

① 道格拉斯·范朋克（Douglas Fairbanks，1883 年 5 月 29 日 ~ 1939 年 12 月 12 日）和玛丽·碧克馥（Mary Pickford，1892 年 4 月 8 日 ~ 1979 年 5 月 29 日）都是默片时代的好莱坞著名影星。玛丽·碧克馥的昵称之一是"美国甜心"。二人是夫妻。——译者注

人凉快下来。在两支舞曲的间隙，有中国人拿着拖把过来拖干地板上的水。乔和内莉围着冰块滑动，好像穿着溜冰鞋。虽然有冰，但男士仍旧汗流浃背，女士擦了脂粉的脸上仍然被汗水冲出小沟。午夜时分，男士的衬衫领子已湿透，他们的眼圈也染上了浓重的阴影。他们走出舞场，去把湿透的领子换下。在潮湿的上海夜晚，他们会额外带上大约半打领子以供更换。在后台，乔也要补妆，而且程序不比内莉少。他要给鼻子扑粉，以免它在灯光下发亮。他还要重新描眉，在双颊上点几点胭脂。午夜后，乐队会自由发挥，加快节奏。管理人员在舞池里安装了一个火车模型，它会满地兜圈子。怀蒂会拿着麦克风报站，每当他吼出一个中国站名时，他的乐队就会大声地模拟火车的轰隆声。中国的大人物看得津津有味，每当出现某种新把戏，他们都要即兴评论一番。他们专注地听乐队结束表演时的致辞："在亲爱的老上海的夜晚，我在跳舞，甜心，我在跟你一起跳舞。"

乔和内莉为十几个白俄女孩编排了舞蹈，她们是巴贝在月宫舞厅里认识的歌舞团成员。这些女孩在大华的舞池里一字排开，把大腿踢得高高的，在色彩鲜艳的巴黎城背景板前跳康康舞，用自己的表演震惊四座。忘掉那拘谨的"草裙舞"吧：它曾风靡一时，但现在已是明日黄花。乔让内莉盛装出场（或者可以说她实际上没有穿衣服），扮成一位阿兹特克公主。她在舞池中跳西迷舞[①]，把造物主的所有恩赐都展示于人前。她就是上海的约瑟芬·贝克[②]；而且如果能让她去香榭丽舍大道，她就敢于去和那个贝克一决高下。

杰克和巴贝在大多数夜晚都会来访。杰克认为结交每个说话有分量的人就是自己的正事，因为"血巷"对他来说只是事业的起点。他把乔介绍给两个中国人。这两人喜欢大华的一切，看起来像是东方的"劳莱与哈代"[③]。他们自称董先生和冯先生，穿着西装，把拇指插在裤兜里，把金表链露在外面，衬衫胸口上还落了烧饼渣。他们计划在法租界开一家新的俱乐部，想把它建成上海最棒的舞场和餐厅。也许乔愿意带内莉一起过去做指导，排练音乐表演和合唱。杰克说那才是真正的

---

① 即 shimmy，一种肚皮舞。——译者注

② 约瑟芬·贝克（Josephine Baker），美国黑人舞蹈家、歌唱家，曾以性感大胆的舞蹈和柔美的歌声红遍法国。——译者注

③ "劳莱与哈代"是美国早期戏剧节目名，也指该节目的两位滑稽演员斯坦·劳莱（Stan Laurel）与奥列佛·哈代（Oliver Hardy）。——译者注

摇钱树；乔说可能是吧，你们的俱乐部落成开业时请叫上我。这就是上海。这里的梦想都很大胆，做梦的人则更大胆。乔猜自己再也不会听到这两个小丑的消息了。

现在，一年过去了，内莉和乔坐在小桌边，坐在他们那两把快散架的椅子上，一边看窗外太阳升起，一边举着漱口杯，喝着香槟酒和柯尔酒。乔从桌上把一只暗红色的摩洛哥皮小盒子递给内莉。里面是只摩凡陀·铂尔曼（Movado Pullman）牌的旅行闹钟，钟面是金的，不是便宜货。他陪那些口气难闻、上了年纪的大班太太跳华尔兹，攒了一个月的小费才买下了它。

杰克曾给乔提过忠告，说自己听说大华饭店已经破产，很快就要关门大吉。乔告诉内莉，他认为他们应该组建自己的歌舞团，在远东的外港和城市巡演。这个团队可以起名为"法伦的富丽秀"（Farren's Follies）①。内莉觉得这个名字念起来很棒。他们已经受够了所有的小费与陪舞，以及那些公寓楼里的臭虫、煤烟和大声清嗓子吐痰的人。此外，乔和内莉近来已经开始为某些特

---

① 富丽秀结合了法国时事秀与美国综艺秀的特征，是音乐剧发展初期的雏形之一，曾在美国风靡一时。——译者注

定团体的深夜聚会跳舞，好多挣些外快。好些拉格泰姆聚会、迪克西兰爵士乐摇摆舞都是由"忧郁的内尔"和"绅士乔"主持的。他穿着丝绸睡衣，打着领结；她穿着猩红色的丝绸和服，那是她在随"午夜快乐时光"去横滨演出时买下的。大家都这样模仿伦敦西区和曼哈顿的睡衣聚会。但在上海，这些聚会有自己的特色。廉价的本地鸦片冒出的蓝烟在屋子里缭绕，带着与众不同的甜香。内莉不断调制威士忌苏打水和斯滕格斯；巴贝的朋友梁先生提供了鸦片；有人把手摇留声机的音量调大，好让内莉领几个专门选出来的人跳"火鸡舞"和"大灰熊"。内莉喝了一两杯酒，大家都知道喝酒能使人变苗条；当然了，乔也希望他的"忧郁的内尔"保持身材。夜晚是狂野的，白天则是懒洋洋的。是时候筹划未来了。

3

周末是个大日子，是农历第五个月的第五天，有两个"第五"，是 1932 年上海纪念屈原的端午节。人人兴致高涨。杰克自己也有事情要庆祝：他已把曼哈顿酒吧变成了"血巷"里最好的酒吧。

实际上，"血巷"最宽处有 110 码，与其说是条小巷，不如说是商业街。这里有二三十家酒吧，也可能有更多，大多数是小而脏的廉价酒馆。其中很多甚至没有电力供应，酒吧后的公厕也很恶心。顾客从一家走到另一家，从一个柜台慢慢地走到下一个。他们不停地给自己灌烈酒。酒质恶劣，这是因为当地水源里含有霍乱病菌和能引起痢疾的变形虫，但他们并不在乎。每间酒吧里都臭烘烘的：汗湿的亚麻衣物、头油、发蜡、润发油、香烟、恶臭的口气、妓女廉价的香水，这些东西的气味与石蜡蒸汽炉和煤油灯的臭味混合在一起，让人难以忍受。然而，这些下等酒吧总是爱取大气的名字，比如"卡巴莱宫"（Palais Cabaret）、"弗里斯科"（Frisco）、"玛姆香槟"（Mumms）、"水晶"（Crystal）、"教皇宫"（Pop's Place）、"修道士的铜管"（Monk's Brass Rail）、"新丽池"（New Ritz）……当然，还有曼哈顿。妓女也成立了"国联"：南方来的广东人、随和而丰腴的朝鲜人、讲法语的大屁股越南姑娘，以及瘦成皮包骨的、极美的"娜塔莎"。"娜塔莎"是上海外侨对那些职业可疑的白俄女子的统称，付给她们的度夜资比其他妓女的要高一倍，但还是比不上那些在江西路高等妓院里"待价而沽"的美国妓女——士兵和年轻水兵的咸猪手可不配触碰美国姑娘。"娜塔莎"、冷淡的澳门欧亚混血女子以及吃苦耐劳的菲律宾人一起在酒吧工作。"血巷"暗淡的灯光掩饰了吸毒针孔留下的溃疡和痘疹造成的疤。

杰克能轻而易举地和来自不同国家的士兵打成一片，包括美国海军陆战队第四团、奥尔巴尼公爵团、皇家威尔士燧发枪团、萨伏伊掷弹兵团、法国海军，以及来自蓝烟囱航运公司（Blue Funnel Line）的利物浦水手。他们爱他，也爱他的烈酒。杰克摆出一盘盘火腿三明治和一碗碗掺水太多的免费肉汤（味道不怎么样）

待客，好让小伙子们不停喝酒。饿肚子的人无法痛饮，他们只会早早醉倒，被海岸巡逻队带走。海军陆战队的列兵每月能领到 30 美元，三级军士长能挣到 80 美元；而在杰克的店里，每杯啤酒只要 2 美分，一瓶上等伦敦杜松子酒只要 67 美分，一瓶合法酿造的尊尼获加威士忌售价不到 1 美元。与此同时，美国国内正在经历大萧条，还实行了禁酒令。虽说这条巷子算是贫民窟，但这些蠢蛋认为自己能找到这么个归宿很幸运。

杰克找来一支小型爵士乐队在局促的小舞台上演出。乐师都是马尼拉人，乐器包括一支吹出来的声音像有人在哭泣的萨克斯和一只能把人震聋的小号。"曼哈顿"和"教皇宫"是"血巷"上两家不可错过的酒馆；但如果你脑子足够聪明且没喝醉酒的话，你就会一直捂住钱包。杰克的酒保和打手是米基·奥布赖恩，此人是他在"维纳斯"看场子时的老伙计。作为打手，米基的实力和杰克不相上下，对自己的本职工作也很喜爱。同样来自"维纳斯"的巴贝是杰克现在的"正室"。她不跑去吸鸦片时，就会坐在窗前拉客，把大批好色的海军陆战队士兵和皇家威尔士燧发枪团士兵吸引进来。杰克从静安寺路的店铺"格林豪斯夫人"（Madame Greenhouse）为她买了件白色亚麻连衣裙，好让她看起来样貌动人。他让她戒掉鸦片，因为那东西会让她目光呆滞，鼻涕流个不停；但她只是微笑着避开他的瞪视。

上海的酒吧街也分三六九等。苏州河上游浜北的虹江路是垫底的。杰克开玩笑说那条巷子像"肿胀的静脉"，而那里的杜松子酒是在浴缸里私酿的，会喝瞎你的眼睛。那一年，"艾美姐妹"① 和她那帮狂热的教派成员来到这"尘世间最邪恶的城市"，沿虹江路巡行，寻找需要拯救的灵魂，想要给妓女施洗。为把这些拿《圣经》的说教者拒于法租界之外，杰克捐了一笔钱。让大家都很吃惊的是，"艾美姐妹"在坐船回美国之前，竟然真的给八名妓女和一位贫穷的嫖客施洗，拯救了他们的灵魂。但有太多喝得烂醉的大兵在这里被掏空钱包，因此英国皇家宪兵队和美国军事警察宣布虹江路为禁区。公共租界北面的施高塔路也未能幸免，这条路自 1890 年代以来被称为"壕沟"，情况没好到哪里去。

---

① 本名为艾美·闪珀·麦可培森（Aimee Semple McPherson），20世纪二三十年代的著名美国福音派女传教士。——译者注

任何着制服的人都不得进入这两条街道。因此，比虬江路和"壕沟"只强了一星半点的"血巷"人满为患，举目皆是士兵和水手。

杰克着手开分店。他把从"血巷"赚来的利润用来开了拉莱的小竹屋（Riley's Bamboo Hut），这家夏威夷风格的酒吧位于四川北路，离"维纳斯"不远，店里摆着藤制家具，四壁都有竹子内衬。女招待戴着火奴鲁鲁式花环，除此之外就没穿多少东西了。虹口的四川北路虽然与上流社会相去甚远，但多少比"血巷"要上档次一些。杰克利用内莉的关系找来几位因为资质不足而被"富丽秀"刷下来的舞女；乔则为他请来一支想找份临时工作的乐队弹尤克里里（正好呼应酒吧主题）。对大头兵和海军陆战队士兵来说，虹口的大部分区域属禁区；军官却不受此限。杰克就这样把生意做得面面俱到：曼哈顿酒吧从海军陆战队士兵和普通士兵身上大发其财；拉莱的小竹屋则接待低阶军官和重要人士。

财源滚滚而至。在 1932 年与 1933 年之交，杰克积聚起一笔财富，但他仍在努力抹去自己的过去。他坐轮船去了横滨，用实实在在的美元从总领事那里换来一本持有者名为杰克·T. 拉莱的智利护照。在圣地亚哥的又一场不可避免的军事政变后，这位总领事也被不可避免地召回了。杰克在格兰饭店（Grand Hotel）里放松了几天，在著名的内克塔琳妓院（Nectarine bordello）消磨了几个夜晚。然后他感到厌倦，于是跳上一艘回上海的轮船。他在码头告诉海关自己是杰克·T. 拉莱，一位上海酒吧老板，为自己是智利公民而骄傲。对方深鞠一躬表示敬意，挥手放行。

今夜，他在曼哈顿酒吧的后屋往香槟酒瓶里掺廉价苹果酒。苹果酒的价格只有香槟酒价的一半，但从瓶子里倒出时不能像真正的香槟一样咝咝作响。尽管如此，把苹果酒当作香槟卖是曼哈顿酒吧一个不错的利润来源。不久他就会给威士忌"施洗"，即往里面掺点神圣的上海本地水，这会让他的利润再上一个台阶。

他的思绪总是不由自主地飘回到马尼拉的那一排排老虎机身上，它们大口大口地把硬币吐入桶中，那个瘦高的加拿大人再把硬币一一回收。上海没有老虎机，只有非法的轮盘赌，但轮盘赌太高端，是为那些要人准备的，还总会被上海公共租界警务处查抄。此外还有

"花会"①，这是人人都能参加的中国博彩活动。马尼拉的生意蒸蒸日上，这非法的勾当风行一时，横越太平洋，入侵了已深受禁酒令之苦的旧金山。等这阵风刮回来时，又带来了有三个卷轴的"独立钟"老虎机。它们被分解成零件，塞进威士忌空桶，然后再运到马尼拉。杰克给乔发了电报，当时后者和内莉正带着他们的"富丽秀"在马尼拉巡演。也许乔能帮忙找找这玩意儿？乔发回电报说已经找到了供货商。杰克订下了自己的第一批货，把钱电汇给那个家伙，随后他们安排了交货事宜。上海就要迎来"老虎机之王"的统治了。

---

① 上海当时流行的一种极具迷信色彩的传统博戏，参与者多为下层妇女。——译者注

4

　　流言成真：大华饭店破产，被拆除、摧毁了。饭店里那间四叶草形状的舞厅沦为了碎石堆。上海大班曾在此翩翩起舞；哈根贝克（Hagenbeck）的马戏团曾在此搭起帐篷，大声向华人和外侨兜售入场券，向他们展示那些无精打采的印度大象，以便赚取铜板。现在是乔和内莉开展巡演的好时机。

　　乔从阿尔·伊斯雷尔的"德尔蒙特"雇用俄罗斯女孩。阿尔生于加州，一战前就来到上海，和妻子贝莎（Bertha）以及小舅子一起经营着那家小酒馆。这位小舅子叫瑟曼·海德（Thurman Hyde），外号"恶魔"，是体重两百磅的一战老兵。人们说阿尔在沪西城郊开门做生意简直是疯了；但他设了停车场，雇用了一个包头巾的锡克人当看守，还在入口处安装了彩灯。上海人当时正好爱上了汽车。现在有一长排的别克、帕卡德和凯迪拉克开到他那凡尔赛主题的酒馆，那里凌晨两点才开始营业。阿尔是个好人，对乔从他那里挖人毫不在意。他们在"红玫瑰"算是密友，常在清晨和文加滕兄弟一起发牢骚，也曾在"维纳斯"一起吃火腿蛋。而且阿尔知道，在哈尔滨和大连的白俄贫民窟里，总是会有想要踏上"德尔蒙特"这条船的新舞者。

"法伦的富丽秀"从天津和威海卫出发，辗转马尼拉、横滨、东京和神户，然后再到英国人统治下的香港、荷兰人统治下的巴达维亚、法国人统治下的西贡和河内，甚至还到了孟买为印度王公献艺。该歌舞团是个淫乱、封闭的小世界：四个女孩住一间屋，小伙子则"见缝插针"，设法跟别人混住。他们在卧铺火车上同床睡觉，挤进轮船的舱室，所住的房间里到处挂着洗完的衣服。女演员不停地吸烟，偷用彼此的唇膏，在天津、香港和单身的"格里芬"调情，在吉隆坡和巴达维亚向无趣的种植园主送秋波。有几个女孩被关于更好生活的许诺诱惑，消失不见了。马来联邦的橡胶种植园主有望结束孤枕独眠的夜晚；她们让船舶管理员和旅馆搬运工做春梦。在"富丽秀"所到的港口城镇，那些上了年纪的古板太太很是烦恼，传教士们则试着以"有伤风化"为由禁止他们演出。为挣点额外收入，小伙子会和年纪稍长的女士在外面待到很晚。

内莉负责管束女演员。女演员们需要医生，也需要肩膀来依靠。她们属于同一种类型，大多是脾气大、容易走极端的俄罗斯难民。是乔亲自把她们选出来的。她们都有黑色的大眼睛，和内莉像是从同一个模子里刻出来的。她们在睫毛上涂很重的油膏，在双颊扑胭脂以凸显自己良好的骨相。她们尽量不晒太阳，好让皮肤白得像大理石一样。她们不时节食以保持体形。她们的头发被剪短到几乎能看到头皮，闪着缎子般的光泽。她们用盐和小苏打漂白自己被尼古丁染黄的牙齿。

女孩们经常惹麻烦。从表面上看她们像是虔诚的俄罗斯东正教信徒，但很多人在新加坡卖淫，因为这种钱挣起来很容易。博罗维卡医生（Doc Borovika）常和"维纳斯"的"火腿蛋帮会"一起厮混，她们回到上海后都会去找他。在上海，这位医生必不可少。他的名字总是出现在乔以及几十家妓院、卡巴莱歌舞厅的工资支出单上。他自称曾是一战时期奥地利的王牌飞行员，奥匈帝国解体后被迫逃到东方。也许他确实做过飞行员，也许没有。但他是位合法执业的医生，而且有一定的专业造诣。他给她们注射砷化合物治疗性病，为中和砷化合物的毒素又为她们注射铋，且注射铋留下的针痕竟然比砷化合物的还多。但如果少打几针，她们很快就会旧病复发。她们走霉运时，医生会应她们的需要照顾擦伤、治疗痘疹、开些人见人爱的可直接使用的药粉。医生向杰克供应苯丙胺类兴奋剂，帮他熬过漫漫长夜。当巴贝买不起优质毒品时，医生为她推荐那种被上海毒贩称为"凯迪拉克"的含鸦片成分的药片。

在船上，大家在排练之余都很放松。他们聚在甲板上照集体照。十五六个女演员穿着帆布短裤和亚麻衬衫，把上衣下摆卷起，露出平滑的小腹。六七个小伙子穿着土黄色军服和紧身黑色泳裤。乔看起来仍然是个漂亮人物，但发际线后退得很快。他穿着法兰绒长裤和白衬衫，无论天气有多潮湿都坚持打领带。内莉穿着亚麻套装，戴着宽檐帽，免得阳光直射到她脸上。乔用一只胳膊搂着内莉的腰，把她抱得紧紧的。这世界是他的牡蛎，他要撬开它的硬壳，尝尝里面美味的汁液。"富丽秀"在所到的商埠、更偏僻的外港（只要有外国人在那里做生意）和殖民地城镇都轰动一时。为杰克这种在上海的"可敬人士"做点好事又有什么害处呢？乔几乎没有意识到，在接手这方面的业务并为杰克挑选老虎机的时候，他已经永远改变了两人未来的人生轨迹。在未来的日子里，他们注定要纠缠不清。

5

　　杰克·拉莱有一船货物即将到港。提货单上注明那些东西是藤制家具或黑檀画框，要么就是钟表零件……其实里面是老虎机，是"吃角子老虎机"，正等着人们把它们组装起来。杰克在马尼拉的老关系已成功利用美国海军的运输船直接发货；而乔已经把从上海汇来的现金付给了马尼拉；来往两地运送补给的军士也已经被买通了。

　　杰克和米基开了辆借来的平板货车，把它停在位于东百老汇路的虹口码头大门处。1933 年 10 月初，寒意已经袭来。他们签了文件，向海关人员手里塞了几张钞票。米基当时已经找到几个前海军陆战队士兵。这帮人在上海耽于享乐，没有回国，而是选择留在这里做可信赖的装卸工，每接一单活儿就能挣几美元。他们把那些板条箱搬到货车上。

　　在杰克·T. 拉莱的努力下，上海逐渐迷上了老虎机。公共租界里的每家酒吧、法租界里的每家俱乐部以及虹口的每家下等酒馆都想要一台。每周租金为 15 法币；杰克从进项中拿大头；场地的回扣要给足，要让租用者觉得这投资很划算。中国人也很喜欢这种新的"吃角子老虎机"，因此中国人开的舞厅也都想要一台。

让我们回到曼哈顿酒吧：男人们用撬棍打开板条箱；杰克则使出浑身解数，把他在海军里接受过的所有机械训练用于组装里面的东西。杰克·拉莱自称是老虎机在上海的独家供应商。从沪北越界筑路到宝山华人区与公共租界的边界，再越过华人区到沪西越界筑路，再向外到虹桥的城郊；从杨浦到公共租界和法租界的东部边界；从穷街陋巷备有自动点唱机的小酒吧到住宅区的客厅和绅士俱乐部——这些地方都是他的业务范围。如果有哪个野心家，或哪个做发财梦的游手好闲者打算自己进口老虎机，而恰好又有人想从他手里买一台的话，这两人就会惹上麻烦。在这个以嗜赌闻名的城市里，杰克拥有并控制了每一台老虎机。

海军的运输船不断到港，截至 1933 年的圣诞节，公共租界已处处是老虎机，而工部局警务处竟没有注意到它们的光临。之前他们在上海从没见过这东西，也不知道这到底是什么。老虎机是个热门的新事物。尽管它们不招传教使团和上海贞女会的喜欢，但也没有触犯上海的哪条法律。《字林西报》给了杰克一个新的绰号——"上海老虎机之王"。天哪，他甚至把自己的名字铸在角子上！这个名字在黄铜角子上获得了不朽。角子上都刻了"ETR"①的字样，它们的面值有 5 分的、10 分的、20 分的、1 美元的。它们可用于支付，也可在全城兑换现金。杰克实际上为上海创造了一种新的替代货币。

杰克把生意做得很好。很快米基就忙不过来了，杰克需要更多人手来收硬币，而那些前海军陆战队士兵此时派上了用场。他们都是粗人，遇事不动脑，也没有太多牵挂。换句话说，这些人不会向巡捕告密。大多数人之前当过打手，抢劫过无足轻重的中国人和俄罗斯毒贩，或是在后巷的非法聚赌中当过托儿。杰克害怕这帮人也会抢劫自己，于是雇用了他们，用自己之前在长江巡逻队里学到的行话和元音清晰的塔尔萨口音让他们心

① 即杰克使用的证件上的名字爱德华·托马斯·拉莱（Edward Thomas Riley）的缩写。——译者注

悦诚服。他们当然不是有教养的人，但他们有优点能弥补这个缺点——他们会叫那些打算抢夺杰克·拉莱进项的家伙滚远点。杰克给他们发工资，在拉莱的小竹屋把他们灌醉，让他们在曼哈顿酒吧的姑娘中挑挑拣拣。同时，他要确保他们衣着得体，让他们穿上靴子并刮掉胡子。他甚至还让他们组建了一支棒球队，在周末训练。杰克带领的这支由前海军陆战队士兵和夜猫子组成的队伍叫"城镇队"（Town Team），它不仅赢得了全市联赛，还用靠老虎机赚来的钱资助了虹桥一家收留被遗弃女婴的孤儿院。这些男人对杰克忠心耿耿。很快，全城都知道他们是"拉莱之友"。因此在挑衅他们，或在杰克名下的某间小酒馆里闹事，或打算大声质疑杰克老虎机的可靠度之前，需要再三考虑，否则"拉莱之友"就可能把你的脑袋瓜介绍给"血巷"地上那些肮脏的石板认识。

6

　　"富丽秀"于1934年那个潮湿的夏季回到上海，在百乐门找到新的演出场地。百乐门是新开的舞厅，占地面积极大，位于愚园路上老涌泉公墓旁，就在公共租界与沪西越界筑路的交会处。舞厅门外矗立着有霓虹灯点缀的高塔，让百乐门变得恍若梦幻世界。这里有富有东京情调的咖啡馆、装饰艺术风格的灯具和中外来宾。这是最新的时尚，它的名字在中文中意为通向百种乐趣之门。有钱的上海本地人喜欢这个地方，那四百位最上层的上海外侨也很享受安装了弹簧的舞池地板所带来的乐趣。这新地方值得一看。上海最富有的金条交易商西蒙斯为举办女儿爱丽丝的21岁生日派对租下整个场地，从而一举奠定了百乐门的地位。当时中国沿海城市报纸的社会版除了这场派对和百乐门外不谈其他。随后不久，在愚园路与静安寺路的交会处，由包车司机驾驶的一辆辆豪华轿车挤在路边，这座都市里年轻的、富裕的或美丽的人物走下汽车，踏进百乐门令人瞠目的大厅。

乔组建室内歌舞团，把歌舞团的女演员称作他的"宝贝"。她们也是当之无愧的"百乐门宝贝"。同时他让内莉在上海最长的踢踏舞队伍的最前端或中央领舞。剧场装饰得富丽堂皇，但更衣室逊色得很：更衣室的天花板很低矮，有个小窗户兼作通风口，只有城市有轨电车的刺耳噪声和从不间断的汽车喇叭声能传进来，两三个低瓦数灯泡根本无法照亮全屋。华人化妆师挤在门边，一个老迈的俄罗斯女裁缝坐在角落里。

然而，这就是生活。歌舞演员从阴暗的化妆间鱼贯而出，走向灯光闪耀的舞台。乔站在楼梯顶端，挨个检查她们的指甲脏不脏、脸上的油彩是不是涂多了、梅毒瘢痕能不能被看出来。演出结束后，一群粉丝和年轻的"格里芬"挤在下场门处，热情地想要护送歌舞女郎去愚园路拐角的某家卡巴莱歌舞厅。但这类想法必会落空，因为女演员有更好的去处——她们要陪年纪更大、能开出更高条件的恩客消磨时间。这些要人在仙乐斯请她们吃饭，那里有穿白制服的侍者，还有年轻的小伙子端茶倒水。有时他们会在深夜去维克多·沙逊（Victor Sassoon）新开的位于华懋饭店顶层的塔楼总会（Tower

Club）喝鸡尾酒。这些"宝贝"的伎俩是晚餐，跳舞，索要一两个她们以后可以典当变现的小礼物或者搞点现金，对她们来说现金最不能少。她们曾于深夜在环形的罗别根路上飙车；去过法租界巴黎饭店的卡巴莱歌舞厅背人处的某张桌子；曾受英国资深亡命之徒比尔·霍金斯（Bill Hawkins）之邀坐在非法私家俄罗斯轮盘赌桌旁，它就堂而皇之地摆在沧州饭店的套房里；与一帮坏小子去过萨沙·维金斯基（Sasha Vertinsky）位于大西路的、营业到很晚的卡巴莱歌舞厅"栀子花"（Gardenia）；也体验过麦特赫斯脱路上莉莉·弗洛尔（Lily Flohr）的精英酒吧（Elite Bar）里的香槟和哀伤的维也纳情歌；当然，在她们的所有经历中都有人暗中对她们动手动脚。

内莉仍然是令人垂涎的对象。乔也找了人去时时留意她，而且只留意她一人。她走进百乐门时，所有人都转过头来。她穿着红色双绉纱的连衣裙和黑色皮草长大衣，戴着一顶黑色钟形帽。她双眸乌黑，两颊嫣红，涂着宝石红的唇膏，身畔萦绕着一股娇兰"蝴蝶夫人"的香风。男人都爱说自己曾与她春风一度，然而如果他们说的都是真话，她就该是公共租界里最忙碌的女人了。

内莉高高在上，对他们所有人来说都可望而不可即。

百乐门的开场表演结束后，杰克和巴贝开着杰克的新跑车登场了，他们前来本城的最大舞厅体验体验。内莉要保证杰克有足够浓的咖啡喝，还要给巴贝准备些毒品。一旦巴贝开始向内莉诉苦，且杰克开始和乔大谈特谈，就意味着"老虎机之王"有正事要做了。

* * *

周五夜晚，杰克·拉莱的钱袋开始聚集财富。早在大群顾客拥入曼哈顿酒吧买醉之前，在百无聊赖的"娜塔莎"仍在随留声机的音乐共舞，以此打发时间之时，一行人就动身了。他们走进外面那闷热潮湿、令人难以忍耐的"血巷"。这里很快会挤满吵吵嚷嚷、喝得烂醉、身上制服浸满汗水的士兵，用甜言蜜语勾引客人的妓女，以及好奇的贫民。华人司机开着那辆帕卡德；米基·奥布赖恩在一旁持枪保驾护航；一位新来的"拉莱之友"名叫施密特，他和拉莱坐在后面，腋下夹着支毛瑟枪；车上还有带锁的大箱子，里面装了大堆的硬币。

先干正事：小伙子们前去拉莱的小竹屋检查结账处，看到总账员正在处理赊账记录，确保没有严重的坏账堆积。上海的赊账制度意味着那些军官和要人大吃大喝后只要在柜上签账单，就可以稍后再付钱。但总有那么几个人觉得可以不断消费，积攒到一定数量后再拍拍屁股不告而别。检查完成后，他们又去 37427 俱乐部（37427 Club）找那些葡萄牙人，看能不能安排更多船只运送老虎机。老虎机供不应求，马尼拉那边也无法提供更多了，于是乔向澳门索要更多机器，但澳门是葡萄牙人的地盘。然后，老虎机也开始在夜间运转。全上海城的老虎机形成了三条路线，每条都要三天清一次硬币，安在静安寺路上海军陆战队第四团俱乐部的那台机器除外，因为它每夜都要清一次，有时甚至要两次。

杰克和米基去那些小酒馆收硬币，把机器里的角子分类，根据进项重新调整机器的赔率，并和酒吧老板聊天。他们把装着硬币的帆布袋扔到帕卡德的后座上，施密特正坐在那里。这个德国人的鼻子是歪的，鼻梁肯定被至少打断过两次才会成这样。他用粗壮的双臂环抱那只大钱箱，双眼始终不离毛瑟枪。

今晚走哪条路线呢？从公共租界里凡的荷兰乡村客栈（Van's Dutch Village Inn）开始吧。它位于静安寺路后的"爱情弄"。一位名叫凡的荷兰人和他的日本籍妻子经营着这地方。这里小而私密；凡和穿和服的老板娘待在酒吧中央方形的封闭小柜台后环视全场。这里的乐队有三件乐器，还经常举办歌咏会供常客娱乐，而常客中总是有下值的公共租界巡捕。这里的特色酒水斯希丹麦芽酒将在营业结束前放倒不止一位顾客。沿"爱情弄"向前走，就到了圣安娜舞场（St Anna Ballroom），它又称"桑塔·阿纳斯"（Santa Annas），是一处有各种乐器的大舞池。厄尔·惠利（Earl Whaley）和他的大型爵士乐队"炽热切分音"（Red Hot Syncopaters）在舞场楼上的演出室里演奏，他们的音乐被无线电放送出来。"桑塔·阿纳斯"里挤满了水兵，离玛吉·肯尼迪（Maggie Kennedy）营业多年的妓院极近，长期以来都是海军陆战队第四团的心头好。下一站是汉迪·兰迪酒吧（Handy Randy Bar），然后是静安寺路上的"厄运"（Jinx）。"厄运"是德国人开的，供应牛排和啤酒。它的舞池很小，俄罗斯和犹太女招待深受英国皇家海军中的"焦油杰克"① 喜爱。"焦油杰克"工资微薄，扔给那台"独臂强盗"的硬币在数量上从来都比

---

① "焦油杰克"（Jack Tar）的说法产生于 17 世纪，那时水手们在船上工作的过程中，其帆布裤子上常常沾满了焦油。——译者注

不过那些一向幸运的海军陆战队士兵。收硬币的最后一站是海军陆战队俱乐部，在那里的收获总是最多的。老虎机被清空，然后它的所有者开始分成。下一个晚上，他们先去了法租界，再去了虹口，走完这条路线后又从头再来，收获了越来越多的硬币。

凌晨三点半，他们回到曼哈顿酒吧的里屋，前面的店堂里只剩下铁杆常客仍在痛饮，还有拿着武器把守前后门的"拉莱之友"。到了盘点当晚收入的时候了，所有的零钱都是实实在在的美元。杰克像往常一样，靠大剂量的咖啡因来保持清醒，免得撑不过去。米基在咖啡渗滤壶的电热板上为老板煮了一大壶咖啡，它浓稠得像浦东的烂泥一样。杰克·拉莱喜欢这种浓度，每天都要成加仑地喝咖啡，好让自己精神满满。他让米基去外面吸烟。尽管八月的夜晚还很闷，但门窗仍然紧闭。

数啊，数啊，数啊。硬币在桌上堆积如山，每一摞就是一美元。它们被打包好后就会被存进银行。杰克、米基和施密特数得飞快，每数完十美元就在纸条上做个标记，以便最后算出总数。一摞，一摞，又一摞。俗话说"积少成多"，杰克简直就是这种精神的化身。

他们数完了所有的硬币，分好了摞，记好了账。现

金被藏在曼哈顿酒吧的里屋，放在拉莱那只美国制造的
巨大保险箱里，第二天早上将被交给几个谨慎的宁波银
行家。那些宁波人来到上海，创建了金融帝国，他们正
是杰克喜欢的那类守口如瓶的银行家。东方破晓，第一
缕晨光降临大地，鸟儿的歌声盖过了自动点唱机上的爵
士乐，它放的是保罗·惠特曼（Paul Whiteman）的
《浓雾弥漫你的眼》（Smoke Gets in Your Eyes），是当年
公共租界的流行金曲。这里确实烟雾弥漫——在酒吧前
屋，烟灰缸里的烟蒂堆得高高的，威士忌酒瓶的瓶底只
有沉渣留下给小伙子。杰克有些恍惚，飞快地眨着眼，
但工作已经完成了。上海人对老虎机的瘾头使他更加富
有。施密特和其他几位“拉莱之友”留下来看守保险
箱，直到银行开门。该再煮一壶咖啡了，也许还能去
“维纳斯”同萨姆、乔、内莉和巴贝再吃点火腿蛋。如
果还有比这门生意更棒的买卖，杰克·拉莱相信那将是
上帝的伟大国度里受到最严密保护的秘密。

7

9月，"中头彩的杰克"① 决定扩张规模，合法经营。老虎机的进项有百分之八十落到了他的钱袋里，他的财富呈指数级增长。曼哈顿酒吧里的数只保险箱已被他装满，记账的便笺簿也写满了，更不用提在宁波银行家那里的存款金额。他已经买了上海电力公司、美商上海电话公司、英商上海煤气公司以及公共租界和法租界电车公司的股份。但钱财仍然滚滚而来，需要给它们找个去处。

不要认为"中头彩的杰克"没有野心。他正展望未来，想要往上爬，想要摆脱"血巷"里的那群醉鬼。即使是"维纳斯"的老萨姆·莱维，也凭着他的"马尼拉节奏男孩组合"（Manila Rhythm Boys）和一班跳踢腿舞的粗腿朝鲜舞女打入了高端市场，乔教会了这些舞

---

① 此处原文为"Jackpot Jack"。英文中，"jackpot"指赌博中的头彩，因此这里是一个双关。——译者注

女跳康康舞。同时，阿尔·伊斯雷尔的"德尔蒙特"一直营业到凌晨三四点。乔·法伦为他精心编排了另一套歌舞表演；"恶魔"海德守着门，不让醉鬼和大兵入内。杰克曾去四川路上的月宫舞厅欣赏歌舞秀，也见识过百乐门的"宝贝"。杰克已对人称"齐格菲尔德"的乔·法伦的本事了然于胸。乔的歌舞团有六十位舞蹈演员，他还另外管理着一百位伴舞女郎。杰克也想要这样的表演，想要会点香槟酒喝，且能从苹果酒的嘶嘶声中辨别出杯中物究竟是什么的顾客。乔可能是从欧洲某个鬼地方爬出来的犹太人，但人们现在视他为国王：大人物喜欢他，也喜欢他夫人。现在杰克有了钱，他也想以金钱为阶梯，爬上那个阶层。在大上海，有钱就能做大班。那些绅士花起钱来大手大脚，整晚都是如此，而且即使他们喝醉了也不会挥舞拳头。

如何才能跃过龙门呢？乔告诉杰克有几家连锁酒馆待售，这正搔着后者的痒处。于是杰克买进 DD's 的股份，这是一家体面的连锁俱乐部，有三家店面，离"血巷"只有几步路远，但所接待客人的层次与后者的酒馆天差地别。总店位于法租界的主干道霞飞路，人们来到这里摆阔和跳摇摆舞。在乔的帮助下，杰克与温文尔雅的罗马尼亚低音歌手蒂诺（Tino）及其管弦乐队搭上了线，于是DD's的酒菜和舞蹈都成了一种享受。对蒂诺本人和他的乐队来说，他们需要在红玫瑰卡巴莱歌舞厅的基础上更上一层楼，这也是个好机会。现在，杰克能和百乐门，以及公共租界和法租界里更时髦的酒馆竞争了。万事俱备，但还有个问题：如果杰克想要进入更高端的圈子，穿上晚礼服和那四百位上层人士坐在同一张桌边闲聊，就不能把一个目光浑浊的瘾君子带在身边。

杰克已经禁止医生再私下给巴贝提供"凯迪拉克"药片。内莉从歌舞团女演员那里听说，巴贝长期以来一直在月宫舞厅的烟馆里赊账，但如今梁先生不准她再赊了。现在巴贝正在那里大吼大叫、胡言乱语，把那地方砸得稀烂。乔去杰克的新酒馆找他时，后者正往吧台里存放酒水。他们一起去了梁先生那里，这个中国人正抱怨巴贝把他的顾客都吓跑了。他们发现她在一张长沙发上打滚，腹部绞痛，大汗淋漓，就像身处炎热的夏天。杰克对她大发雷霆，说她如果不戒毒的话他们就分手。巴贝尖叫起来，求他让她再吸一口。杰克转身离开，巴贝撕碎了所有能撕碎的东西，彻底陷入崩溃。乔给博罗维卡医生打了电话，医生认识一个能治毒瘾的德国催眠师。乔把钱付给梁先生，和那个德国人一起给巴贝做检查。他让巴贝忘记杰克，把精力放到治疗上，重新振作起来。

* * *

一周后，在人称"小俄罗斯"的霞飞路 DD's 门外，一群咯咯笑的"娜塔莎"正在和人打情骂俏。她们都满头金发，其中近半数人的金发是天生的。美国海军陆战队士兵向她们打招呼，英国大兵吹起口哨，意大利萨伏伊掷弹兵用法式军用尖顶帽盖住抹了油的头发，向她们大送秋波。

杰克在门口招呼他们："进来吧，小伙子，她们还有很多姐妹在里面。到了晚上，我们的'娜塔莎'要多少有多少。但别穿制服，否则会把大人物吓跑。"他们齐声回应："没错，拉莱先生，确实是这样。我们一定来，拉莱先生，我们一定来。"

然而，他们没有来。DD's 实际上并不是为年轻士兵开设的，那里的酒水价格是"血巷"的五倍。想象一下：香槟要 40 美元一瓶，这价格简直贵得离谱；鸡尾酒一样不便宜。享受深夜乐趣之前，时髦人士愿意先光临这种地方。大班在周五晚上也会带着秘书来这里。

像爱丽丝·戴西·西蒙斯那样的有钱女士同样会来，想引起她们注意的"格里芬"也是消费人群。

比起亲自出面管理 DD's，杰克有更好的计划。为提升这里的格调，他请来一位女性俄国流亡者。她是她那个阶层的代表，举手投足间都带着旧世界的所有魅力和风度。娜泽达是个甜美的女人，能把结账处的账目整理得清清楚楚，还能管理那些伴舞女郎（她们的舞票卖 10 美分一张）。前台有一位穿制服的锡克人和一位来自圣彼得堡的老派管家向大人物鞠躬。伴舞女郎来来往往，她们大多是俄罗斯人，娜泽达让她们遵守秩序。她们可以从自己的舞伴在酒吧里的消费中提成 15%，到周末，兑付舞票最多的那位"娜塔莎"可以得到 10 美元奖励。杰克喜欢娜泽达的容貌和她管理舞女的手段。难道说"老虎机之王"也会坠入爱河吗？

与此同时，杰克和米基还要打理那些老虎机，他们大多数时间都和"拉莱之友"一起待在"小竹屋"或"曼哈顿"里。DD's 做的是正当生意，不需要过多干预。杰克现在有新"朋友"了，其中包括一个想要大量搜集各种八卦和内幕消息的家伙——前巴尔的摩小报雇佣文人，人称唐的罗伯特·奇泽姆（Robert

Chisholm），现在此人已来到上海闯荡。杰克曾给他一笔现金，帮他创办了一家报纸，上面列出了所有的卡巴莱歌舞厅和夜总会，还有午餐和减价出售的信息，以及能抵扣现金的优惠券和大量广告。这份报纸被称为《购物新闻》，"狡猾的唐"为它撰写恶意毁谤的社论。他会严厉抨击煤气公司、电车公司和电话公司的巨头，直到他们花大价钱在报纸上发布整版广告为止。他会说工部局的坏话，以影射的手法取悦读者，散布关于工部局董事的流言蜚语，一般与其私生活、小过失、情妇和在喝醉的夜晚碰上的不幸之事有关，除非他们愿意投放广告或给赞助。这是一种老套的陷阱。付钱给 R. 奇泽姆先生吧。唐需要的是关于最高层人士的八卦，而杰克正好能提供这些内容。

《购物新闻》
—"短报"—
1934年10月15日 星期一

亲爱的读者,不用我们说您也知道,公共租界里的生活成本正在飙升。我们经过调查发现,一些本地公司对员工表现出了慷慨的同情心。例如我们发现亚细亚剧院(入场券尚未涨价)给中国员工涨薪19%,并给外国雇员涨薪15%。另一方面,我们发现上海电力公司把有权休探亲假的员工的薪水提高到原来的250%,这可能是他们下月向我们收取120%附加费的原因之一,也解释了为何其在当地雇用的中外员工薪水均提高了25%。按照我们的计算方法,40%的加薪可使收入高于平均线的工薪阶层维持收支平衡。

《字林西报》的女性版称,今年冬天,从伦敦到巴黎到纽约……当然还有上海,钩织头巾十分流行。位于静安寺路944号的克丽奥钩织品公司(CLEO CROCHET)可以买到所有新上市的女士钩织头巾,颜色齐全。携带本刊前往即可获得七折优惠。别忘了,该店也有您需要的所有枕头、床单和桌布。预约电话:36755。

如果工部局的保守老家伙像啃噬腐烂木腿的白蚁群一样被消灭了的话,直接原因只可能是他们自己的盲目贪欲,以及他们在护财和敛财问题上的执着。董事会不仅是一群人的集合——这话是谁说的来着?——还是城里最出色的大生意人的俱乐部,完美代表了地主、公共事业、航运、保险、金融和可敬的老上海总会会员的利益。司法的首要原则是:"清官难断家务事"……还是说我们都错了?

有故事要讲吗?编辑部地址:南京路233号540房间。电话:上海-10695。

8

乔在忙于排练百乐门 1934 年的圣诞歌舞秀时，被人叫去接电话。他几乎不敢相信他的维也纳耳朵："劳莱与哈代"，也就是杰克曾在大华饭店介绍给他的那两个中国人回来了。千真万确！看来董先生和冯先生所梦寐以求的就是经营上海最时髦的娱乐场所。他们早就知道大华要停业，就把手里的股份卖给消息没那么灵通的呆瓜，然后继续向前。他们手头有现金，有关系，还是杜月笙的结拜兄弟，而杜月笙是法租界的真正幕后操纵者。

"大耳杜"起自微末，本是浦东码头上的小人物，加入上海青帮后节节攀升，最终成为上海无可争辩的中国黑帮老大和犯罪宗师。此人生得其貌不扬，但让人望而生畏。人们认为每个妓女、劫匪、毒贩、彩票销售员和歌厅老板都在以某种形式向杜月笙交保护费。他曾将青帮打造成上海举足轻重的黑社会势力，在这座城市中以勒索闻名。据说他控制了法租界巡捕房、上海最大的航运公司和至少两家银行。但更重要的是，杜月笙与政府有千丝万缕的联系，与中国国民党领袖蒋介石有私交。蒋介石统治着中国。1927 年，当工会尝试推翻其在上海华界的统治时，杜月笙手下的青帮暴徒对左派人士大开杀戒，将他们在闹市公开砍头。蒋介石肯定欠杜月笙人情，否则又该如何解释如下事实呢？要知道，杜月笙既是自称致力于根除上海贩毒吸毒现象的市禁毒委员会成员，同时又是上海最大的毒贩。此外，他有供奉自己祖先的祠堂，里面却运营着中国最大的海洛因工厂，两者似乎并行不悖。他在法租界内拥有大量不动产，是成千上万人的房东。任何想在法租界内做点事的人到头来都会发现自己要先取得杜月笙的允准。

杜月笙本人有鸦片瘾，常躲在他位于法租界杜美路的那栋欧式现代主义风格的豪宅里消磨时光。董先生和冯先生有幸能上门拜访他。他帮他们取得了经营辣斐德路逸园舞厅的许可，舞厅就在跑狗场旁边。跑狗场每周三和周五会举行高水平的拳击赛；每晚还有巴斯克、卡塔卢尼亚和阿根廷的小伙子熟练地打快节奏的海阿拉比赛，周末则是每天打两次。

　　墨西哥赌博经理卡洛斯·加西亚（Carlos Garcia）善于言辞，是逸园的幕后操纵者，也是上海的惯犯。他曾拥有一家赌场，于 1929 年被公共租界警务处查抄。在华德路监狱待满一年后，他利用和"大耳杜"的私交，用所有的赌场收益建起了逸园。这处建筑群占据了法租界辣斐德路、迈尔西爱路、亚尔培路和西爱咸斯路的整个街区，是上海真正的金矿。这一切手续都由一位名叫步维贤（Louis Bouvier）的法国银行家一手操办，此人看上去光明磊落，你若不知道杜月笙也视其为结拜兄弟，就可能会把毕生积蓄托付给他。加西亚为人低调，但通过自己的耳目监视包括赛狗、海阿拉回力球赛、拳击赛和夜总会在内的一切事务。

　　由于有杜月笙出资，董先生和冯先生现在也上了这条船。加西亚让他们去找城里最棒的表演主持人，乔·法伦在他们的考虑范围内。乔想要辆别克车，另外要求他们配一位司机，就像怀蒂·史密斯在大华饭店拥有的那辆车和司机一样。他的要求被满足了。加西亚让他们注意上等格调的保持：男士要戴黑领带，女士要着长裙；表演要有品位，不能出现西迷舞女或库奇①舞者；不许喧哗吵嚷，不许卖淫；酒会上不许交易毒品或酗酒。

它具备法租界最好酒吧的所有条件；然而，要想获得上海外侨的注意，它还要和众多对手竞争。维克多·沙逊爵士正逐渐提升仙乐斯的规格，杰克名下的 DD's 也不容小觑。此外，精英酒吧吸引了夜不归宿的欧洲富人，老闸北的酒馆如"维纳斯"热闹依旧，索尔·格林伯格（Sol Greenberg）开在爱多亚路上的卡萨诺瓦俱乐部（Casanova Club）是中国人在工作后常去的地方。还有不同风格的桌球酒吧、私酒铺、备有自动点唱机的小酒吧、卡巴莱歌舞厅和地下酒馆。乔的命令很简单：他展示的东西要能把包括百乐门在内的其他娱乐场所彻底比下去。它必须更时髦、更酷、更性感，总之要比他指导过的歌舞表演更壮观，包括"午夜快乐时光"、"富丽秀"、大华饭店、"百乐门宝贝"和"德尔蒙特"的演出。乔回想起 1926 年的那一天，他跟"午夜快乐时光"到达上海后，在派利饭店观看了瓦莱达·斯诺和泰迪·韦瑟福德的表演。现在他也想要一支黑人乐

---

① 库奇（cooch）是一种带有色情意味的扭摆舞。——译者注

队。切分音黑人爵士舞、火鸡舞、查尔斯顿舞、黑人扭摆舞、《第十二街拉格泰姆舞曲》、伦巴舞……这些正是上海需要的东西。乔会让逸园成为行业翘楚。

乔的祈祷得到了回应：黑人巴克·克莱顿（Buck Clayton）、他的女友德比（Derby）和他的乐队"哈莱姆绅士"（Harlem Gentlemen）决定离开加州，乘船来上海。巴克和他的团队是个不错的选择：一个黑人乐师，集凯伯·凯洛威①风格、路易斯·阿姆斯特朗②风格和其他爵士乐风格于一身；此外，德比还颇有埃塞尔·沃特斯③的神韵。这一切就仿佛派利饭店美好旧时光的重现，但这一次，人们的着装更高档，烟灰缸也被清理得更及时。乔跟他们签了约；董先生和冯先生预付了款项，但对成本之高颇有怨言。巴克想要按美国标准以美元支付薪水，他们勉强同意了。这就是中国的"劳莱与哈代"——一个胖如佛陀，另一个瘦似

① 凯伯·凯洛威（Cab Calloway），美国爵士乐歌手、乐队指挥。——译者注
② 路易斯·阿姆斯特朗（Louis Armstrong），美国爵士音乐的灵魂人物。——译者注
③ 埃塞尔·沃特斯（Ethel Waters），美国歌手、女演员。——译者注

钉耙，但两人都富比克洛伊索斯①，而且大家都知道他们花起钱来很吝啬。卡洛斯·加西亚登上逸园的塔楼，吸了一支古巴雪茄，居高临下地看着他的赛狗道，然后笑了。

巴克和他的乐队乘坐的"胡佛总统"号（*President Hoover*）靠了岸。他们在大来航运轮船公司的小棚子里办完海关手续后，直奔法租界。巴克与美艳的德比新婚燕尔，他乐不可支，嘴从左耳根咧到右耳根。两口子如胶似漆，在码头上就开始拥吻。"哈莱姆绅士"在船上度过了一段愉快的时光，和大嘴巴的好莱坞演员乔·E.布朗（Joe E. Brown）互吹牛皮。后者要乘船去夏威夷，一路上把他们逗得很开心。到达上海之前，船曾在神户停留，他们在岸上看到了一些古怪滑稽的行为。董先生和冯先生找了点关系，让乐队迅速过关。上海的传奇人物美国黑人泰迪·韦瑟福德从 1920 年代初就开始在这座城市里弹钢琴，他也出席了董先生和冯先生举办的宴会，并在宴会上教巴克和小伙子们如何拿

---

① 古代吕底亚国王，被同时期的希腊人视为最富裕的人。——译者注

住令人恼火的筷子、转动餐桌转盘并对桌上的食物表达喜爱之情。

乔带他们在城里转了一圈。巴克和德比坐着他的专车，其他小伙子则乘出租车跟在后面。他们经过城市里热闹的霓虹灯，它们将从日落一直亮到黎明。他们尽情体验上海的夜生活，与白俄姑娘眉目传情，学当地人把瓜子壳吐在地上。他们还去调查音乐领域的竞争对手：菲律宾乐师、华人乐师和俄罗斯乐师。乔带小伙子们参观逸园，那里给他们留下了深刻的印象：庞大的建筑物里举目皆是装饰艺术风格的物件，附带的草坪可供人在夏天举办茶舞，赛狗场上观众的吼叫声从后面传来。卡洛斯·加西亚露了面，拍着大家的后背以示友好，端出他在墨西哥的酿酒厂里酿造的龙舌兰酒，又拿了一盒古巴雪茄给小伙子们抽。"哈莱姆绅士"睁大双眼。他们喜欢上了"海阿拉"，开始观看那些瘦长的巴斯克年轻人像闪电一样迅速移动；在星期三晚上的对战中，他们看到"海军陆战队的王牌"比利·艾缔思（Billy Addis）把来自日本海军的对手击倒在地，在满场观众面前用星条旗裹住自己。乔带他们去找自己的裁缝平治（Pingee），为他们从头到脚定做手工裁剪的衣物，包括白色男士晚礼服、黑色和灰色的大礼服、带缎子褶边的猩红色燕尾服，然后把账单开给董先生和冯先生。平治只有五英尺高，为够到巴克的肩膀，给巴克量尺寸，他得站在一只茶叶箱上。每位乐师都得到了一打白衬衫；德比则从虹口一位信奉祆教的印度妇人那里定做了一架子的丝绸长袍，这个妇人有时也给内莉缝衣服。乔想要的是耀人眼目的、真正时髦的爵士乐团，而德比、巴克和这支乐队完全符合这标准。

乔为董先生和冯先生排练了一种混合秀。女主持人是厄休拉·普勒斯顿（Ursula Preston），一个讲话一口女王腔的英国舞女。当乔和内莉不想亲自上场时，她和男友能轻松地和着波莱罗舞曲完成一出弗雷德和琴吉①那样的演出。乐队从晚上九点开始接连演奏发薪日的经典曲目，然后十多个长腿女孩排成行出场，她们被叫作"好莱坞金发美人"，据称是土生土长的加州女孩，尽管有几人的俄罗斯口音泄了底。从九点半开始舞台就成了"哈莱姆绅士"的天下。乔和巴克商量着打造了一

① 弗雷德·阿斯泰尔（Fred Astaire）和琴吉·罗杰斯（Ginger Rogers）是著名的美国舞蹈搭档、20世纪三四十年代的好莱坞歌舞片巨星。——译者注

套绝活，它在亮相的第一晚就轰动了法租界。

宋美龄和她的扈从坐在逸园位置最好的几张桌子旁；而董先生和冯先生向这位"第一夫人"深深鞠躬，从此奠定了逸园作为法租界头号夜总会的地位。中国在蒋委员长掌中，宋美龄是他的夫人、翻译和心腹。他是中国政界和军界的领袖，而她是全中国最上镜、最令人羡慕的女人。无论她走到哪儿，媒体的摄影师都紧追其后。在首都南京，蒋介石小心翼翼地与控制租界的外国列强和杜月笙的青帮维持关系。这个三方同盟共同的立足点是，他们都反感崭露头角的共产党人。蒋夫人用她的美式教育、完美的英语、对西方生活方式的标榜，以及宋氏家族（也许是上海最有影响力的华人家族）女儿的身份，来维护和加强与外国人的联系。蒋夫人喜欢她在逸园看到的一切：舞台、舞池、巴克和他的小伙子、德比、"好莱坞金发美人"、在聚光灯下滑行的乔和内莉，以及优雅的来宾。上海华界的上流人士追随她的脚步，成群结队地拥入逸园。有时兴之所至，她会让乐队教她跳踢踏舞。她用卫斯理学院口音的英语迷倒了所有人。此外，她是唯一可以穿宽松的裤子入内的女性，就连加西亚也不会去强制蒋夫人遵守着装规则。

　　乔给巴克介绍了几位本地乐师，让他们在演奏中插入一些中国乐曲，就像大华饭店的怀蒂当年那样。这是中国富人都会来欣赏的东方摇摆乐。乔劝一晚上要在四家俱乐部串场的泰迪·韦瑟福德再加一场深夜演出，和巴克以及他的小伙子一起演奏开场的曲子。他们会演奏一曲盛大的《蓝色狂想曲》，然后泰迪可以走人去赶下一场演出。此人从来都坐不住，即便是在弹琴的时候。

　　逸园的摇摆舞无与伦比；董先生和冯先生只需安坐不动，看着钱财滚滚而来。乔每晚和倾倒众生的内莉闲聊。巴克和"哈莱姆绅士"喜爱上海，且巴克和德比已经一夜成名。德比的动人歌喉和粗俗举止形成了鲜明对比。她撩起短裙露出大腿，踏着节拍跳西迷舞，人们哄然叫好。乔让灯光师把聚光灯锁定在她身上，让她位于光圈中心。穿着真丝和缎子连衣裙的德比令人惊艳。她用直发膏弄直头发，这种每晚都抹的发胶对头皮有害，但让她的头发看上去不错。负责《大陆报》女性版的王贝蒂（Betty Wang）说德比看上去"恍若天仙"，而巴克可能是全上海最帅气的男人。男人瞄着德比的曲线，女士则喜欢巴克和"哈莱姆绅士"。他们穿着洛杉矶佐特装①（这要感谢裁缝平治，他查阅了大量美国杂志才把式样裁对），拉直了头发，留着两撇细细的胡子（模仿克拉克·盖博）。观众不许他们在表演结束后离开舞台。几周之内，逸园舞场就成了人人向往的地方。

过了圣诞节就是新年，日历从 1934 年悄然翻到 1935 年。热辣的摇摆爵士乐仍然使逸园人满为患。巴克和他的小伙子要求涨薪（以美元计）；乔也认为这是应该的，并为他们力争。董先生和冯先生大发牢骚，但最后还是勉强同意了。为了庆祝，乔让巴克和小伙子在结束演出后自由活动。德比回家把发胶洗掉，免得被烧坏头皮。他们在后台先嗑了几粒"凯迪拉克"，迅速玩了几把"通克"纸牌游戏，随后去法租界享受毒品带来的快感和下流生活。小伙子们大肆作乐。他们在"桑塔·阿纳斯"同海军陆战队士兵们打了几架。即使有人打架，那里的乐队也总是听从指挥，继续大声演奏。然后他们去了四川路上的"金雕"（Golden Eagle），那里会为离船上岸的水手举办狂野舞会。他们

---

① 佐特装（zoot suit）是一种以阔衣型、大翻领、高垫肩、宽裤腿、高腰身为特征的男士服装，于 20 世纪四五十年代尤为流行。——译者注

继续向北到了闸北，在文加滕兄弟的红玫瑰卡巴莱歌舞厅里喝小瓶红酒，价格是每夸脱二十枚墨西哥鹰洋。他们在福州路的南京餐馆狼吞虎咽地吃夜宵，然后就去附近的被称为"黄金圈"的红灯区找中国姑娘。他们在上海大戏院后部和意大利海军陆战队的士兵掷骰子，在"小东京"的居酒屋里大吃寿喜烧、喝朝日啤酒。他们在卡萨诺瓦俱乐部里追逐中国舞女和白人妓女。朝鲜女孩和"娜塔莎"大骂他们是"美国白痴"，因为他们在跟她们跳完舞后就逃之夭夭，一毛不拔。他们在华懋饭店很不受欢迎，因为那里不接待有色人种。于是凌晨时分他们一般会去"维纳斯"找萨姆·莱维，吃那里的传统火腿蛋，或在"泰迪的食槽"（Teddy's Crib）享用自制炸鸡、热乎乎的小面包和肉汁，然后用新调的威士忌苏打水把它们一起冲下肚。

　　乔把博罗维卡医生介绍给他们以备不时之需，所有小伙子都为医生的退休金和鸦片钱做了莫大的贡献。唐·奇泽姆给医生在《购物新闻》上提供了免费广告位，想以此从医生口中换取八卦秘闻，但医生口风很紧。周一早上，"哈莱姆绅士"在医生的房间外排起队，等医生治疗他们的淋病、梅毒、梅毒性葡萄膜炎和阴虱。这群急色的小伙子被尿道和生殖器上火烧火燎的疮疡折磨得坐立不安。医生告诉吓坏了的邻人：这些小伙子习惯了炎热的气候，在上海不可避免地患上了感冒。

对乔和内莉来说，逸园的收入能换来他们梦想过的所有东西。内莉在法租界里找到一间体面的公寓，五福弄的粘蝇纸、有缺口的搪瓷坐浴盆和公用炉灶已经成为遥远的过去。他们搬进公寓，生活水平不断提升。但美中也有不足：乔离不开"富丽秀"、"宝贝"或"好莱坞金发美人"，内莉对此难以释怀。他也不再刻意隐瞒那些风流韵事，不再掩饰若有若无的西普调和铃兰调香水味、领子上的口红印、冬天粗花呢外套上粘住的金发，以及其他关于他到处留情的蛛丝马迹。他们背着人大吵；但来逸园的顾客想看到他们在舞池里翩然滑步，于是他们还要表现出亲密的样子。乔到处与人交际，内莉则陪挥金如土的客人喝酒。他们在不断攀升。这本应该令人满足，但上海总是在诱惑你：性、金钱、成功……当然了，还有这里资格最老的"尤物"、最大的利润和财富来源，也就是与这座城市的建立有深刻联系的鸦片。这个世界将会遭遇前所未有的打击。

＊　＊　＊

上海是个"私生子"，如果不是因为它的价值，没人会想要这个孩子。贫弱的中国在对抗强大的英国时战败，在随后签订的不平等条约中，上海被割让给敌人。英国决心要出售鸦片，还想把这个能控制长江沿线贸易的关键港口收入囊中。对南京国民政府来说，这座城市是中国战败的标志，象征了中国在历史上的软弱，只会使其难堪。但现在上海已经崛起，成为中国沿海最富裕的大都市，是聚宝盆，对中国所有满怀希望且意志坚定的野心家来说也是灯塔。这个孩子现在已经成长起来，超越了他那仍在贫穷、疾病和水旱灾害中挣扎的憔悴父亲，成为值得一争的奖品。在中国贫瘠的内陆，仍有四万万人在生死线上挣扎；而这座霓虹灯照耀下的城市一边以他们的血肉为食，一边讥笑他们潦倒的生活。上海是这个国家的一处脓肿、一块脏污。它应接受治疗、清理和消毒，只是时机未到。目前，蒋委员长和他的南京政府让上海人继续抱有以下希望：也许西方列强的领事、商人和他们的军队战舰能够牵制来自东京的更可怕的威胁。

蒋介石的禁烟委员会每年四次地在这座城市里大展雄威，点起火堆焚烧鸦片，让正午的天空黑得看不见太阳。烟雾遍布大街小巷，令人窒息。收缴来的鸦片、海洛因、可卡因和装在小瓶里的吗啡被烈焰吞噬。已被定罪的毒贩被迫将毒品铲进浦东荒地上的砖窑里和横跨黄浦江的沼泽。在海关官员确定风向没问题后，这些毒贩就点燃毒品，让它们燃起冲天火光。那种甜腻而黏稠的黑烟会笼罩对面的公共租界，提醒那里的居民：这是他们造的孽。铲毒品的人稍后会被处决，然后被埋葬在同一片浦东沼泽中，且坟墓前不会有墓碑立起。他们和那些无名的贫困瘾君子埋在一起。这些人是他们曾经的主顾，这些迷失在鸦片烟雾中的鬼魂因他们产生。

黄浦江涨水时会漫过并冲垮堤岸。毒贩和瘾君子肿胀发黑的尸体会再次出现于光天化日之下。但就目前来说，那黑色的烟云确实能提醒霞飞路、静安寺路和海格路上来往的行人：毒品和鸦片是上海永恒的真理。毒品滋养了这座城市，它本身就是毒品贸易留下的永不磨灭的印记。大量毒品沿着城市动脉流入流出，为少数人创造财富，为大多数人打开地狱之门。笼罩城市上空的烟云相对毒品总量而言只是九牛一毛，被销毁的那点实在是无关痛痒。只要这座城市还矗立在黄浦江两岸，毒品就会沿着它的血管流动。

他们流连于城市里的细小支流两岸：苏州河、沙泾、徐家汇。他们拥入城市西边法华村及附近的脏乱村庄。那里是棚户区，单坡屋顶上苫着竹席。有些人住在东倒西歪的漏水破船上，这些小船盖着油布，永远停在散发恶臭的偏僻小河沟里。他们拜倒在外国烟土，也就是鸦片的脚下，而它们是来自西方的蜜糖，里面裹着砒霜。据参与禁烟工作的人估计，城里约有十万个瘾君子。在上海，数不清的烟馆挤在福州路、江西路和愚园路，里面人满为患。这样的街道太多，烟馆数不胜数。白天他们走遍城市，沿街乞讨，想方设法搞到铜子儿。夜晚他们吞云吐雾，罂粟花汁液产生的烟雾缭绕在他们身周。他们面色灰败，皮肤像是褪了色，惨白得和莎草纸差不多。他们的牙齿松动脱落，牙龈流血，瞳孔缩成一点。他们迅速变老，发白背弯，指甲破裂。他们灵魂崩溃，思维模糊。大多数人早早便去世了。

但也有人活了下来，成了毒品的奴隶。他们靠别人剩下的少量烟渣过活。通常这些被称为龙头渣的残余质量太差，被认为不值得保留。富人瘾君子的仆人会从主人的宅子里拿出这些残渣，在小巷里卖给穷人。买者则在棚屋里用煤炉烧水，把它煮开，吸入残渣冒出的烟。那些真正走投无路的人从街上乞讨得来三四个铜子儿，就可以买上一团产自上述加工过程的黏状物。然后他们继续用水把它煮开，把剩余那点渣滓利用到涓滴不漏。在人们眼里，这些瘾君子非生非死，其存在似虚似实。他们不过是鸦片鬼，没有理想，不关心未来，也不记得过去。大家都知道他们，唯恐避之不及。他们只能被驱逐到市郊，到毒品泛滥的贫民窟，到河上的舢板和岸边的竹棚里。这些活死人般的鸦片奴隶就是烟鬼。

人们如此确信着……

9

1933 年，美国废止了禁酒令，酒类贸易迅速创造了大量财富。严格来说，禁酒令也适用于住在上海的美国人（这也算是治外法权的缺点了），然而，没人——包括美国在华法院和美国法警署——会蠢到在公共租界里强制推行沃尔斯特法案①。于是在上海的美国人放心地喝得酩酊大醉，四处作乐。上海进口关税低到可以忽略不计，在收受贿赂方面海关官员恶名远扬。他们在坞边故意睁一只眼闭一只眼。请他们痛饮一番后，就可以免交消费税和执照费了。美国的朗姆酒爱好者从爱尔兰和苏格兰带来一箱箱威士忌，从法国带来白兰地和干邑，然后把它们直接走私回美国。运输路途虽远，利润却颇为可观。卡洛斯·加西亚把自己的墨西哥蒸馏龙舌兰酒运到上海，然后又用标有"中国猪鬃"的板条箱

①　即禁酒法案。——译者注

运回美国西海岸，从而发了笔小财。若没有从上海海运来的好酒，那些有点品位的加州非法酒贩就简直活不下去了。是的，生效的禁酒令当然对公共租界有好处。尽管如此，大家都知道跟毒品相比，酒精的利润简直是不值一提。

谁控制了毒品，谁就拥有未来；然而，煞风景的华盛顿特区决心要打压海洛因、可卡因和吗啡生意。当务之急是开发多条隐秘的贩运路线。人称利普克（Lepke）的纽约黑帮老大小路易斯·布切尔特（Little Louis Buchalter）派他手下人称亚沙（Yasha）的头号采购员，可敬的雅各布·卡岑贝格（Jacob Katzenberg）前往东方。亚沙恰好于1935年（猪年）春节到达上海，想要购买鸦片和"凯迪拉克"药片，然后海运至利普克位于纽约市布鲁克林区西摩大道（Seymour Avenue）的加工厂。"大耳杜"和他的青帮当时垄断了毒品。为获得拜会杜月笙的机会，亚沙需要在上海找条门路。

于是，亚沙开始寻找同行，想在其中选个值得信赖的家伙。杜月笙的那有如龙潭虎穴的豪宅位于法租界，不是随随便便就能溜达进去求见的，你需要找个当地的引荐人。亚沙找到了他要找的人——艾伯特·罗森鲍姆，后者当时正在"红玫瑰"里啜饮荷兰杜松子酒。罗森鲍姆以前就以某种方式了解过亚沙，可能是通过在其母国罗马尼亚的关系打听的（也有人说罗森鲍姆是保加利亚人，但没人能确定他到底是哪国人，也没人知道罗马尼亚和保加利亚之间有什么不同）。罗森鲍姆和萨米·文加滕（Sammy Wiengarten）以及阿尔·文加滕（Al Wiengarten）的关系很铁，后两人都是上海的资深恶棍，是"红玫瑰"的老板。

就像附近的"维纳斯"一样，"红玫瑰"也是这座城市里的犹太黑帮分子和下层人士的聚集地。大家在这里发牢骚，抱怨生意难做，顾客吝啬，歌舞表演女郎老是发疯，同伴常常笨手笨脚。虽说现在《字林西报》的社会新闻栏称法伦为"衣冠楚楚的上海齐格菲尔德"，但他仍会在下班后偶尔溜达到"红玫瑰"，在吧台末端同卡萨诺瓦俱乐部的索尔·格林伯格及蒙特·柏格（Monte Berg）吃土豆烧牛肉。索尔·格林伯格是夜总会传奇人物，而蒙特·柏格经营着长期以来颇受欢迎的"小总会"（Little Club）。乔喜欢萨米·文加滕，因为此人是位可敬的老前辈，是彻头彻尾的老好人——前提是别惹到他。萨米本来早该退休了，但他只是耸耸肩，抬头看向天花板，问自己退休后该去哪里。是去罗马尼亚这痛恨犹太人的该死国家吗？萨米和乔把亚沙介绍给罗森鲍姆，罗森鲍姆这位投资者兼交易好手在全城各行各业都能插上一手。一切都是生意，一切皆可买卖。犹太人没有故国，没有什么狗屁犹太小镇或隔都公寓要怀念，所以也就不会被浪漫主义或乡愁左右。他们都在寻找挣钱、发财和往上爬的机会。

深夜，百乐门和逸园打烊后，"红玫瑰"继续营业到黎明，里面挤满了晚归的人。小汽车沿着门前的街道排起长队。当地的中国小孩收了顾客的钱，为他们看守汽车，免得它们被盗贼盯上。"红玫瑰"没有特殊之处：陈旧的建筑四处漏风。白俄女经理一直穿黑衣为丈夫服丧，很久以前他在与布尔什维克党作战时丢掉了性命。妓女在人群中行骗。来体验生活的头面人物随着白俄巴拉莱卡琴乐队演奏的吉卜赛爵士乐跳吉格舞，直到精疲力竭。这里没有法伦精心调教过的舞者，只有俄罗斯人在深夜唱起伤感的歌，对着微温的红菜汤哀悼失去的故国。失去国籍的俄罗斯人对着他们的伏特加哭泣，他们身边的二流乌克兰籍吉卜赛花花公子及上海外侨痛饮着劣质的日本产威士忌。酒价并无统一标准：老顾客喝一瓶酒仅需付两枚墨西哥鹰洋，喝醉了的水手要付五枚，短暂逗留的游客则要付十枚，而一位潦倒的俄罗斯同胞顶多只需花 1 鹰洋 20 分。萨米请来的演员出场费都很低。一位嗓音特别沙哑的歌手开始唱听众最喜欢的挽歌《黑眼睛》（Dark Eyes），成了当晚的大乐子。主顾把口袋里的零钱和铜子儿都掏空，才勉强压下那可怕的歌声。歌手兜起硬币，消失在后台。

　　清晨，法伦、罗森鲍姆和文加滕兄弟还在后台。这些人都是随和的意第绪人，堪称老上海 1920 年代的传奇人物。他们在审查才从哈尔滨南下上海的俄罗斯和犹太姑娘。就像那个老笑话里说的：身上的衣服是赊来的，脱下衣服倒能挣来现金。乔发现几个"富丽秀"的姑娘和"百乐门宝贝"私下做了点入不了账的生意，她们以微笑回应他。她们知道乔能领会自己的眼风，也知道乔手里有五六间公寓的钥匙，可以随时把她们带去。萨米·文加滕和艾伯特·罗森鲍姆把一切摊开来讲：杜月笙可以供应毒品；而亚沙需要联络人帮忙打理他的贩运路线，但他只信任自己人。别想绕开亚沙，因为他的后台是利普克·布切尔特和纽约下东区黑帮的梅耶·兰斯基（Meyer Lansky），这二位的赫赫声名传到了太平洋彼岸。

收买上海港口不是问题——中国海关官员很快就会在别克展厅前排起队，手里拿着从布鲁克林直接海运过来的百元美钞。但亚沙把钱主要砸在美国海关官员身上，以期开辟一条直达线路。现在他急需大批运送毒品的"骡子"。接着亚沙和利普克听说美国财政部正敦促上海公共租界工部局监视从上海到合众国的航线。萨米回忆起过去自己拉皮条的日子，记起女士在旅行时一般不会碰到麻烦。可以反其道而行：如果财政部那帮家伙认为你会走这条路，那你就去走另一条。姑娘们在上海登船前往马赛，然后要么直接从马赛去纽约，要么经陆路去别的地方，如拉罗谢尔①和汉堡，然后再到美国东海岸。这些女子均持外国护照，均不是美国公民。有些人孤身上路，有些则有帮忙打掩护的"丈夫"随行。有几人会向西前往马尼拉或横滨，再横跨太平洋到达洛杉矶（那里的环境对黑帮活动来说相对宽松），也许还会乘船至英属哥伦比亚和温哥华，然后会有人在码头和

① 拉罗谢尔（La Rochelle）是法国西部港口城市。——译者注

她们碰面，交给她们一张去东海岸的火车票。所有步骤需要的都是姑娘、姑娘、姑娘。所有的帮派分子都知道哪个家伙值得信赖，知道谁能找来最多的姑娘，同时怂恿她们去美国领那笔等待着她们的奖赏。

没人提起是谁促成了这桩交易，但舞蹈指导兼舞男乔·法伦，也是在上海的舞厅娱乐行业中雇用了最多年轻女子的人，伸出触手，试探着想要拿下一家大型夜总会的租约，它位于公共租界和法租界的西部边缘。那里是阿尔·伊斯雷尔建起"德尔蒙特"并大赚特赚的区域，也是法律能灵活变通的区域。法伦正按计划招兵买马，准备再组织一台歌舞表演，把城里最棒的厨师挖来，并让大家知道在夜总会的顶层有一家赌场。他说自己不必举债就能做到这点。为取得执照并让工部局满意，艾伯特·罗森鲍姆帮他成立了挂名公司。大笔孔方兄被花了出去。想要查账？那就祝你好运吧。想知道钱从哪里来？你将永远找不到证据，也不会听到别人谈起。但乔·法伦曾在逸园工作，而逸园的主人是卡洛斯·加西亚，在前台出面的是油滑的法国银行家步维贤，"大耳杜"是其匿名合伙人。把杜月笙与亚沙船上的那些女孩联系在一起的是谁呢？在"红玫瑰"让萨米·文加滕在一旁端酒，同时与受纽约信任的艾伯特·罗森鲍姆商讨财务管理问题的是谁呢？

乔·法伦在全城散布征求女演员的公告：只要脚踝修长，笑容可掬，渴望在一出时事讽刺剧里跳舞，就可被录用。一些应征者被录为演员，其他很多人则发现自己得到的是一张船票和一个新的机会。艾伯特·罗森鲍姆把护照、通行证和一些现金交给她们，帮助她们开始新生活。她们拿到一只活底衣箱，里面装着毒品，还有一个男人的名字，他将在纽约市的切尔西码头与她们碰面。

1935 年 12 月，货物开始发出。万事顺遂，大家都在一条船上。唯一的问题是毒品太多，而愿意参与运送的女孩太少。纽约方面正在施加压力，要求增加出货量。罗森鲍姆被难住了，但乔告诉他自己有办法。还记得杰克·拉莱和那些老虎机吗？还记得那些海军运输船吗？罗森鲍姆懂了：轮值的美国海军陆战队士兵和护士轮番回国时，经常会在行囊里藏点什么，因为海关对军用物品查得不是很严。但罗森鲍姆不傻，他不太喜欢拉莱。他告诉乔：要让这位爱打小算盘的"老虎机之王"知道自己是在为纽约的哪些人物工作，同时要让他明白后者的威名意味着什么。

乔去找杰克落实这事；杰克向他保证，有不少海军陆战队士兵、水手和随军护士乐意在回国的路上挣点外快。杰克会动用他在海军陆战队第四团里的联系人。当杰克听到自己在为谁工作时，吹了声口哨，并表达了敬意。与此同时，他却在心里骂道：去他娘的纽约人，塔尔萨人更不好惹。货物继续运输，但乔提醒他：别私下搞小动作，不能跟这些大佬作对。乔去找那些想回国的歌舞女郎；杰克通过海军陆战队第四团俱乐部联系轮值队员；亚沙则派人在曼哈顿或者西雅图至洛杉矶的西海岸港口等候。

10

华盛顿方面和公共租界工部局都没人想起来要检查从合众国海岸起航的邮轮之外的船舶。很久之前就签署的协议意味着，没人会去给美国海军往返于马尼拉和其祖国间的运输船找麻烦。海洛因的带货人走过跳板，登上加州和西雅图的码头，背包里藏着"酷毙了"的东西，直接走进偏僻的小巷。那里等着个穿大号外套且腋下夹着大包的男人，他会接过背包，再递过去一沓现金。乔和杰克终于能在毒品生意里插上一手了。

毒品生意做了起来，其运转之顺畅让人想起了摸在光滑的山东春亚纺上的感觉。1936 年春节，杰克已经顺利把娜泽达弄到床上，其他各方面的事务都井井有条。尽管逸园抢走一批客户，但他仍能让 DD's 的进账保持相当可喜的水平。全城的老虎机仍使他财源滚滚。但他也了解到，一场轮盘赌在 20 分钟内能为他挣的钱，同一场骰子游戏在 10 小时内一样多，而一排老虎机要赚取同样的数额则要花一晚上。赌台才是"山之绝顶"，高赌注才能吸引要人（要让这帮人掷骰子，可能还不如让他们辛苦工作一天）。1920 年代，那些以小白脸自居的马尼拉赌场员工曾从加西亚那类经营者那里学会了这门生意。在他们的帮助下，拉莱安装了通向天堂的轮盘，准备收获奖赏。他曾在"维纳斯"和"红玫瑰"听到传言，说乔打算用从毒品上赚来的钱，在上海西郊拿下一家大型夜总会，并在那里设置轮盘赌和赌具齐全的赌场。那也将是杰克的机会——他能接手赌场经营，让乔去组织歌舞表演，让所有工作走上正轨，吸引来高消费人群。乔或许能向杰克提供进入高端夜总会生意的"竞技场"的门票。曼哈顿酒吧、拉莱的小竹屋、DD's、老虎机、介绍心甘情愿的海军陆战队士兵和护士加入"红玫瑰"的运毒链，以上种种都是购票费。然而，为乔的夜总会经营赌场（杰克相信这终究会是棵摇钱树）要求的初期投入会比之前所有投资项目赚的钱都多，而且要多得多；但他不想错过试一试的机会。

诱惑在前。有那么多的空背包正向合众国进发，越来越多的海军陆战队士兵、护士和形形色色的军队人员能帮忙运送毒品。他现在只能从毒品中获利。他曾向乔许诺不会私下搞交易。但乔如果不知道，也就不会在意了。

杰克留意到有位 DD's 的常客总在吧台那里色眯眯地盯着娜泽达。就在他要给此人一个教训之前，长舌的唐·奇泽姆出来调停。他对杰克使了个眼色，然后介绍这两人认识。那家伙是个美国人，名叫克劳利，保尔·克劳利（Paul Crawley）。有传言说克劳利于一战后来到东方，在海参崴和东京待了一段时间，毫不费力地学会了当地语言。1920 年代中期，他和一个叫作戈登堡（Goldenberg）的家伙一起制作美国电影的盗版，把它们卖给一位东京承包商，在日本偏远地区的电影帐篷里放映。因为好莱坞电影当时还没有深入那里，他们赚了四万美元。戈登堡设法兑现支票，但随后他就被发现死在银座酒店的房间里，身无分文，他那枚标志性的粉钻戒指也不见了。几个月后，克劳利在哈尔滨安顿下来，娶了位烟瘾很大的俄罗斯女人，也讲起蹩脚的俄语，还经营了一家赌场，把枪支和毒品卖给永远争斗不休的、嗜军火和毒品如命的北方军阀。大家都知道如何在哈尔滨认出克劳利，因为他总是在小指上戴一枚钻戒。

1920 年代末，克劳利已经加入了俄罗斯帮派，就是那个把持了哈尔滨马迭尔宾馆的帮派。他们南下上海，投资了一批酒吧，继续销售枪支和毒品。与军阀的枪支非法交易逐渐停滞之后，他们通过与一位野心勃勃的广东甜食商勾结，提高了毒品的销售量。这位人称阿李的甜食商在四川北路经营天鹅绒甜品店，白天把夹心软糖和土耳其软糖混在一起，晚上则从鸦片中提炼海洛因。这两种生意他都已经做熟了。与此同时，克劳利开始寻找门路，想把这种产品卖到美国去。

狡猾的唐·奇泽姆把卑劣的保罗·克劳利介绍给永远野心勃勃的杰克·拉莱后，克劳利和杰克就制订了生意计划，它能比阿李之前任何一门生意带来更多的甜头。拉莱从老虎机创造的利润中拿出一部分，用于提高四川北路的产量，并靠手中多余的海军陆战队士兵和随军护士开辟了一条直通美国西海岸的海洛因运输新路线，把货物送入对此感兴趣的旧金山熟人手中。这绕开了纽约方面的垄断，为拉莱、阿李和克劳利带来大量现金。但这是个高风险游戏：一方面，联邦政府会循迹而来；另一方面，也许亚沙和虹口的犹太帮派分子也会怒气冲冲地来找麻烦。但现在轮盘赌项目也快上马了。最好趁着没人发觉尽快收手。此外，杰克还有重要的任务：说服乔让自己在他的俱乐部内经营赌场。他和乔在"维纳斯"坐下来。他提出建议，乔洗耳恭听。

11

1936 年夏，气温变得越来越高。乔和杰克感到一切都很顺心：密室里屋的钱越积越多；俱乐部财源广进；傻子仍然排队等着玩老虎机，长长的队伍拐了三道弯；毒品顺利过了海关，钱从纽约流回来。看起来，亚沙和他背后的人，即纽约的利普克和兰斯基也很快活。乔感到他开设夜总会兼赌场的综合性娱乐场所的梦想即将成为现实，而且认为杰克可能就是那个经营赌场的合适人选。杰克了解到乔和虹口那帮人并没发现他的私下操作，松了口气。他的小动作带来的额外收入使他能和乔一起做生意。

逸园每周举行三场能接纳五万观众的赛狗会且场场爆满。客人纷纷下注，赌注金额可大可小。杰克和乔弄到杂种狗并训练它们。他俩都不是适合赛马的人。赛马总会的成员是那些自命不凡的英国佬，还有那帮能送家里的小崽子去牛津大学或麻省理工的中国人。尽管他俩也爱赌马，但玩不出让马儿包赢不输的花样。乔无法让幸运女神一再垂青自己，而杰克也想不出该怎样在赛前给马下药。在这座一切都被扭曲了的城市里，赛马总会里的一切都合乎规矩，这太让人惊奇了。于是这些夜猫子盯上了小狗。此外，跑马要在白天，而他们更喜欢逸园傍晚的赛狗会，在一夜的工作开始前，这算是他们的"早餐"间的消遣。

现在，乔和杰克正在混凝土入口后面的看台上。他们跟自己人站在一起，等待这场盛大比赛的开始。内莉在乔身边。尽管 6 月初的午后很温暖，偶尔还会有阵雨，但她仍然裹着从霞飞路上的西比利亚皮草行里买来的名牌黑貂裘。乔手下的人，包括爱噘嘴的"百乐门宝贝"、活泼的"富丽秀"成员和热辣的"好莱坞金发美人"同样在场。此外还有艾伯特·罗森鲍姆、博罗维卡医生、文加滕兄弟萨米和阿尔。杰克、娜泽达还有那一票"拉莱之友"（由米基和施密特率领）就站在他们身后。娜泽达围着一条狐皮披肩，看上去很甜美。巴贝也在。接受了德国催眠师的戒毒治疗后，她重新获得了杰克的欢心。虽然娜泽达从她那里赢走了"老虎机之王"的心，但她正试着振作起来，同时对情敌表现得大度谦和。她们现在是"闺蜜"。那种"看着我的眼睛，看着我的眼睛"的催眠治疗似乎还算有效。

第一轮比赛草草结束，参赛的都是杂种狗和瘦成皮包骨的小狗崽。它们没准会赢，也有可能哪天就被扔进逸园赛场管理员的炖肉锅里。这种新加入的赛狗不值得下注。即使在一年当中的这段时间，上海的天黑得仍然很快。椭圆形的赛道边上安着一圈电灯，它们在黑色的夜空下闪闪发光；闪烁在赛道两头的是霓虹灯广告牌，上面的字是"怡和啤酒，好运相伴"和"飞立脱，世界领先的杀虫剂"。

所有人都在招呼那些穿着紧身白色短上衣的利落的中国小伙子。他们沿着过道跑上跑下，手里拿着筹码，尖声喊出赔率，用闪电般的速度拿走现金，向赛狗情报员拼命挥手。这里采取的下注方式是派利分成法①。

比赛进行到第四轮时，乔激动起来。他那只奶油色的灵缇犬"漂亮宝贝"也参赛了。他的中国养狗员穿着夹克制服和白色的骑马裤，把那只穿着丝绸狗衣的狗

---

① 赛马中扣除手续费和所得税后，由赢家分配全部赌金的分配模式。——译者注

牵出来。当那只杂种狗停下脚步，蹲下身子在地上拉屎
时，大家哄堂大笑。杰克开玩笑说这狗是在减轻多余的
体重。古老的迷信说法是，如果它们在比赛开始前拉
屎，就会比原来快两个身位。乔在"漂亮宝贝"身上
下了50鹰洋的注，而且不光是他，巴克、德比和"哈
莱姆绅士"也在看台上高高举起要下注的筹码，以示
对这条狗的支持。

喇叭响了，狗场管理员逐一把狗赶到围栏里，"漂
亮宝贝"走在最后。城市上方的天空万里无云，只有
几颗星星在闪烁。乔的猎犬颇有胜算；当狗进了围栏
后，赌注登记人就会把价码从他们的黑板上抹去。电动
兔子弹出来，开始绕着环形赛道飞奔，全场响起了低沉
的交谈声。狗儿暂时陷入了寂静，然后兔子经过，发出
咔嗒咔嗒的声音。围栏门砰然打开，六只瘦削的猎犬箭
一般射出笼子，使出吃奶的力气追着它飞奔。

"漂亮宝贝"脱颖而出，在第一个弯道前就赫然以
两个身位的优势领先。杰克大喊："看我说的没错吧!"
"漂亮宝贝"紧贴围栏，追逐电兔，在第一个终点直道
前都保持领先，与其他追在后面的狗拉开的距离越来越
大。它飞奔着冲过终点线，比第二名领先六个身位。乔

和内莉紧紧相拥；巴克和他的"哈莱姆绅士"互相拍着肩背；所有在"漂亮宝贝"身上下注的人都向乔鞠躬示意，感谢他为自己带来收入。露天看台里的其他人把票根撕碎扔向空中，废纸屑在弧光灯的光束中落下。

接下来是当晚的最后一轮比赛。杰克的狗也准备好上场了。米基·奥布赖恩之前每天都要去虹口公园遛那条灰斑狗，还要从虹口市场买来最上等的牛排喂它。同样的牛排在 DD's 里以 20 枚墨西哥鹰洋的价格卖给那些富商。有一大笔钱被押在了"血巷宝贝"身上。"拉莱之友"和第四海军陆战队下了大注，且不光是他们——杰克给乔使了个眼色，让他在"血巷宝贝"身上也下重注。

赌注登记人把新的卡片别在自己的位置前，层层重叠的卡片上记录着买入价。计算派利分成的小伙子再一次穿过人群。人称"航船"的中国跑票员已经做好准备，即将飞跑到附近的酒吧和咖啡馆里，把比赛结果传递给坐在高脚凳上的场外下注者。乔向杰克点头，挥动他手里价值 50 鹰洋的票，向"血巷宝贝"下注。喇叭又响了。米基·奥布赖恩歪戴着驯马师的帽子，把杰克的狗牵到围栏里。那只电兔出现在跑道上，人们拭目以待。

狗儿们冲出围栏，但"血巷宝贝"的起步不理想，比另一只狗落后四个身位。然后，领先的狗把排在第三和第四的笨家伙远远甩开，第五名肌肉发达的四条腿绊在了一起，摔出来撞在围栏上。卡洛斯·加西亚的"黑多莉"现在位居第一，头面人物在逸园那座只有会员才能登上的高塔上大声加油。但在非终点直道前，"血巷宝贝"追了上来，紧贴围栏，一码一码地缩短与前面那只的距离。它们齐头并进，进入第三弯道。杰克在看台上尖叫。娜泽达跳上跳下。巴贝大声叫骂，脖子上的伤疤涨得通红，其措辞之放肆足以让水手脸红。一百来个海军陆战队士兵站起身来，为那只小母狗助威。

两条狗又以旗鼓相当的速度跑了20码。"黑多莉"现在看上去很累了，它拖着舌头，明显放慢了速度。"血巷宝贝"露出牙齿，满嘴白沫，趁机从外侧挤过去超过了"黑多莉"。杰克·拉莱的杂种狗冲过了终点线。他兴高采烈，向乔致敬，后者则挑起一条眉毛作为回应。在他们后面的看台上，有人用格拉斯哥口音很浓的英语，居高临下地大声抱怨："狗不可能跑这么慢！他们给它下药了，这是明摆着的！"

杰克穿过露天看台向一群穿方格呢短裙的苏格兰人走去。海军陆战队士兵、"拉莱之友"和杰克先动了手，然后是一场混战。他们在长椅间打作一团，女士们仓促避开。乔和内莉袖手旁观，"哈莱姆绅士"则连连喝彩。那些苏格兰人寡不敌众，在"拉莱之友"的短棍和铅管攻势中败下阵来。人群挤在大门处想要离开，有人把弧光灯打碎了。乔催着内莉离开看台。拳脚声、喊叫声和衣衫撕裂声不绝于耳。一位"百乐门宝贝"的鞋子掉了下来，马上被人群踩在脚下。负责逸园安保的非当值法租界安南巡捕努力分开打斗者。一个赌注登记人的座位被打翻，然后又是一个。一个男人绊了一跤，被人甩到地上。随后有人大喊："剃刀，剃刀！"一个苏格兰人脸上被深深地划了一道，正试图捏住伤口；而有个看起来很像杰克·拉莱的家伙转身走开了，边走还边拍着外套翻领，把抹了润发油的头发捋到后面。巡捕们大声吹着警哨；扬声器则压过所有喧嚣，告诉大家：别忘了明天两点半还有活动，要风雨无阻地过来哦。

杰克已经和娜泽达、米基、几位"拉莱之友"一起从一扇侧门出来。施密特亮出他那支放在肩套里的毛瑟枪，很快就开出一条通路。他们挤进一辆帕卡德，前往 DD's。巴克和他的小伙子们一边把德比围在中间，一边努力往外挤。如果有人想要凑近，就会看到一把真正的加州弹簧小折刀。他们会凶狠地盯回去，直到对方不敢与他们对视。"百乐门宝贝"、"富丽秀"演员和"好莱坞金发美人"凑在一起挥舞着手包。如果有人挡路，脸上准会被她们那修剪整齐但尖利非常的指甲挠几把。乔已经和内莉上了台阶，从一扇侧门进了逸园赛狗总会的厨房。在他们下方的看台上，那些法租界的"外国阿飞"和垃圾们正同"白相人"、流氓乞丐和懒汉在赛道上的尘土中一起打滚，争抢因赌注登记人座位的翻倒而飞出来的硬币。扬声器仍在重复"明天""两点半""狗票待售""风雨无阻"。

高塔顶端的会员酒吧里，卡洛斯·加西亚正若无其事地和步维贤一起喝斯滕格斯，酒吧里座无虚席。那些赌注登记人会给他百分之十的营利提成，只为能在赛道边开工。中华民国中央银行最大的分行就在赛场隔壁。这栋大楼为加西亚赚来了那么多的钱财，天天如此，风雨无阻。

12

人称尼克（Nick）的美国财政部专员马丁·尼科尔森（Martin Nicholson）可不是新手，他自封为"东方的艾略特·内斯"①，狂热地扬言说要让毒品交易里再也看不到美国人的身影。他曾致力于粉碎美国国内的毒品交易链条；而现在，他怀着同样的目的移师上海，同时还宣布：对毒贩们来说，1936年夏天将是有史以来最炎热、最难熬的。

尼科尔森的外貌无甚过人之处：身高五英尺二英寸，穿粗革皮鞋，戴一顶蓝色窄边帽。按布克兄弟②的式样剪裁的灰色细条纹西装使他的短腿看上去更短，身材看上去更矮胖。这些衣着让他看起来几乎就是一个站

---

① 艾略特·内斯（Eliot Ness）是美国的传奇禁酒员，曾在芝加哥领导禁酒令执法队伍，因与芝加哥黑社会首领艾尔·卡朋的斗争而闻名。——译者注
② 布克兄弟（Brooks Brothers）为美国服装品牌。——译者注

立的正方形。杰克·拉莱给他起了个"小尼基"的外号。这个外号搞得对方很烦，但很快就传开了。"小尼基"当然不会看不到满城的老虎机，他只是还不知道杰克·T.拉莱是何许人也。他在美国领事馆查阅在上海居留的美国公民的档案盒，发现这个名字没有被登记在案。于是他推测，杰克的老巢设在法租界。然而法租界巡捕房隶属公董局，其见钱眼开的恶名人尽皆知。它并不愿配合"小尼基"证实其推测，虽说公共租界和法租界里的每台老虎机都使用刻有"ETR"的角子，且每个海军陆战队士兵、二等兵、"外国阿飞"和平民都知道这些字母代表爱德华·托马斯·拉莱，也就是杰克。此人在"血巷"里大摇大摆地走来走去，故作亲热地拍水兵们的后背，还花钱在他们的内部报纸上打广告。他把那台机器放在拉莱的小竹屋里供美国海军陆战队的高级军官使用，还赞助唐·奇泽姆在《购物新闻》上传播花边消息，同时在 DD's 里谄媚美国大班。"小尼基"意识到：海军陆战队俱乐部代管的拉莱老虎机就是最粗的那棵摇钱树。"小尼基"认为需要近观杰克·T.拉莱其人。他联系美国国内的联邦调查局，问他们有没有掌握什么情况，但联邦政府工作人员并没能在档案中查到任何记录。"小尼基"的调查受阻。

但他也没让其他人好过。他让华盛顿特区的联邦麻醉品管理局正式请求上海公共租界工部局警务处采取强硬手段对付毒贩。"小尼基"积极推进，和巡捕们一起突袭梁先生设在月宫舞厅里的烟馆。他们抓了几个睡眼惺忪的海军陆战队士兵和"中国沿海城市之花"。"中国沿海城市之花"指来自不同国家的外国女子，在中国沿海城市里凭小聪明立足，被那些出手大方的人称为"交际花"，那些拿不出那么多钱的人则对她们有别的叫法。"小尼基"把巴贝从一张烟榻上拖下来，小腿被后者理直气壮地用细高鞋跟划了一道，以报复他的打扰。看起来那德国催眠师的疗法没有奏效。警务处用马车将他们载走，投入牢房，但第二天就放了他们。海军陆战队士兵们回到军营。巴贝则在牢里尖叫闹腾，直到杰克·拉莱派亲信施密特过来交了保释金，同时送上一个信封，作为对警务处圣诞节派对的赞助。

"小尼基"继续在上海深挖。他接到密报，称一位欧亚混血护士正把毒品运回美国。"小尼基"发现了藏匿在她行李箱里的毒品、一本刚签发的葡萄牙护照、护照上新盖的签证章，以及一张去加州的大来轮船公司的船票。护照来自葡萄牙黑帮，签证看起来倒是如假包换。"小尼基"知道葡萄牙驻上海领事馆圆滑到了堪称传奇的地步。他按密报继续追查，想和线人见一面，但落空了。法国巡捕在华龙路上的法国公园①附近的荒地上，找到一位死去的欧亚混血儿，其背部插着一把柄为兽角材质的刀，此人的特征与关于线人的描述相符。法国巡捕们以他们高卢人的做派无可奈何地大耸肩膀，同时嘟嘟囔囔地抱怨，用的也许是希腊语，也许是科西嘉方言，或者是吉卜赛语，也说不定是澳门方言。"小尼基"再次撞了南墙。他坐在热得像蒸笼一样的办公室里，一无所获。

* * *

时值 1936 年夏末，天鹅绒甜品店的海洛因副业已为填满杰克·拉莱的小金库做了相当大的贡献。"小尼基"关于杰克住处的预感是正确的：杰克在法租界里的圣母院路租了间不错的公寓，和娜泽达安顿下来。她想把它布置成温馨舒适的俄罗斯风格，杰克却让它四壁

---

① 即顾家宅公园（今复兴公园），始建于 1908 年，以法国风貌著名，人称"法国公园"。——译者注

空空，看起来像孤儿院的宿舍、水手的船舱或囚犯的牢房。娜泽达试着以女性风格软化杰克，但也只是放了一两钵百花香①。尽管如此，这公寓离逸园很近，便于观看拳击和赛狗，旁边还有几家体面的餐厅，里面有包间可供谨慎会面之用。对面有家叫作马尼拉酒吧（Manila Bar）的又小又脏的酒馆，里面还有自动点唱机。巴贝这几天在那里徘徊不去，痛饮杜松子酒和法国酒。在月宫舞厅的突击搜查中受惊，又在牢里度过一晚后，她再次戒了毒。她嚼着从一位水手老客那里讨来的口香糖，在对面海阿拉回力球场里皮肤晒成古铜色的阿根廷男孩身上下注，并勾搭有钱的旅游者以便再次充实自己的钱包。

她建议杰克住进那间新公寓，付清房租，以掩藏其真实身份。只要每周小费给得够多，那个白俄门房就会睁一只眼闭一只眼。这处公寓的承租人是从事某种临时性进出口工作的劳伦斯夫妇。任何有急事找杰克的人会给马尼拉酒吧打电话，号码是上海 – 76772；随后巴贝

---

① 各种不同的干花瓣和叶子的混合物，用以使室内空气芬芳。——译者注

会来接电话，她那边会放阿斯泰尔（Astaire）的歌《脸儿相叠》（Cheek to Cheek）作为背景音。杰克认为，最好让如"小尼基"、美国法警署和公共租界警务处等城里的执法者摸不清自己在哪里过夜。

13

　　"小尼基"想让整个上海知道：华盛顿不能再容忍毒品如洪水般涌进美国。亚沙不仅让上海合作者青帮运送鸦片，还大规模生产"凯迪拉克"和吗啡。"上海现在既是分销地，也是生产中心，""小尼基"对《字林西报》如是说，"吗啡和海洛因正迅速取代鸦片，成为走私到美国的主要麻醉剂类毒品……大量毒品流入纽约市，引发了有组织的犯罪。突然流入洛杉矶和旧金山的毒品数量也不相上下。我来这里就是为了终结这一切。"那些知情者都挑起了眉毛。纽约，没问题；但还有些毒品被运去了洛杉矶。从上海把大批量毒品运往旧金山的是谁呢？

* * *

　　在 1936 年最后一个周日的凌晨四点钟，"红玫瑰"的后部冒起烟来。几位本地华人报了警。虹口巡捕房的巡捕砸开后门闯进去，在后面的办公室里发现了全身被火舌吞没的萨米·文加滕。大火肆虐，保险柜门大开，店里的圣诞节收入不翼而飞。萨米头向后靠，似乎正坐在老板椅上谋划某事，但巡捕们没费什么力就注意到有人从后面干脆地打碎了他的头骨，随后放了把火，带着9000美元（他的兄弟阿尔那晚早些时候核算出来的数字）跑掉了。如果他们再晚到十分钟，萨米就会被烧成灰。整件事被归因于一次闯错了门的夜盗行为，另一种说法是老萨米在书桌前睡着，却忘了灭掉烛火。巡捕把萨米·文加滕的残躯拖出来，接着退后一步，眼看着"红玫瑰"被烧为白地。伏特加酒瓶一个个爆开，木料在火中噼啪作响，听起来就像酒店那支冒牌的白俄吉卜赛爵士乐队演奏时用的响板。

形形色色关于萨米·文加滕被谋杀的谣言满天飞。有人说萨米试图将葡萄牙人排除在虹口的"娼妓办赴澳门通行手续"行动之外；有人说萨米曾经搞砸了科西嘉人在法租界的一笔生意；有人说萨米玩牌时出老千，还在百老汇大厦①里高风险的俄罗斯纸牌游戏中做手脚，赢了好多钱；有人说萨米没给公共租界警务处交

① 现上海大厦。——译者注

足保护费；有人说他跟"拉莱之友"作对，私下调整老虎机，自己把肉吃完，只给杰克剩下点儿汤底；有人说他碍了一个水兵醉鬼的路，与后者结了私怨；还有人说他强暴了手下中国厨子的女儿，遭到了那老人的正义复仇。但没人说纽约方面认为萨米瞒着亚沙和利普克，自行布置了从上海到旧金山的毒品运输线，导致那两人大发雷霆，让杜月笙的青帮手下把他"清理"了。这种推测说得通：有毒品从上海被运往美国西海岸，亚沙和利普克两人却对此毫不知情。他们推断他们在上海的联系人在耍瞒天过海的花招。也许吧，但这只是随便说说。如果你敢口无遮拦，乱议"大耳杜"，就会面临短柄小斧加身的命运，然后你的尸体会被一烧了之。

"小尼基"四处打探，收获……近乎为零。他恳请公共租界警务处提供情报；经验丰富的警探、副总巡、重案组负责人约翰·克赖顿（John Crighton）很热心地配合他。克赖顿手下线人的分布之广令人惊叹，他利用这线人网在上海的下层社会四处打探。有线人告诉克赖顿萨米之死与毒品有关，但萨米并没有欺骗纽约黑帮。他们说与虹口黑帮抢饭碗并将毒品运出上海的另有其人。但具体是谁呢？他们说自己不知道，也可能他们知道但不敢透露。约翰·克赖顿撞了南墙，"小尼基"感同身受。尽管如此，公共租界警务处不得不向报社记者解释，免得他们在背后一再攻讦。有些爱出风头的写手，如供职于《密勒氏评论报》的又高又瘦、烟不离手的鲍威尔（JB Powell）发表社论，称公共租界警务处不能有效控制激增的涉毒犯罪。于是公共租界警务处从法租界巡捕房的同行那里找来一则奇谈，似乎可以解释萨米之死。法国人或许是坐在他们薛华立路上的总捕房里胡诌出了这套理论。根据这个说法，葡萄牙黑帮大概想干涉萨米的行动，于是派出一位前巡捕给萨米施加压力，这个人曾被发现在法租界总捕房后门向流氓们出售枪支，因此被解雇了。这位腐化堕落的前巡捕狂热地迷上戈登路大都会舞厅里的一位俄罗斯舞女，花了不少钱给这位"娜塔莎"买皮草与珠宝或请她吃大餐。他需要挣些外快来维系她对自己的青睐。这套理论貌似说得通，因为此人当晚早些时候去过"红玫瑰"，抱怨说自己急需钱财，看上去走投无路。公共租界警务处和法租界巡捕房翻遍了两处租界，后来在闸北一处廉价旅馆里发现了那位被大家认为陷入爱河的前巡捕——他因吸毒过量身亡。于是法租界巡捕房结了案。任何了解上海的人都会很快就相信这个故事。

随便怎样吧……现在萨米·文加滕算是退出了毒品生意。实际上，萨米在虬江路经营半个世纪之久的所有生意都完蛋了。他的兄弟阿尔明白这一点，于是低价变卖了产业，仓皇逃至天津经营一家廉价小酒吧，以求过上安稳日子，再不提及他在上海的过去。大多数上海人过完周末就忘记了文加滕兄弟，继续过他们自己的日子。然而乔为萨米这位好朋友哀悼。乔和内莉看着他下葬，然后交流了如下看法：萨米是个可敬的人；他从未背叛过亚沙，也从未欺瞒过兰斯基；副总巡克赖顿的重案组的结论以法租界巡捕的想象力为基础结论，只是一派胡言。从上海运毒品到美国的另有其人。

仍然没有人把目光投向"老虎机之王"。

14

　　杰克的副业越来越难以掩藏。克劳利正把海洛因运出上海，当然在此之前他自己也吃下不少。杰克现在有了足够多的现金，可以坐下来和乔正式谈谈合作。他打算从后者的夜总会计划中分一杯羹，自己当当老板。他们在"维纳斯"吃饭期间大体达成一致意见——当然是看在杰克不断抬高的预付定金的分上。

　　萨米被杀后，杰克认为是时候叫停天鹅绒甜品店的生意了，但克劳利和阿李并不赞同，于是这份副业继续经营。杰克继续用天鹅绒甜品店的收益从菲律宾和澳门买来更多老虎机。克劳利则谈成了一笔买卖，把从黑市上买来的枪支塞进那些机器里，一起运来上海。驻马尼拉的美国海军陆战队士兵赌债和毒债缠身，赌场要求的利息又高得吓人，于是困境中的他们将使用的军火卖掉，以此偿还赌场高利贷。这条来钱的路子不错，但风险极大。拉莱比大多数人更清楚地知道，美国军队配发的枪支如果在上海被发现用于武装抢劫和绑架，或被挂在自立为王的军阀腰间，就会促使美国驻中国的官方机构采取行动。他对此不太高兴，但克劳利正认准了这棵摇钱树，听不进理智的劝告。

随后克劳利更加贪得无厌。他私下找了位联系人帮他把老虎机偷运进上海，开始将它们卖给不与拉莱和"拉莱之友"做生意的廉价酒吧。毒品也就算了，但"老虎机之王"绝不会让任何人插手"独臂强盗"的生意。杰克打了个电话，然后施密特和几位"拉莱之友"就带着长柄大锤出了门，把克劳利的"赝品"老虎机和安装了那些老虎机的店砸个稀烂。合作到此为止。

但要怎么处理克劳利本人呢？此人已陷得越来越深。他给自己注射更多的毒品，彻夜烂醉到极点，同时不顾一切地追逐金钱，利用海军陆战队士兵和护士送出更多毒品。杰克坚持说他们应该缓一缓，不要冒进，否则他们也会像萨米那样被丢进火里。阿李也觉得有点过分，但克劳利谁的话也不听。毒品壮起他的胆色，他天不怕地不怕，当然也不怕利普克、兰斯基和"大耳杜"。这个家伙已经精神错乱了：他在虹口的俱乐部里晃来晃去，腰上悬着一把很能唬人的"大红九"①。他威吓那些头面人物，还在众目睽睽之下痛打自己的白俄婆娘，让所有人都很尴尬。随后他开始在法租界酒吧里用来谈生意的地方拥吻自己十七岁的秘书。拉莱知道自己得迅速跟克劳利保持距离，让事态平息下来。

随后克劳利的举止完全脱离常轨。他强暴了自己的中国女仆，骚扰他白俄婆娘十一岁的女儿（也就是猥亵自己的继女），还把这事拿来开玩笑。这个愤怒的醉汉还在不止一家夜总会里拔出枪来。他于1月中旬的某天（萨米葬礼的几天后）在 DD's 里也这么干了，乔当时正在酒吧，便让克劳利住手。克劳利喝多了，情绪高昂。他贴近内莉的脸，向她抛媚眼，问她愿不愿意为他做"骡子"，用下体夹住毒品送到旧金山。杰克走过来，出其不意地给了克劳利一拳。然后米基抱住克劳利，把他带离那群瞪眼傻看的客人。但已经太晚了：克劳利的下流建议泄露了他偷运毒品的勾当，乔现在全明白了。

乔用逸园配的那辆别克车把内莉送回家，又回到 DD's。从没有人见过如此愤怒的乔。他发现酒吧已经打

---

① 即德国毛瑟 C–96 军用手枪。——译者注

烊，而杰克和手下坐在一起，于是告诉所有人，他只想私下和杰克谈谈。乔并没有提高嗓门，没有争吵，也没摆出咄咄逼人的姿态——咄咄逼人可不是"绅士乔"的做派。乔告诉杰克，自己知道他和克劳利一直私底下做生意，把毒品运往旧金山，而杰克也要对萨米·文加滕头上的重击和被烧成脆薯条般的尸体负责。杰克已经搞砸了所有人的大好前程。杰克现在可以忘掉在乔·法伦名下任何一家娱乐场所里开设赌场的计划了，他们之间达成的任何共识都完蛋了。乔会对偷运保持缄默，以免有人会大动干戈；但他能做的也就只有这些了，他们俩的友谊走到头了。杰克不应该犯错。如果被虹口和纽约的那两帮人发现，上海就会成为地狱。如果这情况发生了，所有人，除了"小尼基"和公共租界警务处，都会玩儿完。因此，乔要守口如瓶，可他和杰克算是闹掰了。乔起身离开；杰克坐在那儿，怒火中烧。

但杰克没忘记克劳利。第二天，施密特把抽了鸦片的克劳利从迷梦中唤醒，把他押到码头。与此同时，米基为克劳利收拾了行囊。杰克让克劳利在加州蛰伏一段时间，为他自己洗清嫌疑，告诉他等局面整顿好后他们可以再重新开张。克劳利明白自己这次确实闯了大祸，于是跳上回国的船。几周后他在旧金山下船，准备在此地休养。然而，他发现在跳板的那一端，海关官员正等着他，这要归功于"小尼基"从上海发来的电报。这些官员发现克劳利的行李里藏匿着大量海洛因，还有些偷来的美军枪械。保罗·克劳利消失在联邦政府的监狱里，接下来在相当长的一段时间中再未出现。

所有人都在猜测"小尼基"为什么知道克劳利的回国之行，甚至还清楚他行李里藏了什么。美国财政部驻上海总领事馆专员办公室的号码就在黄页电话簿中，而"小尼基"本人会去接听电话。

* * *

正是这些独自旅行的漂亮女孩最后导致了利普克·布切尔特的垮台和美国东海岸生意的衰落。之前"小尼基"只监控从上海到美国的航线，但他终于决定采取"广撒网"的策略，开始检查经苏伊士运河到达欧洲的轮船。有时是年轻女士独自旅行并携带大件行李，有时是少妇和新婚丈夫同行。她们可能持有得克萨斯州以南的任何一个"香蕉共和国"① 的护照，她们的职业

---

① 通常指中美洲或加勒比海海域的小国。——译者注

包括歌舞演员、卡巴莱舞女、从未进过课堂的学生和从未正式受雇的秘书（其中有人用过打字机，有人却在有生之年都完全没碰过这东西）。有些人从上海到马赛，有些人从瑟堡①到纽约。那些出生于俄罗斯或哈尔滨的姑娘在旅途中拿的是葡萄牙、古巴、秘鲁、委内瑞拉、希腊的护照，它们可以为她们的行程提供方便。她们从上海出发，先进入欧洲，再登陆美利坚，以曼哈顿为终点，走了一条迂回的路线。按理说这些女孩甚至支付不起下等舱的船票，然而她们竟然能一步登天，在半岛东方公司（P&O）的邮轮上住进头等舱，在法国火船公司（Messageries Maritime）的船上住套间，或是在北德轮船公司（Nord-Deutscher）的甲板躺椅上消磨时光。这不太对劲。人们私下里传话说，虹口犹太人的夜生活与路易斯·布切尔特和亚沙·卡岑贝格有关。"小尼基"追踪这些姑娘；他的同事在曼哈顿截住她们，搜查她们的行李，先一步从她们的内衣和裙子下面翻找出大量毒品。他们打开行李箱，发现数不清的毒品藏在里面。"小尼基"顺藤摸瓜，粉碎了这个团伙，逮捕了

---

① 法国西北部港口城市。——译者注

营私舞弊的海关官员。他与法国缉毒队携手合作，抓到更多从上海抵达马赛的歌舞女郎。她们带着塞满海洛因的行李箱，打算继续行至纽约。这些女孩被投进监狱，但没有人抱怨，不管警方怎样对待她们，她们还是什么也不知道。虹口那帮人采用了"壁虎断尾"的措施，使警察无法轻易追查到他们。

这桩生意从 1937 年初开始分崩离析。在美国东西海岸进出港的每艘船都将面对"小尼基"手下的美国财政部同事。在船只抵达美国之前停泊过的港口，包括马赛、开罗、塞得港、亚历山大港和热那亚，也会有财政部的人等着，这样可以防止那些"快递员"提前下船改走陆路。在瑟堡、的里雅斯特①、汉堡和南安普敦，搜查尤为仔细，那些出发地是上海或任何其他中国海港（北至威海卫，南至香港）的旅客会得到特别关照。这方法很有效，毒品的海上运输被削弱为细流。消息迅速传回上海，很少有人愿意去运货了。乔和虹口那帮人认为是时候关门大吉了，"小尼基"早晚会通过那些女孩追查到他们的。迄今为止，她们都保持沉默；种

---

① 意大利东北部港口城市。——译者注

种"断尾"措施起了作用，掩盖了他们参与其中的事实。但这种状态不会永远持续下去。这门生意曾是笔好买卖，让大家都存下了真金白银，且除了萨米外，大家都还有命来花这些钱。

到 1937 年秋，路易斯·布切尔特的赏格已高达5000 美元。他在联邦法庭受到缺席起诉，罪名是共谋将海洛因运至美国境内。但当"小尼基"距亚沙·卡岑贝格只有咫尺之遥时，后者消失不见了，一些知情人说他回了罗马尼亚。"小尼基"也想逮捕在运毒路线另一端，也就是上海的罪犯。他跟着线索到了上海码头、吴淞口下游、汇山路的栈桥和虹口区的杨树浦路，却撞上了冰冷的南墙。最好别再往前推进了……

15

1937 年 2 月，杰克的毒品运输彻底中断，他本人和乔的友谊也走到了尽头。在上海华界已准备好迎接新春时，他开始滥用安非他命药片。他在"血巷"和醉鬼动手的次数比起以往多得有点过分，面对拉莱的小竹屋的坏账时显得更加凶神恶煞，向娜泽达大发脾气的频率也高了不少。与乔合作开赌场是杰克志在必得的一次动作，他希望借此跳出酒吧老板和"老虎机之王"所在的阶级，跻身加西亚等人之列，从而拥有这座城市。现在，这个梦想像肥皂泡一样破碎了。

对逸园舞场来说，1937 年的中国春节是日进斗金的机会。大家辞旧迎新，送别鼠年，迎来牛年。当晚，杰克·T. 拉莱在舞池边找了张桌子坐下，眼神有些朦胧的巴贝坐在他身边，一位"娜塔莎"板着脸坐在另一侧。他穿着件半正式晚礼服，从一只水晶香槟酒杯里喝姜汁汽水。但只要靠近看，就会发现他指甲参差不齐的手指正在桌面上敲击，双膝颤动，眼睛不停瞥向四周。他把额头搓得发红，把下唇咬到渗血，把牙齿磨得咯吱作响。杰克很不冷静；在那些了解内情的人看来，他是过来找碴的。大家知道乔和杰克为某些事大吵一架，他们的赌场生意也谈崩了。现在杰克明摆着是来这里搞事的，打算毁掉大家的除夕之夜。巴贝和那个"娜塔莎"也适时地喝过了头且没吸够毒，准备为拉莱擂鼓助威。但乔和内莉不在。杰克本可以派几个"拉莱之友"来，但他喜欢亲自动手解决此类事务。他之前突然在曼哈顿酒吧接到董先生和冯先生打来的电话，说他们需要帮助，问他是否仍然想恶心一下乔。这个电话让他很开心。现在就来找点乐子吧……

* * *

巴克·克莱顿、"哈莱姆绅士"和美艳的德比在逸园仍然大受追捧，他们使逸园的营业额在全上海的夜总会里傲视同侪。然而，和城里涉及外侨的其他任何表演项目不同的是，巴克和他的小伙子按美国标准领薪水，拿到手的是真正的美元。上海当时的通货膨胀很厉害，同时中国的本国货币体系因大家一直担心日本人入侵而走向崩溃。于是董先生和冯先生对要从口袋里掏出实实在在的美钞心存不满，因为这使运营成本逐月上涨。他们想出了解决办法，但这个办法需要利用"老虎机之王"和他造成的某种混乱。

杰克坐在正前方，向下盯着乐池里的巴克看，看得后者紧张不安。巴克安排乐队为"好莱坞金发美人"奏起前奏。女演员从舞台右手边出场，开始她们的日常表演。深夜十一点，杰克仍在盯着巴克看。巴克现在瞪回去，两人的眼睛都一眨不眨。然后杰克站起来，梗着脖子，指着巴克说："看什么看！"巴克并没有转开眼睛，于是杰克骂他是"婊子养的黑小子"。巴克走过去与杰克对峙，但杰克没有乖乖等着，而是抡起手臂给了惊呆的巴克一下，把对方打倒在舞池地板上。杰克跳到巴克身上，拳头像雨点般落在对方头上。"好莱坞金发美人"尖叫四散；"哈莱姆绅士"扔掉乐器，冲下台扑过去，让两人身上转瞬间叠起了好多人。几十桌化了妆、穿着西装的头面人物张大嘴看着。那一晚，逸园仿佛突然成了"血巷"。

杰克很强壮，曾是海军中的优秀职业拳击手。然而双拳难敌四手，他挨了几拳，小伙子们一拥而上，着实把他打了一顿。他们还坐在他的胸口上，把他的头在舞池地板上撞得砰砰响，给他的肋骨上也来了几下。德比看似温柔性感，就像咖啡上的奶油，但她现在展现出野蛮的一面来保护自己的男人。她跳进战团，猛击杰克，抓他的脸。她的指甲鲜红，上面一半是蔻丹，一半是拉莱的血。她用指甲给杰克造成的伤害比克莱顿砸在他脸上的重拳还要重。虽然巴贝在德比的背后动手，活像个嗑药后神志不清的报丧女妖，但杰克仍然输得很惨。

这场战斗最后停了下来，拉莱被轰走了。他流着血，鼻梁骨被打碎，嘴唇裂开，还断了根肋骨，但他放声大笑。巴克也流着血，直不起腰来，勉强走回舞台上。德比的裙子被撕裂，左一片右一条地挂在身上。她喘着粗气，随后若无其事地以深沉洪亮的歌喉为目瞪口呆的观众高歌一曲《暴风雨天气》（Stormy Weather），博得满堂彩。但杰克的任务已经完成了。无论在场的人是否心中有数，无论他们会如何评论，都掩盖不了一个事实：疯狂的杰克·拉莱挑起了争端，而巴克是无辜的一方。但董先生和冯先生与巴克签的合同中有个条款，约定只要惹了麻烦，巴克就会被解雇；现在这两人拿这条来说事。次日晚上，董先生和冯先生就带来了一支马尼拉人乐队。这支乐队的薪水比起巴克的"哈莱姆绅士"来说可谓不值一提，而且可以用法币支付。这是逸园做过的最划算的买卖了。

乔发现了事情真相，气得几乎要发疯，可固执的董先生和冯先生寸步不让。杰克的复仇简直称得上漂亮。乔为巴克感到难过，并为乐队的小伙子们找到了一份临时性的新工作——在索尔·格林伯格的卡萨诺瓦俱乐部演出。然而，好日子结束了，并且巴克发现日本人在公众场合日益嚣张。于是乐队在卡萨诺瓦俱乐部演出到凑够回加州的船票钱后，就回家去也。

16

　　1937 年 7 月，中国的局势日见紧张。对于不知餍足的日本人来说，中国东北已满足不了他们的胃口。他们挥师南下，向古老的帝都进发。在过去的二十年，这座都城已在不同军阀之间多次易手。在古老城墙外的马可·波罗桥①，日本人策划了一次"事故"，称一位日本士兵可能遭到劫持，并以此为借口发动侵略。那位宿醉的士兵大睡一两天后晃荡着回了营地，然而到那时，"大日本帝国"的军队已攫取北平，占领故宫，沿古老的城墙巡逻，在拥挤的胡同中行军。他们迅速向前推进，拿下了通商口岸天津。大多数人认为他们会继续挥师南下，以上海为目标。东京政府想必打算控制长江沿线的贸易。

　　乔已经筋疲力尽。每天深夜，他让司机开别克车载

---

　　① 即卢沟桥。马可·波罗在游记中称其为"世界最美之河桥"，后来西方人习惯称其为马可·波罗桥。——译者注

着他满城跑，以便能解决问题，安慰神经紧张的人，让
生气的客户冷静下来，确保舞池里所有的事务能井井有
条。毒品带来的现金流已干涸，他需要通过歌舞表演积
累财富，给自己开办夜总会的梦想添柴。华灯初上，他
首先来到逸园，请那些贵客入座，让他们酒足饭饱，并
让乐队与泰迪·韦瑟福德一起演奏甜美的乐曲。在拉莱
大闹一场后，这里就变了。然而，它仍然吸引了大批客
人，因为"好莱坞金发美人"和那支马尼拉人的乐队
也不算太糟。他和内莉这几天都没怎么交谈，乔仍然是
爱寻花问柳的丈夫。但他们也许会登上舞台，在傍晚时
分为早来的人跳支华尔兹。尽管他们滑过舞厅地板时，
恨不得用眼神杀死对方，但"绅士乔"和"甜蜜忧郁
的内尔"仍然是一道引人注目的风景线。

　　然后他横穿法租界，来到公共租界，悄悄进入精英
酒吧。那里有一场为维也纳来的女歌手莉莉·弗洛尔暖
场的歌舞表演还需要他去稍做调整。然后他来到百乐
门，歌舞演员排起长长的一行。那里的人员流动性相当
大，内莉对女演员最轻微的违规行为也毫不容情，她想
让新成员迅速记住各种舞蹈动作。百乐门有几十个女演
员，乔时不时需要打扮整齐，登台为日常表演增加一些

乐子。接下来，他该回到法租界，回到逸园，开始第二轮活动。那些"夜猫子"客人已入座，而"衣冠楚楚的乔·法伦"需要走访每个雅座和前排的每张桌子，向富商致意，与华人大腕闲聊。最后，乔回到百乐门，正好赶上表演尾声。他要保证内莉状态正常，别跟女演员大发雷霆。歌舞表演结束后，客人会付费与伴舞女郎共舞。乔也要监控这个环节，保证那些"娜塔莎"的杯中物仅限于姜汁汽水和苹果汁，她们一定不能沾上酒精和毒品。也许再晚些，到凌晨三点以后，他会走出舞厅，去虬江路和夜总会同那些小伙子闲聊，与他们串酒吧，然后去"维纳斯"同萨姆·莱维吃火腿蛋。他很可能会和某个歌舞团的女孩搞点暧昧，但从不对她们上心。对他来说，她们不过是消遣，是情场上的战利品，至少在他遇到拉瑞莎·安德森（Larissa Andersen）之前一直如此。

拉瑞莎和一个朋友走进百乐门。时值夏日，两个女孩还穿着上一年的流行服饰，那家庭手工缝制的女服和被虫蛀坏的鞋底想必是来自圣彼得堡的某只衣柜。她很年轻，顶多 21 岁，当时是衣物保管员。乔从柜台后面看了她一眼便为之倾倒，难以自控。他告诉她，她应当做舞蹈演员，成为聚光灯的焦点；而她回答说，自己已经在学习踢踏舞课程。他告诉她要坚持学下去，且他会让她参加"百乐门宝贝"的选拔考试，加入全城最棒的歌舞团。她对此相当向往，因为这意味着更高的薪水、表演结束后的大餐和领舞的风光。与之相比，衣帽间里的那只装小费的罐子不值一提。某天下午，乔在排练后让她试演，而内莉当时并不在场。她赤着脚在台上起舞，带波点的红色裙裾飞了起来。她是个外行，没接受过正规训练，但她身上有乔喜欢的东西，那是一种与生俱来的性感，能让客人们把目光集中到某个歌舞团演员身上，并为此人神魂颠倒。毕竟他本人当年就是这样遇见内莉的。在那女孩喘气时，乔把台上的一张椅子转了一圈，跨坐在上面，卷起衬衣袖子。她有怎样的故事呢？

拉瑞莎·安德森生于哈巴罗夫斯克（Khabarovsk），在哈尔滨长大。她的父亲曾于沙皇的军队中服役；后来布尔什维克接管军队，他待不下去了，只好离开。乔说从安德森的口音听不出她是俄罗斯人，她说自己从某位祖先那里继承了瑞典血统。她肤色略黑，头发像女学生那样从中间分缝。她有大大的黑眼睛、饱满的嘴唇、小巧诱人的鼻子。乔迅速坠入爱河，快得甚至来不及意识到，内莉十年前就是这副模样。

内莉发现自己手下出现了一位不合格的新演员，于是怒发冲冠。她看到乔盯着那女孩看，更是忍无可忍，在训练时对那女孩大加训斥，因为她知道那是乔喜欢的类型，而之前的她从不把乔的花心归咎于女方。拉瑞莎的确很有魅力，但她的指甲是在家里自己修剪的，鞋子是廉价皮革制成的，衣服磨破了，为了遮掩面料上的蛀洞，她在上面缝了蕾丝。尽管如此，乔还是迷上了拉瑞莎，像下等人那样对她献殷勤，让自己看上去就像一个傻瓜。有一天，内莉在愚园路上偶然看到卖明信片的小贩面前的托盘，这些沿街兜售的廉价明信片上印的是百乐门的演出广告。最上面的那张上印着拉瑞莎这枝初露尖尖角的小荷。在照片里她显得光彩照人。这张照片是在影棚里拍摄的，看起来相当不错。那女孩穿着件蓬松的黑貂皮草，里面很明显没穿太多，看起来相当性感撩人。

内莉认识那件衣服——那是乔在霞飞路上的西比利亚皮草行为她买的。在他买下它的那天，他们还彼此相爱；买下它后，他们在好几个月里只能用米饭和腌菜果腹，但当时他们并不在意。眼泪夺眶而出，冲花了她的眼影。她夺走并撕碎那些明信片，把碎片扔进排水沟。趁乔又在深夜外出打理生意时，她解雇了拉瑞莎，叫后者再也别回来。

乔发现了这件事，现在轮到他怒发冲冠了，但内莉比他更疯狂。她在他们位于富人区的公寓里尖叫，咆哮，打碎瓷器，掀翻家具，把相框里的照片扔得到处都是。乔说自己是清白的。但让她生气的并不是他们可能上了床，因为他之前已经和其他女人睡了很多次，而是那些明信片使她丢脸，让她看起来就像个傻子。她已经受够了百乐门，受够了"宝贝"和"金发美人"，受够了逸园，受够了混蛋"绅士乔"，受够了上海。他过去安慰她，但挨了她一记耳光，眼镜都被打掉了。他眼前一片模糊，只好在地毯上一边摸索着寻找眼镜，一边大发雷霆。

内莉打电话把乔的司机叫来，收拾好自己的行李，让司机把她的珠宝和积蓄、几件纪念品和四行李箱衣物搬到别克车上。她到了码头，却不知自己该去何方。船都已经客满，无论是头等舱还是下等舱，无论是经苏伊士运河去欧洲的航线还是经神户去美国的航线，连一张空床铺也没有。今晚无论她出多少钱，都没人能为她匀出一间舱室。北平和天津已落入日军之手，而日军正朝着长江南下。在飓风到来前，那些领会到凶兆的人已未雨绸缪。内莉·法伦久久伫立在码头。除了回家，她已无处可去了。

17

　　回首往事，事态是在 1937 年 8 月 14 日急转直下的。东京一直觊觎中国，日本人于 1932 年占领了中国东北全境，随后向北平进发，一路蚕食中国领土，并向内蒙古发展势力①。日本人随即找到借口，占领北平和国际通商口岸天津，然后一路南下朝长江进发。如果他们打算消灭国民政府并占领中国，就必须先夺取上海，因为它是这个国家的金融中心和重要贸易集散港口。日本人在上海故技重施：他们捏造了一次挑衅，为自己对上海华界（苏州河北岸，包括闸北、宝山和江湾）的攻击找借口。他们在虹口公园建立起作战指挥中心，附近是所谓的"小东京"，那里住着上海的大多数日侨。他们也开始炮击拥挤的街道。中国军队动员起来，迅速增援上海。精锐的第 87 师也从南京赶来，与据称已经

---

① 　原文如此。事实上九一八事变之后不久，日本即占领了东北。——译者注

驻扎在上海的劲旅第 88 师会师。这是蒋介石手下最训练有素的两个师。中国军队踞守上海北火车站，直面日军。密集的炮击使闸北和宝山陷入火海，台风过境进一步助长了火势。所有上海外侨都从本国领事馆接到离开上海华界的命令。来自虹口的中国难民挤在花园桥，绝望地试图前往外滩上的安全区和公共租界的中心区，而双方的狙击手在贫民区的屋顶上对射。中国政府在其控制的地区内实施了宵禁和灯火管制。

万国商团被召集起来保护公共租界，公共租界和法租界所有巡捕的休假都被取消，法国军队守卫在法租界的边界，英国士兵在跑马道上架起防空火炮，美国海军陆战队第四团则沿苏州河浜南巡逻。8 月的上海酷热如火，你甚至可以在人行道上煎鸡蛋。在"血巷"里的曼哈顿酒吧，杰克和米基把啤酒杯在柜台上一字排开，任何海军陆战队士兵都可以来喝上一口，而且是免费喝。日本人炮轰上海华界，让苏州河沿岸被火烧遍。上海外侨挤在屋顶上开战时派对，喝着"炸弹"鸡尾酒，观看这场盛大的表演。整个场面并不真实，看起来发生在华界的冲突似乎不会越过苏州河影响那四百位精英人士的生活，也不会影响上海那无休无止的派对。然而，事实恰恰相反，事态以戏剧化的、令人极其恐惧的方式发展着。

8月14日星期六，炸弹落在上海。各家报纸迅速撰文，将这一天称为"血色星期六"。日本舰队以挑衅的姿态停泊在黄浦江上，正对着虹口的日本领事馆。其旗舰"出云"号上威力巨大的火炮反复向闸北和宝山倾泻炮弹。在距上海一百九十英里远的首都南京，蒋介石召集战时委员会，决定派出空军袭击"出云"号。击沉日本旗舰的任务被委派给一个方下巴的得克萨斯人，他最近刚从美国空军退役来到中国，名叫克莱尔·李·陈纳德（Claire Lee Chennault）。他知道这几乎是项不可能完成的任务：飞行员经验不足；台风过境上海，意味着云层较低，能见度较差；"出云"号尽管目标大，但距离外国租界拥挤的街道很近，导致情形十分危险。

* * *

这项任务就是一场灾难。中国飞行员瞄准"出云"号，却误中公共租界。第一轮轰炸的两千磅炸弹落在了公共租界、南京路，以及在外滩黄浦江和苏州河的交汇处相对而立的汇中饭店和华懋饭店。炸弹掀掉了汇中饭店的屋顶，该酒店的茶室、餐厅、大堂和酒吧全被摧毁。后来有许多死伤者在他们自己的房间里被人找到。汇中饭店的门脸也被炸毁一部分，开始坍塌。一位男士从四楼的房间里被炸了出来，落到建筑物的边缘，非常危险地被困在那里，但没人能够到他。他最后坠向地面，途中击穿饭店入口处的玻璃遮阳篷，摔在了路面上。

几秒钟后，第二枚炸弹从华懋饭店的钢筋混凝土建筑旁擦过，先炸裂了入口上方的天篷，然后在柏油马路上炸开。弹片击中华懋饭店正门上的大钟，钟的指针正好停在了下午 4 点 27 分。炸弹在正门外留下巨大的弹坑。这条街道有个很繁忙的十字路口，因此马上就有不少小汽车着了火。火舌舔过一辆停在饭店入口处的林肯轿车，导致它严重受损。南京路靠近外滩的地方发生了大屠杀。尸体和残肢被凌乱地丢在街上。烧焦的尸体被爆炸的气浪抛到江边，落在另一群死者身上，而这些人片刻之前还聚在一起仰望天空。约七百个难民（大多数是中国人）聚集在江边，想找地方躲避。许多人当场死亡，其他人受了重伤。南京路上乱七八糟地堆着残肢，街道两边的商店橱窗上满是鲜血，出租车被烧坏了，保姆尖叫着寻找丢失的孩子。

　　一刻钟后，又有两枚炸弹落在附近，这次刚好越过法租界的边界，落在"大世界"娱乐宫周围的人群中。"大世界"靠杂技演员、电影、娼妓和歌剧演员吸引了大量观众，曾是法租界最繁华的地方。而且那天人流量比往常更大，因为其一楼已经变成了难民接待中心，收容了很多逃过日本军队炮击的苏州河浜北的居民。第一枚炸弹在落地前不久就爆炸了，射出致命的榴霰弹片，炸死七百码以外的人。第二枚炸弹击中柏油路面，在交通控制塔楼附近炸出六十平方英尺大的巨大弹坑。数十名（也许有数百名）在大楼底层排队领汤的中国难民在爆炸中丧生。爆炸产生的强大气压使许多伤者身亡，有些尸体甚至直接消失。在这两个爆炸现场，也许有五千人死亡、数千人受伤，[①] 死伤者既有外侨，又有华人。在"血色星期六"，一座平民的城市遭受了史上最严重的空袭轰炸。

　　然而，受害最严重的地方属上海华人区：宝山被夷为平地，燃烧弹在虹口北部肆虐，闸北变成一片火海。

---

　　① 原文如此。——译者注

"出云"号上的日本海军陆战队士兵蜂拥上岸。很明显，这艘船全天都未受一弹。日军在虹口公园建起营地，开着小型坦克在该地区巡逻，并穿过"小东京"慢慢朝他们在上海的战略目标——北火车站进发。中国军队施以还击，在公共租界的北部边缘地带与日军肉搏，虹口和闸北的街道则成了狙击手的战场。

最后，黄浦江上的"出云"号用其毁灭性的火力挽救了日军防线，击溃了奉蒋委员长之令向沪北推进的国民党军队。美国亚洲舰队从香港运来的士兵迅速登陆增援。在他们的保护下，外侨从屋顶上向东面和北面眺望，观看着这一切。在那个星期六的晚上，苏州河上方的天空被火光映成玫瑰色，仿佛又经历了一次日落。污浊的水面折射出淡淡的尿黄色，火花和灰烬遮蔽了天空。尽管公共租界的中心离战火还有两三英里远，但在这里你仍然可以感受到那熊熊大火的灼热，能闻到苏州河上未经处理的尸体散发的恶臭。

大火烧到了虹口"小东京"以北。日本民众挥舞着旗帜，阻止消防车通过，因为它们准备去扑灭吞噬了华界房屋的大火。十七艘日本海军的战斗巡洋舰满载着增援的水兵靠港，以保卫住在"小东京"的三万日本人。三菱集团的"克劳德"战斗机①和中岛战斗机俯冲下来，轰炸沪北，和国民党空军展开混战。日本餐馆六三亭被烧毁，虹口高中被烧毁，上海南站被烧毁。美国和欧洲所有报纸的头版都刊登了一张照片，上面是一个在废墟中大哭的脏兮兮的婴儿。

"壕沟"的酒吧区现在差不多算是前线了：虬江路大部分地方成为废墟；"维纳斯"里面起了火，被烧成了个空架子；拉莱的小竹屋被炸飞；施高塔路"壕沟"旁的"钉棚"也着了火，因为用来筑墙和做屋顶的板材都很干燥，很容易被飞来的火星点燃。沉默的中国难民不断从花园桥拥入公共租界的安全地带，还有数以千计的难民拥入法租界，具体人数难以估算。来自"壕沟"的妓女、皮条客和混混穿过公共租界，来到沪西越界筑路。这个地区在公共租界管辖范围之外，是不受监管的无人区。这里成了他们的新家，报纸很快将这里称为"歹土"。

拥入公共租界和法租界的难民睡在地板上、走廊

---

① 即三菱 A5M 六九式舰载战斗机。

里、空荡荡的船坞上、城市公园和城市寺庙的庭院里。他们带来了霍乱和疾病。英国和美国军队的士兵接种了疫苗，上海外侨也蜂拥到医院去接种。公共租界的人口在几周内从150万猛增到400万，于是工部局下令关闭大门：公共租界、法租界、南岛①和周围的所有华界区域现在都被称为"孤岛"。所有的米店和食品店都关了门，被重重保护起来。米的供应现在被把持在日本人手中。食品价格呈螺旋式上升，罐装牛奶售罄，汽油实行严格配给制，人们一大早就开始排队。爱多亚路是公共租界和法租界的分界线，它现在从七车道变窄为两车道，被铁丝网封锁。后来这导致了长时间的交通堵塞，让上海外侨十分光火。

　　在接下来的一周中，酷暑袭人，从灰蒙蒙的天空降下的雨水比史上有记录的任何一年的同期雨水都要多。上海华界爆炸产生的灰烬、烟尘和杂物碎片变成黑色小球，从云层中落到公共租界和法租界居民的头上。霍乱、伤寒和天花在城市中蔓延，带走身体最弱之人的生

---

①　法租界以南至高昌庙一带的沿江地区，因地形狭长，犹如半岛突出于城外，被外国人称为"南岛"。——译者注

命。死者绝大多数是中国人。他们死在公共租界的边缘、沪西越界筑路之外、城乡接合的虹桥。他们的尸体被扔到野地中，埋在乱葬坑里。而乱葬坑旁边就是高楼大厦，那些富商一度在这里，也就是公共租界的边缘地带过着奢华的生活。

在沪北越界筑路的最远端和"壕沟"旁的人行道上，华人和流浪汉般落魄的外侨的尸体堆积在一起，等着被人收走。在黄浦江对面的浦东地区，当局为病人建起带围栏的营地，为防止病毒扩散，营地四周还设有铁丝网。他们用刺刀强迫病人聚集起来，把他们赶进围栏，却不给他们服药。戴着口罩的囚犯把他们埋在沼泽里的万人坑中，坑里还填满了煤焦油和沥青以防止细菌传播。据工部局记录，截至年底，他们的大车从公共租界的大街小巷和里弄中收走了超过十万具尸体。

在公共租界的北边，闸北和宝山的大火继续燃烧，明亮的火光在数周后才熄灭。与此同时，日军的零式战斗机和美国人的飞行队在空中缠斗。上海外侨在华懋饭店的屋顶用双筒望远镜观看这免费的表演。地狱的烈火在头上燃烧，飞机打着旋儿落入浦东的沼泽；与此同时，白人美女却穿着绸缎衣服，戴着珍珠饰物，啜饮着从黑市买来的香槟。这景象如同万花筒，折射出上海外侨社会的怪象。《密勒氏评论报》的编辑鲍威尔一支接一支地猛吸香烟，只有在认真地数那些被击落的飞机时才会停下。爱丽丝·戴西·西蒙斯从她父亲设在外滩的金条交易办公室出来后停下脚步，观看空中的表演。轮船现在仍可进港，旅行者在甲板上也能看到这一幕。富商做完一天的交易后，边喝桌上的斯滕格斯，边欣赏空中的混战。他们粗声为勇敢的国民党飞行员加油，给"小日本"喝倒彩。他们继续跳舞，任凭从虹口随风飘来的燃余灰烬轻柔地落进他们的大酒杯。

日本人止步于公共租界之外，为安抚巴黎政府也没有进入法租界。入侵租界意味着同时向大英帝国、法兰西共和国和美利坚合众国宣战，也意味着日本海军陆战队的士兵将要对抗驻扎在公共租界里的美国海军陆战队第四团、苏格兰奥尔巴尼公爵团、皇家威尔士燧发枪团和北爱尔兰皇家警察。东京的矛头目前只指向中国以及正在所谓的"中华民国自由地区"① 的蒋介石。这种状

---

① "中华民国自由地区"在日本侵华战争的语境中泛指未被日军或其扶持的傀儡政权控制的区域。——译者注

态在未来将会有所改变。但在那之前，从某种程度上来说，"孤岛"上的生活一如既往。

这座城市被划地而治。工部局警务处实际上已放弃了苏州河浜北地区，关闭了在那里的各处巡捕房，只在东部地区保留了薄弱的警力。虹口、杨浦和沪北越界筑路现在落入日本宪兵队手中。双方士兵原地踞守，隔着沙袋、铁丝网和机枪工事对峙，同时对峙的还有美国的M1903 春田步枪与日军的三八式野炮。信心十足的日本兵践踏了公共租界里长期存在的种族分界线。白人女子在试图穿过苏州河上的桥梁，从欧洲人的外滩走到虹口的难民区时，遭到日本宪兵掌掴。后来攫取苏州、蹂躏南京的正是同一支日本军队，他们在当年年底之前就会征服中国内陆地区的大部分。

但在"孤岛"的其他地方，新的机会即将出现在无处可去的男男女女面前。

《购物新闻》

—"短报"—

1937 年 10 月 19 日　星期一

非常时期的非常局势下，恕我们无法赞同经选举产生的工部局在此危急时刻的表现。在其职权范围内，上海公共租界工部局的官僚以及他们在法租界的同侪一直想方设法地防止倒卖大米牟取暴利的行为，同时努力减轻民众的绝望。多亏了我们尊敬的当局的艰苦努力（哈!!），当地米价只上涨了**三百个**百分点。看起来，打算通过大米车取暴利的奸商似乎已经从上层人士那里得到保证：他们路上的障碍已被扫清，可以把米价哄抬到天际。最近，我们在《购物新闻》上称他们为"大米投机者"，并把他们的政治保护者称为"秃鹰"……今天我们要向所有"秃鹰"道歉。

这也提醒我们：在我们选出的代表的充分许可下，美商上海电话公司的混蛋可以将通话费用提高至天文数字，尽管大家跟亲人通话的需要空前迫切。在纳税人起身反抗之前，公共租界趁火打劫的行为将嚣张到何种地步？如果你担负得起费用，现在就打电话给工部局！请告诉他们：你们正在助纣为虐!!

据 XHMA 电台的经理杰克·霍顿透露，卡罗尔·奥尔科特即将开始为他们播音。我们不知道这位浮夸的报纸专栏作家在其众多崇拜者面前会说些什么，但奥尔科特发誓，关于上海的情况，他会实话实说，"如果不喜欢实话，你们可以不听"。不知道日本领事馆那边的人会怎么想!!奥尔科特的节目将会于每晚八点开始，由世界领先的杀虫剂品牌赞助。飞立脱总是能杀死害虫。

虹口被杀害的外侨人数最近呈井喷式增长。可以说这与涉毒黑帮的械斗毫无关系吗？媒体给出的答案是否定的。

工部局总捕房智囊团由总巡捕文领导，现在他们可能正急得挠脑袋。然而，现在苏州河浜北发生的一系列夜间纵火案就肯定与毒品有关吗？老实说，真的没人有不同的看法吗？为什么我们的警方显得如此无能？

现在，应该马上让公共租界再次散发香味了，不是吗？所以，读者在叙泽特的店铺（SUZETTE'S）购买任何商品都可索要九九折优惠。该店位于圆明园路 13 号。现在，叙泽特刚刚进了一批货，是波特摩尔（Potter & Moore）牌的英国米切姆薰衣草香水。它能舒缓疲惫的神经，使您平静下来睡个好觉，醒后再次精力充沛。

可联系编辑部分享您的想法。地址：南京路 233 号 540 房间。电话：上海 —10695。

山间的野兽中有一位统领群狼的兽王。这位兽王来自东方，命令狼群吃掉所有碰见的人，留下骨头给幼崽啃咬，让它们磨尖牙齿。现在从东方来的野人奉王命再次来到长江。他们是日本人，狼是他们顺从的战士。日本人在苏州河花园桥附近放置扬声器，把虹口与中心区隔开，鼓动上海和全中国投降。他们要求洋鬼子离开公共租界，敦促上海人背弃其西方主人和腐败的蒋介石委员长，转而追随新领导人、东京的朋友和傀儡汪精卫。他们命令中国人承认并臣服于"大日本帝国"的统治，否则就要实行"三光"政策，即杀光、烧光、抢光。

在屠杀、焚烧和抢劫的同时，江西和浙江有肮脏的、饿得半死的狼被赶出狼窝。据说在南京的大街上，狼群正以残缺不全的尸体为食，在长江江岸撕咬中国人的尸肉。有传言称它们在南京城外紫金山上的荒庙里游荡，在杭州西湖湖畔奔跑，甚至还在上海以西的佘山上寻找猎物。

浦东的农民说，狼在伤害他们饲养的鸡，还在刨开新坟贪婪地吃人肉。它们正在挖掘尸体，大吃大嚼。手头还有土地耕种的农民现在要在晚上点燃篝火，不让它们接近。农民站在那里，手持猎枪、削尖的锄头和铁锹，来保护他们剩下的牲畜。母亲寸步不离地守着婴儿，大点的孩子则被关在家里。狼群永远不会餍足。

日本人把狼供奉在他们的神龛里，向狼神顶礼膜拜。狼群能听懂日本人讲话。它们很快就会扑到我们身上，在我们尖叫的时候撕扯下我们四肢上的肉，把我们全都吃进肚子。

人们如此确信着……

第二部分

乱世之王

上海到处是犹太人、日本人和持枪歹徒，而且局势多半会恶化。法律和秩序已随风逝去，赌场和鸦片馆各就各位。上海已经疯狂，所有人都在享乐之路上蹦蹦跳跳，渐行渐远……

——希莱尔·杜贝里埃（Hilaire du Berrier），1939年

上海压根不是一座城池，而是一剂毒药。这里住着食人者，人们赤裸裸地同类相食。这座城市是世界的垃圾场。来到这里的人，无论是白人还是华人，之前都已有某种精神失常，上海则使他们完全失去理智。

——维姬·鲍姆（Vicki Baum），

《上海的1937年》，1939年

就像住在一座火山边上一样。

——1930年代生活在上海的美国记者鲍威尔

18

1937 年由秋至冬，死神出没于上海。自"血色星期六"以来至少有三十万人死于非命，其中大多数是中国人。他们死于轰炸、枪击、炮轰、大火、疾病、寒冷和饥饿。亲属想让死者回到祖辈居住的村庄入土为安，但只有富人能享有这种特权。在沪北越界筑路西起虹桥东至杨浦的区域，以及在黄浦江对面的浦东地区，尸体被集中起来，堆在巨大的柴堆上火葬。其中既有人的尸体，也有撤退的中国军队留下的死骡子和死马。一天之内就有一千多具尸体被焚烧。

城市散发出火葬场的气味；下雨时，死者的骨灰就变成了水沟里的灰色泥浆。在上海，活人要在死者的遗骸中艰难跋涉。如果死者的家人或同族人支付得起费用，他们的遗体会被放在棺材中，然后一口口棺木再被摞起来，堆放在城市西郊用竹子匆匆搭起的堆栈里。然而，由于上海被四处劫掠的日本士兵包围，它们无法被运回家乡。棺木数以百计，有许多被堆在徐家汇的河岸上，逐渐被垃圾覆盖。最终，它们和里面的尸体会慢慢地陷入潮湿的河岸，被人们遗忘。

轻步疾趋，行过海格路和忆定盘路的交会处。注意脚下，目光放低，避开拐角处的那栋建筑物。它的窗户黑洞洞，没有光线透出。那里是维恩遗体存放公司（Vien Coffin Storage Company），一个大型停尸处。工部局从公共租界捡的无人认领的尸体中，有许多被存放在这里。而沪西越界筑路恰好在公共租界工部局和法租界公董局的管辖范围之外，于是在这里，这项工作由虔诚的僧人自愿完成。尸体逐渐增加，枉死者无法安息的鬼魂也逐渐增多。棺木被填充、被钉牢，然后被蜡封住。死者周围还放着数以百计或数以千计的空棺材。它们由木匠仓促地做出来，留作未来之用。上海已成了死者之城，在维恩公司忆定盘路上的仓库中，六万口棺材已准备就绪。当仓库里也快要放满时，僧侣就在附近搭建起更多的竹堆栈来存放尸体，并且希望能在春天到来尸体化冻前，让它们入土为安。

* * *

11 月，在日本大炮的隆隆声中，中国国民党军队的最后一批士兵战败，带着屈辱从上海远郊撤退。在长江三角洲地区，他们已溃不成军。之后不久，上海的犯罪头目"大耳杜"也离开上海前往香港。青帮对上海底层社会长达十五年的绝对控制至此走到尽头。青帮暴徒要么销声匿迹，要么转投汪精卫的傀儡帮派。沪西越界筑路毫无防备，听天由命。

在被汉奸接手，原来的黑帮分子逃之夭夭之前，沪西越界筑路地区曾是富人的居所和找乐子的地方。它位于公共租界和法租界乌烟瘴气的边缘地区之外，离聚集了嘈杂的下等酒吧、难民和水手的虹口很远，与南岛令人生畏的贫民窟界限分明，没有上海老城区的花生油味和樟脑味，闸北和宝山的华界只能与其遥遥相望。这里的空气更干净，天空也更蓝，或者至少看上去如此。外国富商抽着雪茄；银行家满脑子都是钱；在美国乡村总会的游泳池边，上海大商行的股票贩子和金条大鳄懒洋洋地睡在躺椅上吸雪茄，为自己享受的特权而庆幸。这里的白俄爵士乐团总是不太有激情地演奏最新的乐曲，一对对男女随着音乐翩然起舞。按这里的惯例，狐步舞每分钟要数七十拍，且每隔三首曲子就要来一曲华尔兹。炎热、潮湿、无风的上海夏夜里，他们有时会走出去，到海格路上用餐，或是去"德尔蒙特"的夜总会看歌舞表演。如果不出去，他们就在自己宫殿般宏伟的住宅里用餐，有穿着软底拖鞋的仆人近身侍候。

日本人入侵后，沪西越界筑路地区一夜之间就变了样。眼光犀利的建筑公司在大西路、忆定盘路和海格路边上的荒地建起谷仓式的房屋，紧邻公共租界和法租界的管辖区。两层楼、三层楼、四层楼、五层楼……这些建筑偷工减料，但只要稍加粉刷，再把灯光调得柔和些，它们就可以变成富有情调的舞厅。尽管有禁令，但这些新场所很快就变成了赌场。轮盘又开始转动，旁边还有百家乐、双骰儿和番摊赌台。"德尔蒙特"曾独自矗立在这座城市的西郊，拥有草坪、凡尔赛风格的雕像和被石脑油灯①照亮的车道，堪称鹤立鸡群。而如今，一大批罪恶宫殿涌现，南起徐家汇，北至兆丰公园。它们之间的小巷和车道上的竹棚屋成了妓院、毒窟、专营老虎机的"摇柄赌窟"、沙雾②贩子和花会赌徒的据点。

---

① 石脑油灯照明早于石蜡灯出现，直到第一次世界大战之前，一直被表演者、市场摊贩和马戏团广泛使用，以创造戏剧性的灯光效果。
② 用来称呼毒品甲基苯丙胺的俚语，一般认为 20 世纪上半叶的沙雾与日本生产的麻醉剂有关。

19

"歹土"成了没人管的法外之地，四周环绕着铁丝网路障，还有日本人把守。取决于你证件的权威程度和小费的多少，路障时而升起，时而落下。有教养的上海外侨对自己大本营受到攻击感到震惊。他们迅速乘疏散船只离开中国，或退回外国租界以获得脆弱的安全感，做起日本人会被击溃的白日梦。

日本宪兵队组建起汉奸警力，将它交给汪精卫管理。汪精卫曾是蒋介石委员长最亲密的伙伴，但现在他站在东京一边，对抗自己的同胞，成了中国的贝当元帅，蒋汪二人也成为死敌。"大耳杜"的残部，以及宪兵队下令集合起来的饥饿而绝望的年轻农民，壮大了汪精卫手下的流氓力量。臭名昭著的土肥原贤二曾在中国东北亲自监督日本军队的暴行，让那里的人们谈之色变。他现在南下上海，与汪精卫坐在一起，将有名无实的沪西越界筑路的统治权，以及极司菲尔路 76 号的日常运转交给对方。76 号是一栋哥特风格的大厦，位于该地区的中心。未来它将成为上海最令人畏惧的建筑物之一，成为全天无休的妓院、黑钱流入的账房和刑讯室。汪精卫直接从人人惧怕的日本宪兵队那里接受命令。

土肥原利用自己的人脉，分销存在沪西越界筑路的仓库中的毒品，包括鸦片、从鸦片中提纯出的海洛因和吗啡，以及"爱国"东京商人控制的工厂特别生产的每瓶十六盎司的可卡因。这些工厂位于被日本窃据的台湾岛，毒品出厂后被大量运上日本陆军和海军的运输船。更多的毒品是由颇有"创业天分"的浪人带来的。他们把毒品塞进行李箱、军用装备袋、骨灰瓮和朝鲜妓女的阴道，然后在上海出售。是土肥原使"歹土"的局势真正恶化。现在这里充斥着鸦片和在日军中大量生产的"非洛芃"①。"非洛芃"被称为"谋杀毒品"，它能使人变成谋杀犯。如果东京政府想要征服整个中国，就需要几十万冷血杀手。它使人上瘾，剥夺人的良知，

---

① 日本大规模生产甲基苯丙胺（或沙雾）的最早品牌名。这种毒品于日本发明，被日本军方大量消耗并出口到其他东亚国家。

让他们在杀光、烧光、抢光时不仅不受法律惩罚，而且不会遭受道德审判。

毒品价格跌落到米价之下，沙雾的价格还要更低，导致了成瘾率的飙升。土肥原刻意通过他能找到的所有渠道输送毒品，以削弱中国人的抵抗意志。低等娼妓的度夜资可以用鸦片支付，运毒者、"骡子"和毒贩所得的报酬也是毒品。日本人在市场上倾销金蝙蝠香烟①，其烟嘴上含有少量海洛因。烟民逐渐发现自己成了邪恶毒品的奴隶，而土肥原靠这手段创造了数以千计的瘾君子。他知道向毒品屈服有多么容易，因为土肥原自己就是海洛因成瘾者。他曾在满洲染上了严重的毒瘾。

日本军队在上海建立了上海娱乐监督处，向"摇柄赌窟"、毒窟和彩票点每日的收成"征税"。大受上海底层中国民众欢迎的花会彩票被不正当手段操纵，赔率高得离谱。征税额之高堪称现象级：最大的赌场每天要缴纳 15000 法币。宪兵队的头头会强行征税：不交钱，就别想开业。

广东走私犯兼毒品贩子"咸菜阿毛"从受三合会

①　日产平价香烟。——译者注

控制的深圳（当时还是小渔村）来到上海。他在北方看到了机会，于是开办毒窟，供应从苏州河上运来的毒品和"非洛芄"，在毗邻新罪恶地带的法华村销售。逃难的农民变成了流氓，开始光顾法华村的"钉棚"，那里对妓女越来越苛刻。结核病在那些喜欢使用烟袋、药丸和注射用针的中国人和外侨中迅速流行开来。日本轰炸了主要为穷人设立的结核病诊所。病人们四处流窜，最后沦落到在"歹土"乞讨。这些不幸的人在街头死去，而行人迅速绕开他们，同时把围巾拉上来盖在嘴上。

日本在上海的军费几乎完全来自位于沪西越界筑路的"歹土"，包括从海洛因、可卡因、吗啡、"非洛芄"、卖淫、赌博和金蝙蝠香烟获得的收入。大部分利润流入宪兵队手中，汪精卫的私人钱包也日益鼓胀。土肥原收到来自东京的贺电，祝贺他成为日本军事参议院的一员。为了庆祝，他在法租界的巨泼来斯路上开办了一家日式风格的妓院，里面设有榻榻米，专门接待日本军官，挤满了受到强迫的上海电影小明星。普通士兵则拥入位于南岛老城和梦花街的"慰安所"。在那里有穿着廉价和服的中国女性，她们被迫为"胜利者"服务。

青帮走后，外侨填补了他们留下的空白。这些外侨无处可去，因为几乎到处都在通缉他们。他们没有通行证、护照或出境签证。现在，流亡的白俄和犹太难民，走投无路者和恶棍，逃犯和擅离职守的海军陆战队成员，这些人发现上海庞大的犯罪帝国落入了他们手中。这真是份厚礼。没有疏散船只给这些人乘坐。用了假名、洗去指尖的指纹、智利护照早已过期的杰克·拉莱无法离开上海。乔·法伦则是不想回到在纳粹控制下的仇恨犹太人的维也纳。比起日本人的宪兵队，内莉、娜泽达、萨沙·维金斯基和其他所有白俄更害怕斯大林的集中营。无论如何，这些人都会留下来，因为他们没有签证，没法搭难民疏散船离开，也没有新家园欢迎他们。

这就是乔·法伦和杰克·拉莱下定决心要一展抱负的地方……是他们选择成为上海的乱世之王的地方。这两个外来者选择让这处无主之地成为他们的王国。

20

　　杰克和娜泽达去过静安寺路上的大光明戏院看《西部历险记》（*Way Out West*）。截至 1938 年 5 月，它已经出品一年，但里面的劳莱与哈代仍能逗得娜泽达哈哈大笑。他们的关系并不稳固。杰克在逸园大闹的那一出让娜泽达感到恶心；拜博罗维卡医生给他的苯丙胺所赐，他神经高度紧张，极易发怒，这也让她厌恶。然而，也许春天的到来会让情况有所改变。杰克开着他刚刚买来的进口红色英国名爵跑车，在公共租界里疾驰穿行；娜泽达坐在他身边，身上的貂皮大衣在风中如水波般颤动。他闯红灯，还在十字路口急转弯。他从后视镜中看到高大的、缠着头巾的锡克交警无力地挥舞着竹警棍紧追身后，哈哈大笑。杰克喜欢速度，喜欢机器，喜欢吓唬坐在乘客座位上的娜泽达。她快活地尖叫，紧紧抓住他的大腿。在戈登路和静安寺路的拐角处，海军陆战队的士兵一边闲逛一边吹牛皮。他们看到杰克，就排成一行向他敬礼。杰克弹弹帽子，向他们回礼；娜泽达则以俄国皇室的方式，向这些对"老虎机之王"永远忠心耿耿的士兵挥手。

通过累积现金、伺机而动，杰克现在已经是百万富翁了，而且他也没打算将这一事实保密。报纸宣称杰克每月仅在法租界的收入就超过 12000 美元。工部局警务处曾估算，公共租界里的老虎机每年总收入超过 100 万法币。它们都属于杰克，且现在还要加上闸北华界里的收入；当然，"歹土"里的也要算上。他的个人收入是警务处所估数额的两倍。此外，曼哈顿酒吧、仓促重建的拉莱的小竹屋（里面的新鲜油漆味和一股烟味混在一起）也是他的收入来源，当然还有 DD's 连锁店，也不要忘记天鹅绒甜品店的毒品收入。娜泽达现在已经将 DD's 总店的生意握在手里，同时使其他店的利润也有所提高。比如静安寺路上的 DD's 俄罗斯餐厅正在推出薄饼和小吃拼盘；附近的 DD's 咖啡厅则是个很受欢迎的鸡尾酒吧，人们下班后都爱过去喝一杯；位于闹市区的 DD's 则吸引了单身汉，因为那里的俄罗斯女侍应会和"格里芬"摇骰子赌酒喝。杰克已经是大富豪了，他穿起了定制套装和进口皮鞋。他在外滩的一间办公室，打电话给一位拥有好嗓音的英国掮客，让对方帮他买入更多电力公司、电话公司和煤气公司的股票。为什么不呢？这位投机者正在下注，企图跻身于"四百精英"之列。DD's 是合法的挣钱买卖，因此他也要把钱合法地花出去，花在股票上。只看眼下，这位"老虎机之王"这段日子就隐隐有成为可敬人士的势头。

当然，他还是那位"幸运的杰克"、靠得住的"甲板阎王"，深受美国海军陆战队第四团爱戴。正是第四团的士兵给他的老虎机喂角子吃，同时在当地联赛中当他的棒球队"城镇队"的对手。组成这"城镇队"的是"拉莱之友"和夜生活的忠实参与者。队长是"恶魔"海德，来自"德尔蒙特"，曾为"圣华金河谷队"（San Joaquin Valley）打球。米基·奥布赖恩是击球手。杰克喜欢击球，且如果需要的话，他还会担任游击手；但他最喜欢的还是投球。他作为"幸运的杰克"的传奇要归功于他的"兔子球"。当形势危急时，它就会出现，呼啸而过，令击球手目瞪口呆，被它刁钻的飞行路线搞得猝不及防。海军陆战队嘲笑"城镇队"里的队员，因为后者穿着刺绣有"上海"字样的上衣，面色苍白（夜总会从业者的典型特征），腰身颇粗，头发梳得油光水滑。这些流亡人士在上海彻夜经营着无数的俱乐部和酒吧，比赛时仍然头昏眼花。但是多亏"恶魔"、米基和杰克的"兔子球"，他们的战绩能和海军陆战队士兵平分秋色。

日本人入侵，随后美英部队驰援，于是"血巷"里塞满了人，公共租界里熙熙攘攘，海军陆战队的俱乐部里也被新来的人挤得插不进脚。若想让公共租界在日本人的袭击下独善其身，就意味着要从马尼拉和香港海运更多的美军和英军士兵来这里。"歹土"是年轻士兵的禁区。它位于工部局警务处和"小尼基"的地盘外，他们的司法管辖权覆盖不到这里。它是举办大型赌博活动的地方，就在霞飞路上离 DD's 不足一英里远处。杰克不禁想到：如果有一间酒吧，里面有上档次的表演和上好油的赌博轮盘，那么这地方该有多完美啊！

杰克仍然没有放弃他的梦想，即用正经的轮盘赌来挣有钱人的钱。他也想挣来自"歹土"的钱，从铜子儿一路挣到银圆和金条。上海可能陷入杀戮和战争，但工部局警务处基于长期以来的原则，仍决心在公共租界里禁绝轮盘赌，而且只有那些行事最隐秘的人才能逃过禁赌组的搜查。宪兵队及其中国傀儡只要能在"歹土"

收税，就万事不管。杰克需要在"歹土"里插上一脚，需要一处豪华的场所，这就意味着他无法绕开乔·法伦。"衣冠楚楚的乔"仍然负责最棒的歌舞表演，逸园和百乐门门前的队伍排到了那片街区之外。杰克清楚，轮盘赌的收益之丰厚，用"金矿"一词来描述它都还不够；它更像一座铸币厂，而你只需要一张许可证来印钞。但他和乔对彼此仍然怒气冲天。坚冰亟须打破，而杰克知道自己是那个应该先采取行动的人。

* * *

公共租界工部局发布了"非常时期"的宵禁令，勒令所有夜间娱乐场所须于晚上十点打烊；法租界的大人物们也发出了同样的命令。现在乔每天的工作开始得更早了：茶舞于下午五点半开始，晚上九点半结束，好让安分守己的客人能在宵禁前匆匆迈进家门。但很多人并不满足。杰克向仙乐斯的维克多·沙逊学习，把歌舞表演调整到十点。乔把百乐门和逸园的表演也调整到十点，以便在宵禁开始前把客人留在店里。逸园把狗赛的时间提前，拳击赛也提前结束，这样你就不会错过任何东西。茶舞可以占据你下午的时间，下午稍晚的时候或傍晚时你可以去看赛狗和拳击赛，然后可以继续找家

夜总会，安安稳稳地待到早晨，宵禁大约会在日出时
分结束。

闸北和"歹土"的条件最优越：那里没有宵禁，
娱乐场所直至黎明才会打烊；"德尔蒙特"的灯火一直
亮到日出。但经营舞厅变得越来越困难。在"血色星
期六"之前，外国人经营的场所里，花上一美元可跳
两三支舞；此时，如果要跳通宵的话，一美元可以跳七
支。如果去那些主要接待中国人的地方，如上海跳舞场
和月宫舞厅，一美元则可以在当晚和计时舞女跳八支、
九支，有时是十支舞。利润下滑。钱财正向赌场流
去……而在"歹土"这地方，赌博就意味着轮盘赌。
那只旋转的轮盘才是真正的聚宝盆。

每个深夜，乔仍然在逸园、"德尔蒙特"和百乐门
之间奔波，即从法租界赶到徐家汇再到公共租界。"富
丽秀""百乐门宝贝""好莱坞金发美人"，以及到处冒
烟着火的虹口地区的"娜塔莎"合唱团都需要他。现
在，他要给萨姆·莱维搭把手，因为后者将把被燃烧弹
夷平的"维纳斯"搬到法租界和"歹土"交界处的新
址。萨姆已经劝说乔帮自己在新店指导一支歌舞团。这
可不是份轻松的差事，但乔很难拒绝一个产业曾被炸为

平地的人。

靠着红玫瑰卡巴莱歌舞厅的毒品运输线，乔攒了一笔钱，而且明白自己该把这笔钱投资在彻夜笙歌、无法无天的"歹土"上。中国开发商正在那里匆匆搭建木棚屋。如果把它们用霓虹灯装饰起来，晚上它们看上去就会是相当漂亮的娱乐场所。乔知道无论自己走到哪儿，后面都会跟着一批客人。内莉则没那么有信心，在她看来，"歹土"意味着坏人和糟糕的团体，而且她坚决不愿再跟杰克·拉莱扯上任何关系。"歹土"上的每家娱乐场所都需要有赌场，而乔知道除了拉莱外，眼下再没有第二个人拿得出这笔钱，或是明白如何投资赌场。那些葡萄牙人只与同胞合作，俄罗斯人也是同一个德行。像斯图亚特·普赖斯（Stuart Price）这样的老牌罪犯倒是在一战前经营过赌场，称得上睿智的顾问，但他近些年已经洗手不干了。沧州饭店的比尔·霍金斯倒是个经验丰富的轮盘赌操作员，大家都认为他很可靠；但在乔看来，比尔招揽顾客的方式对于自己视为目标顾客的那个阶级来说，已经过于老套了。乔也不跟日本人合作。那么除了杰克，他别无选择。事实是，杰克有这种天分，尽管他总是我行我素，但人人都喜欢这个狡猾的贼。乔告诉内莉：现在是新时代了，要有新的应对方式，应该把旧账勾销。内莉说杰克疯了，和他合作不会有好结果的。乔只是耸耸肩，说自己应付得来。

尽管如此，这里没人是傻子。内莉是对的，乔也知道杰克不值得信赖。然而，这里是上海，这里的人都不值得信赖！当然，杰克容易激动，爱发脾气，随时会与人动手。他可是长江巡逻队拳击赛的冠军，是监狱里打出来的拳击手，还在"维纳斯"当过打手。他在逸园对巴克和"哈莱姆绅士"耍的那套狗屎花招使乔一直耿耿于怀。但杰克已经通过娜泽达联系到内莉，表达过自己的歉意。而且说到底，是因为董先生和冯先生不想付高薪给乐队，想要使酒吧利润最大化，才有了这些污糟事。杰克知道，进入"歹土"意味着自己要走出舒适区，即离开海军陆战队里那帮"拉莱之友"和"血巷"里的好伙伴。乔的来头更大——他的后台是步维贤和卡洛斯·加西亚，还有马路那头"德尔蒙特"里的阿尔·伊斯雷尔和"恶魔"。此外，乔的得力帮手是艾伯特·罗森鲍姆。

内莉去阿斯托里亚面包房（Astoria Bakery）参加一个有咖啡和蛋糕相伴的闲聊会，在雅座区见到了娜泽达。娜泽达旁边正好摆放着一台拉莱老虎机。娜泽达说杰克这次很有诚意，只要钱财滚滚而来，一切都能迎刃而解。内莉对此心存怀疑，但保持沉默。乔去"德尔蒙特"，坐在阿尔·伊斯雷尔的办公室里，一边啜饮斯滕格斯，一边听取对方的建议。阿尔提醒乔：现在是杰克更需要乔，而不是反过来。艾伯特·罗森鲍姆耸耸肩，说："让那美国佬经营轮盘赌吧，如果他再搞出乱子，我们就把这混蛋扔进苏州河，然后重新来过。"

21

　　拜法国银行家、法租界掮客步维贤的关系网所赐，在和杰克闹翻前，乔就在他一直关注的大西路上拿下了一处营业场所。那是个三层楼的大仓库，位于从公共租界直通"歹土"的林荫大道上，从静安寺路开车过去只要十分钟。乔的信用良好：从未破产，从未上过法庭。现在他从工部局得到了一张执照，上面写着"仅限娱乐业"，而且不允许开办赌场。但这是以后要担心的事情，也可能永远都不需要担心。但他还是需要有人做轮盘赌的庄家，运营赌场；需要有人跟"小日本"和伪军拉关系，并巧妙地把税款和其他相关贿赂的金额控制在一定范围内。杰克是唯一的人选。

　　内莉和娜泽达定下了四人在逸园拳击赛上的碰面，以便让双方正式互相示好。杰克咧着嘴笑，让乔把赌注押在那个俄罗斯小伙子身上。他眨眨眼，用拇指轻弹一下鼻翼。这是一个邀约，一个道歉，一个新的开始。

　　周一晚上逸园共有四场比赛，第一场于傍晚五点半开始。头三场是主赛事的热身表演。1938 年 8 月 1 日晚，出生于哈尔滨、常住上海的安德烈·谢列夫（Andre Shelaeff）将在主赛事中出场。他深受女士青睐，拥有电影明星般的外表和"东方次中量级冠军"的称号。当晚，他将与菲律宾人卢西奥·阿尔德（Lucio Alde）对战，捍卫自己的冠军腰带。"常胜将军"兼"俄罗斯铁锤"将对阵经验更丰富的、拳力比自己高九磅的马尼拉人。这是一场势均力敌的比赛，上海人对两位选手下的赌注也差不多。几个月前在新加坡，两人就曾经交手一次，当时阿尔德被指控假摔，在一片嘘声中被迫离开体育场。这伤痛至今仍未平复。他仍未摆脱被指控打假赛的阴影，还被停赛三个月。随后他提出重赛要求。这是他引退前的最后一战，是最后一个赚大钱的机会，而这个机会就出现在逸园。

　　拉莱、法伦和他们各自的团队重新回到逸园炫目的弧光灯下。杰克预先订下一个看台，好给所有人留出足够的空间。他和米基站在一起，一条手臂挽着娜泽达，另一条挽着巴贝。但今晚他没带其他人来——没有"拉莱之友"，没有总是奉迎他的海军陆战队士兵，因此也没有要打群架的迹象。乔和内莉出现在看台上。内莉穿着蓝色亚麻喇叭裤和一件白色男士礼服上衣，戴着一条红色方头巾，在炎热的傍晚看起来很闲适。艾伯特·罗森鲍姆用一张报纸扇风，警惕地看着杰克。内莉和罗森鲍姆是看在乔的面子上才过来的，但他们仍然强烈反对这个投机联盟。

体育馆里除他们看台之外的地方都人满为患。许多来自法租界和"歹土"的当地暴徒一根接一根地抽烟，在他们的小伙子谢列夫身上下了重注。看好乔和杰克这次"团聚"的人不多。似乎城里所有的白俄都攒了几美元在"俄罗斯铁锤"身上下注。那些白俄小酒馆，包括萨沙·维金斯基的"栀子花"、"匈牙利亚"（Hungaria）、"亚尔"（Yar）等，当晚都空无一人。环顾四周，你就会发现流氓在体育馆欢聚一堂，包括经营静安寺路上37427俱乐部的"胖托尼"〔本名为托尼·佩佩托（Tony Perpetuo）〕，经营银宫赌场（Silver Palace Casino）的约瑟·博瑟罗（José Bothelo）和他手下的葡萄牙暴徒，自19世纪20世纪之交就在公共租界经营流动轮盘赌的老比尔·霍金斯和斯图亚特·普赖斯，瑞士小偷艾利·韦勒及其团伙。来自"德尔蒙特"

的阿尔·伊斯雷尔和"恶魔"海德同萨姆·莱维以及
"维纳斯"的女孩坐在一起。萨沙·维金斯基和女朋友
布比（Boobee）也停业一晚，离开"栀子花"。在百老
汇大厦运营高赌注的高端纸牌游戏的俄罗斯人也来到这
里。华龙路上的吉卜赛人挤坐在一起。上海菲律宾人圈
子中的音乐家、舞男和赌场经理也大批出动，要看着他
们国家的小伙子赢得那根腰带并恢复名誉。

　　九点整，两位选手带着副手准时跨进绳圈。谢列夫
的经理哈里·西利格（Harry Seelig）照旧待在台边区，
向杰克点了点头。一位穿着紧身连衣裙的"娜塔莎"
举着张大纸板，上面写着阿拉伯数字"1"，绕场一周。
数千人同时吹起尖厉的口哨。裁判把两位运动员引至场
中，让他们互相触碰拳击手套，表示这是一场光明磊落
的战斗。铃响了，第一回合开始。阿尔德毫不出人意料
地全力投入激烈的战斗，在重击前也决不退缩，快如闪
电地打出一连串左刺拳，使逸园里狂热的观众不禁觉得
马尼拉人会赢。两周前，谢烈夫曾与大块头的上海击球
手、乌克兰人乔治·列夫琴科（George Levchenko）打
了一次比赛。当时列夫琴科摔倒了，但在着地前狠狠击
中了谢列夫的上半身，给他留下黑色的瘀伤。现在，那

瘀伤仍在隐隐作痛。

阿尔德能撑过十个回合，但谢列夫更年轻，更渴望胜利，行动更迅捷。两位拳击手很快就筋疲力尽了。在8月闷热潮湿的夜晚，他们大口喘气，胸膛起伏。咸咸的汗水流进他们的眼睛，发出刺鼻的气味。绳圈内的地板被他们的血水和汗水染成深色。两个人都吃了很多苦头。

谢列夫被迫以宝贵的体力阻挡阿尔德招牌式的挥拳动作。阿尔德一拳打空，暂时失去平衡，面对谢列夫铁锤般的重击空门大开。但在哈尔滨长大的小伙子没能以一记有效拳击放倒对手。也许他的感觉变迟钝了，也许他疲倦的手臂在发出最后一击时动作过于迟缓。谢列夫一反常态，不得不上前一步，用双手去挡阿尔德的身体，这种近身搏斗极为耗费体力，让他不得不以头撞人。他对着阿尔德的腰肾凶猛地反复出拳，但再也没能把对方逼回绳圈处，进而用他著名的右勾拳将其击倒。

谢列夫的心口受到一记重拳，正打在缺少保护的横膈膜和肚脐之间。这一下使他暂时浑身无力，阿尔德借机把他逼到绳圈处。但谢列夫反击回来。人们尖叫，直到喉咙嘶哑。娜泽达和内莉放声大笑，巴贝则跳到了木头长椅上，向那个俄罗斯选手高叫："打得更狠些，再他妈的狠些！"

最后一回合时，两位选手都耗尽了体力。阿尔德把谢列夫推到场边，打他，抱住他，又再次推去，把九磅拳力的优势发挥到极致。谢列夫挣脱出来，寻找挥拳的空间。但阿尔德迅速后退，准备发起连续的身体打击，同时低下头避开针对自己下巴的致命攻击。谢列夫一直注意避免头部碰撞，因为那会让他撞破眉骨，然后血会糊住他的眼睛，使他看不见东西，从而更易受到伤害。人们现在站起身来，想看清究竟哪位选手会给对方致命一击。整个法租界都凝视着逸园有史以来最伟大的拳击赛。谢列夫之前只交几次手就会进入第二回合；而这一次，他至少有了个真正的对手。铃声响起，比赛结束。两位运动员都瘫坐在各自的角落里。

穿着白衬衫的裁判汗流浃背。他拿起麦克风，宣布比赛打成平局，想平息掌声、喝倒彩声和嘘声。瓶子和硬币从看台被扔到绳圈里；裁判只好一边躲闪，一边寻找遮蔽物。乔起身，看着杰克耸耸肩，意为："这他妈是怎么回事？"杰克眨眨眼，打手势让他坐回去，以唇语无声地说："相信我。"倒彩声和嘘声越来越大，硬币和怡和啤酒瓶如雨点般飞落。

两分钟后，当观众开始鱼贯而出时，裁判回来了。他对着麦克风喃喃地说：他把数字加错了；谢列夫以分数获胜，卫冕成功，冠军腰带没有易主。昏头昏脑的逸园观众疯狂了，如洪水般涌回，到赌注登记人那里去拿他们赢的钱，人流险些把赌注登记人的台子挤翻。谢列夫欢呼雀跃。观众中的马尼拉人则大声喝倒彩，但被当地人的吼声压下去了。筋疲力尽的谢列夫被他的支持者抬出绳圈，举在半空中。阿尔德看起来极为震惊，被刚发生的事搞得晕头转向。乔和杰克走回去领他们赢到的钱。在赌注登记人的看台旁，乔把赢来的钱一半交给内莉，一半交给罗森鲍姆，然后与杰克·拉莱握手，交易达成。

杰克和乔走上塔楼，从那里的会员制酒吧可以俯瞰赛狗场的跑道和拳击场。卡洛斯·加西亚欢迎他们，把他们带到正对窗户的一张桌子前，并为内莉和娜泽达把椅子拉出来。冰镇香槟已经准备好了。卡洛斯用双臂搂住乔和杰克的肩膀，祝他们俩好运，然后弯下腰，亲吻女士的脸颊。步维贤接手了法伦公司的文书工作：注册文件、执照等均已被签字盖章。艾伯特·罗森鲍姆和米基·奥布赖恩开始讨论具体细节，立刻行动起来，让工作走上正轨。乔和杰克再次握手。当二人在旁观者面前拥抱时，乔靠近杰克的耳朵轻声说："杰克，这次不能再干私活了。"杰克点点头，看起来像是认真的。就这样，"歹土"有了法伦夜总会，一处上海前所未有的最大、最时髦、最富有的夜总会兼赌场。

从逸园楼顶俯瞰上海会令人震惊。你可以将市中心、整个法租界、江边和江上军舰排成的一条灰线尽收眼底。那些军舰属于英国、美国、日本和法国，它们停泊在黄浦江上，正对着爱多亚路和公共租界里的摩天大楼。在两人身后就是他们的新家，也是"歹土"上的印钞机。此时万家灯火亮起，千缕炊烟从小巷的烟囱里钻出。军队的探照灯光扫过北边虹口和闸北的夜空。这两个男人看起来像是国王，女人们则是王后。杰克和乔认为这是美好前景的开端。不管怎样，交易已经达成了。

22

　　法伦夜总会的事定下来两天后的凌晨五时，阿尔·伊斯雷尔在"德尔蒙特"舞池楼上的办公室里把收入藏进保险柜。阿尔的妻子贝莎正在顶层的公寓里睡觉。"恶魔"在楼下赌场里监督清晨的清扫工作——要知道，前一晚的"德尔蒙特"可是很热闹的。"恶魔"听到从楼上传来两声枪响，于是从吧台后面抓起手枪，跑上楼冲向阿尔的办公室。睡梦中的贝莎也被枪声惊醒，穿着睡衣跑下楼来到阿尔的办公室。他们发现阿尔穿着中式晨褛，趴在办公桌上。办公室几乎被捣毁，好像有人曾在里面打斗，保险箱里的钱也被一扫而空。阿尔的后脑被以枪毙死刑犯的方式击中。子弹穿过头骨，从他的右眼上方穿出，卡在柚木办公桌里。工部局警务处展开侦查，甚至逮捕了"恶魔"，认为他可能想枪杀阿尔，好接管俱乐部。但这种说法不值一晒，他们又释放了他，调查工作进展缓慢。"小尼基"到处查探，认为

内莉·法伦表演阿兹特克西迷舞，1929 年摄于上海 /Peter Hibbard 提供

乔·法伦——"上海衣冠楚楚的齐格菲尔德"／翻印自1938年《大陆报》

杰克·拉莱，上海的"老虎机之王"／翻印自1936年《字林西报》

"富丽秀"巡演途中，1937 年摄于东京 /Vera Loewer 提供

"富丽秀"的年轻
男演员（右上），以及
"富丽秀"女演员与乔
和内莉（乔左侧的戴帽
者）的合影（右），
1937 年摄于日本 /
Vera Loewer 提供

美国法警提特尔鲍姆，摄于1941年2月/翻印自1941年《密勒氏评论报》

Chief Deputy U. S. Marshal Sam Title-
baum, who took a formal oath of office
in Shanghai on February 7.

上海重案组负责人约翰·克赖顿与别人的合影，1939年摄于上海/布里斯托尔大学的 Robert Bickers 提供

爱丽丝·戴西·西蒙斯，摄于 1941 年 / 翻印自 1941 年《密勒氏评论报》

Miss Alice Daisy Simmons, who was an innocent victim of Shanghai's first inter-gambling gang shoot up at Farren's last Saturday night. Miss Simmons died almost at once from a bullet wound in the back.

沃尔特·伦塞，摄于 1941 年 / 翻印自 1941 年《密勒氏评论报》

布比和维金斯基在"栀子花"/翻印自 1940 年《字林西报》

大西路上的"栀子花"/Katya Knyazeva 提供

"百乐门宝贝"的歌舞表演，两幅图中居于舞台中央者均为内莉，摄于1937年 /Vera Loewer 提供

At the House of Surprises

JOE FARREN *says:*

"I have never had the pleasure in many years in Shanghai of satisfying my friends so much as with the great floorshow which we are presenting nightly. See it and hear it — early or late."

Sandra and Fredric Hartnell
(Sensation of London nightclubs)

Aristocrats of Harmony
(Greatest male quartet ever in the Far East)

Svetlanoff Duo
(Dancers de luxe)

Watch and wait (a little) for the next big surprise

COVER CHARGE $2   RESERVATIONS TELEPHONE 23113

法伦夜总会 1940 年的广告 / 翻印自 1940 年《大陆报》

法伦夜总会 1941 年的广告 / 翻印自 1941 年《大陆报》

法伦夜总会 1940 年为《乱世佳人》主题之夜打的广告 / 翻印自 1940 年《大陆报》

870 Bubbling Well Road

静安寺路 870 号的 DD's / 翻印自 1939 年 DD's 发行的《DD's 鸡尾酒》

维纳斯餐厅，摄于 1936 年 /Ruth Moalem 和 Dan Moalem 提供

DD's 霞飞路分店的 1941 年新年传单 / 翻印自 1941 年《密勒氏评论报》

美国海军陆战队第四团俱乐部的杰克·拉莱老虎机 / 翻印自《哗啦哗啦》(海军陆战队第四团的杂志)1939/1940 期，Fred Greguras 提供

虹口百老汇路 7 号阿斯托里亚面包房的老虎机 /Daphne Skillen
提供

法租界古拔路 291 号阿卡迪亚俄罗斯餐厅兼夜总会的老虎机，摄于 1940
年 /Katya Knyazeva 提供

拉瑞莎·安德森的宣传照片，摄于 1940 年 / 翻印自塔楼总会 1941 年宣传照片

戈弗雷·菲利普的轿车受到枪击，1940年摄于"歹土"/翻印自1940年《字林西报》

车座上的弹孔，由此可见当时菲利普险被击中/翻印自1940年《字林西报》

逮捕杰克·拉莱，摄于 1941 年 3 月。照片中从左到右依次为：法警提特尔鲍姆、杰克·拉莱（面部被遮住）和副巡克赖顿 / 翻印自 1941 年《字林西报》

被称为"上海的巴士底狱"的华德路监狱，摄于 1940 年 / 翻印自上海工部局 1940 年年鉴

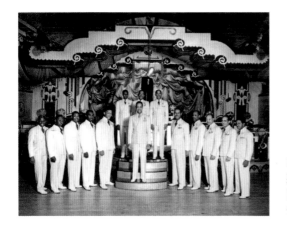

巴克·克莱顿和
"哈莱姆绅士"在逸
园/密苏里大学堪萨
斯分校 Miller Nichols
图书馆 LaBudde 特别
馆藏部提供

巴克、德比和
"哈莱姆绅士"/密
苏里大学堪萨斯分校
Miller Nichols 图书馆
LaBudde 特别馆藏部
提供

巴克在逸园为客
人表演/密苏里大学堪
萨斯分校 Miller Nichols
图书馆 LaBudde 特别
馆藏部提供

从和平纪念塔远望上海外滩的豪华高层建筑。

外滩 / 笔者自藏的上海明信片

摄于本世纪30年代的上海南京路。

南京路 / 笔者自藏的上海明信片

1934年建成的上海百老汇大厦,在外白渡桥北岸,是一座具有早期现代派风格的建筑。外观简洁,高22层。

百老汇大厦和花园桥 / 笔者自藏的上海明信片

《"歹土"维持治安行动大惨败》，刊于1941年2月8日《密勒氏评论报》/翻印自1941年2月8日《密勒氏评论报》封面

《帮派混战》，刊于1941年2月22日《密勒氏评论报》/翻印自1941年2月22日《密勒氏评论报》封面

帮派分子的漫画形像，刊于1941年2月《大美晚报》/翻印自1941年2月《大美晚报》

上海著名白俄艺术家萨巴乔的新闻漫画，1941年2月/翻印自1941年《字林西报》

这或许与毒品有关，是要了结文加滕十八个月前被谋杀的仇怨，但凶手早已远走高飞。

阿尔·伊斯雷尔是乔在"德尔蒙特"的老导师，他目睹了"歹土"在自己周围迅速发展，而且这种转变使他感到疲惫。曾经的美好世界变成了充满勒索、暴力和黑帮战争的地盘。沪西越界筑路变为"歹土"后，阿尔面前永远少不了那些想要收"保护费"的人，包括日伪政权从位于极司菲尔路76号的"堡垒"中派出的汉奸、日本宪兵队、游手好闲的浪人、日益猖獗的当地流氓和"白相人"。他让他们都滚蛋。他不会付钱的。游手好闲者、暴徒与"咸菜阿毛"、法华三合会毒品团伙联合起来，想在他的酒吧卖毒品，他把门摔在他们脸上。日本宪兵队派出戴着白袖章的代表过来征税，他也断然拒绝。与76号有关联的黑帮分子想从他手里接管轮盘赌，他报之以大笑。阿尔年近花甲，但脾气没有软化一星半点儿。他坚定不移，顽固不化；他在这帮流氓出道前就早已开始经营"德尔蒙特"了。青帮来敲诈他，他一分不给。他已经把跟科西嘉暴徒一伙的假警探打包送走了，并且没有付钱给任何卑劣的野心家。阿尔让"恶魔"加强门口的安保工作，让曾作为巡捕为工部局警务处服务的锡克人站在门前的街面上，只准真正的顾客入内。他还和贝莎一起住在顶楼的公寓里，以便看守每晚的营业收入。那群流氓的要求愈加放肆，每天晚上都有滋事者试图闯进来，想把这里闹个底朝天，吓走顾客，让生意做不成，以此逼迫阿尔向他们屈服。他把他们都打发走了，直到那个 8 月的夜晚。

他们把阿尔葬在杨浦区倍开尔路上的犹太公墓里，那里由上海犹太治丧志愿工协会（Chevra Kadisha）运营。上海黑道上的头面人物和骨干身着黑色西装，来到苏州河浜北，开着车缓缓穿过虹口为他送行。贝莎立在坟墓边；阿尔的大批朋友和顾客站在翻起的泥土旁，其中有杰克"城镇队"的成员、老派的葡萄牙和美国黑帮分子（他们从一开始就认识他）、逸园（每天工作之前他都闲逛到那里喝香槟酒）里的体面人物。在他的"德尔蒙特"歌舞团里跳舞的那些"娜塔莎"排成一行但不敢上前，免得打扰到贝莎（多年来她一直警惕地盯着她们）。乔和现在要独自撑起"德尔蒙特"的"恶魔"都是护柩人，瑞士小偷艾利·韦勒、"维纳斯"的萨姆·莱维、米基·奥布赖恩和杰克·拉莱也加入了抬棺队伍。

所有在上海从事夜生活相关行业的老派犹太人都跟

在棺后，有特地从天津赶来的阿尔·文加滕、"卡萨诺瓦"的索尔·格林伯格、运营精英酒吧的弗雷德·斯特恩（Fred Stern）和乔·克莱因（Joe Klein）、"小总会"的蒙特·柏格、华懋饭店塔楼总会的柏林难民弗雷迪·考夫曼（Freddy Kaufmann），以及从汇山路到法租界和沪西越界筑路的所有意第绪酒吧和卡巴莱歌舞厅的老板。坟墓边的贝莎伤心欲绝，必须有人扶着，她才不会被悲痛压弯膝盖，扑倒在杨浦的泥土里。然而，精明的阿尔曾把三十年来在海格路上挣到的利润投资到钻石上，而钻石被保存在加州一家银行的金库里。她可以回到家乡，心情悲痛却腰缠万贯地过日子，只要知道保险柜密码就够了。

仅仅两天后，法伦和拉莱的生意计划就受到了打击。对认为沪西越界筑路上遍地黄金的那些人来说，这明显是一个提醒。"歹土"里外侨开办的酒吧都开始交税，无一例外。任何人企图不付钱给"歹土"上的那些势力，或是禁止他们所支持的毒品贩子在"歹土"上做买卖，都将遭到致命打击。

* * *

9月末，"恶魔"在码头送别贝莎。后者上了一艘疏散船，回美国去了。水手保证她能坐头等舱。萨姆·莱维也安排"马尼拉节奏男孩组合"在船坞边排成一行，当船只启航、顺流而下驶向中国东海时，乐队为她演奏起阿尔最喜欢的乐曲。让我们回到海格路吧：阿尔被谋杀只是个开始，随后事态每况愈下。多年来，阿尔逃过了重重劫难，但现在他成了"歹土"上第一个——但绝不是最后一个——受害者。

在中国大地上，战火连绵不息。蒋介石委员长在战时陪都重庆（长江上游的城市）组织抵抗运动。日本空军每晚轰炸重庆，然而它是一座天然的岩石堡垒。中华民国的国庆日"双十节"即将到来之际，忠心于委员长的抵抗运动者动作频频。一个日伪官员被不明身份的狙击手击毙，而这不过是全城正在进行的地下战斗的一部分。犯罪分子利用了混乱的局面。在法租界的公馆马路上，一家进出口公司的两名雇员因拒绝缴保护费，被从前门扔进的炸弹炸成重伤。三天后，不止一枚手榴弹被投进四川路桥上的人群，导致十几位平民受伤。原因呢？没人知道。1938 年 9 月 30 日，军统刺杀唐绍仪成功，这堪称一次重大胜利，因为日本的土肥原将军曾希望扶植唐绍仪为顺从的傀儡总统。唐绍仪是在法租界自己的起居室里被军统枪杀的，杀手当时扮成古董商，假称要将抢来的宝物卖给他。

工部局警务处和日伪暴徒在极司菲尔路上交火，两位巡捕被击毙。总巡包文命令所有沪西越界筑路地区的巡捕结队巡逻，佩枪的保险栓都要打开。伪军占据了极司菲尔路76号两边的几处大宅子，宅子里挤满了刚入伍就拿到武器的暴徒。他们在街上垒起沙袋，架起机关枪。在"歹土"另一边，他们强占了"德尔蒙特"附近一处台湾人经营的酒吧兼赌场，布置了更多来自76号的雇佣杀手，向花会赌徒的据点和毒窟另收了一笔保护费。

整个冬天，暴力事件不时发生。另一个杀手险些击毙日伪政府的上海市长傅筱庵。这位年近七旬的叛国者是沪西越界筑路上的赌场和毒窟名义上的中国老板，曾在中国东北忠心耿耿地为日本人服务，现在他又将这一套搬到了上海。开枪者杀死了他的保镖；宪兵队追捕杀手并将他逼至绝路。此人不愿面对宪兵队的酷刑拷问，举枪射向头部，自尽身亡。日本兵把他的心脏和肝脏挖出来，放在死去的日本保镖面前作为祭品。这件事使局势愈加紧张。全城有二十多个日伪官员被军统敢死队刺杀。日本警察、日伪官员的妻子和孩子、无辜的旁观者、下班回家的伴舞女郎都可能在交火中被击中。围绕"歹土"展开的战斗逐渐演化为争夺上海的战争，然而这只是一个开始。这也是中国为自身生死存亡而进行的重要斗争不可分割的一部分。

《购物新闻》

—"短报"—

1938 年 11 月 21 日 星期一

于是，上海公共租界工部局再次为美国人控制的上海电力公司颁发许可，允许其克服千难万险为公共租界里的用户供电……这次要付的额外费用是原来的 150%。换句话说，这个所谓的公用事业公司实际上获准以金元标准收费。**有趣的是，法租界的电力公司面临同样的运营成本，却仅仅额外增加了 15% 的费用，而且他们还不必喂饱那些纽约大佬！！！工部局的那些大老爷是怎么回事？我想大家都愿一探究竟。**

沪西地区对我们大多数人来说指的就是"歹土"。现在我们伤感的威利斯命令那里的巡捕：要对麻烦视而不见，把耳朵用药棉塞好，这样枪击声听起来就会像爆豆声；而且如果真有人对他们开枪射击的话，他们必须一动不动地站好，好成为那亲爱的"白相人"的靶子。如果我们不想让总巡包文和他的老伙伴副巡克赖顿在"歹土"巡逻的话……每周要花 26 先令。该死！我们可以押一百万，赌那些家伙会溜之大吉，他们逃跑时飞起的衬衣下摆甚至能让你在上面玩跳棋。

您在拼命寻找特别的生日礼物送给您命中的贵人吗？这里能满足您的需求。如果您光临亚历山大·克拉克（Alexander Clark）位于沙逊大厦的店铺（电话：上海-10719），就能发现著名的劳力士蚝式表现在有货。

它们都具备防水性能，而且计时精确。正如我们都知道的，在上海，时间就是金钱。带着本期《购物新闻》，任何有货的手表都可以打九折。

大家的日子都不好过，但看起来那些臭名昭著的贪婪的上海煤气大亨不在此列。他们知道凛冬将至，正计划收取额外费用。工部局不得不批准他们的提案。难道那些煤气独裁者在董事会里会缺少代言人吗？等工部局董事结束夏日的休会期，从美国乡村总会回来，或吸饱了新鲜空气从莫干山度假村回来后，他们就会召开会议，投票通过此提案。他们下周就要回来了。我们敦促本报的四千位订户打爆他们的电话，对他们喊："呸！"

若有想法不吐不快，请联系编辑部。地址：南京路 233 号 540 房间。电话：上海-10695。

23

虎年结束，兔年随 1939 年的春节降临。在上海，人们暗中传递消息，称拉莱和法伦正一起筹备项目，它将是"歹土"上最大的赌场。油漆匠和参加内莉面试的舞蹈演员来到大西路。杰克和米基则去港口，接一条正要靠岸的美国海军运输船。这艘船运来三张马尼拉制造的柚木轮盘赌台。赌台是美国式的双零轮盘，附有人造树胶的轮子，真是美极了。除了它们，还有其他百家乐和骰子赌台。乔还订了条红地毯，准备在开张当夜铺在地上。

实际筹备时间比乔和杰克的估算要长。他们两人都需要筹集资金，应付不断伸过来的手。伸手的包括 76号、宪兵队、中国巡警、送煤的人、接水管的人、接电线的人以及来清理垃圾的人。抽成、打赏、回扣都需要打点。工作一度因自称工会成员的暴徒停滞，随后又被更多自称能破坏罢工的家伙阻碍，他们说只要给钱，他们就能把罢工者的脑袋在街面铺的石板上磕碎。接着，这两方就爆发了激烈的战斗。时间流逝，令人泄气的几个月过去了。乔准备安装空调和干燥机来保持室内凉爽，这样他就能关上窗子，把蚊子和"歹土"排水沟发出的令人不那么愉快的气味隔在外面。但这些设备可不便宜，因为他们要付日渐高涨的电费给法租界的电网。按乔的计算，他们还得等一段时间才能开业。妈的，他们还得等这地方装好门！尽管如此，他们终究是在向目标前进。

但首先，乔需要雇员。纳粹、日军的炮击和一点点天意帮他实现了这个心愿。闸北和虹口有许多酒馆被炸毁，它们的保安团队正在寻找新雇主。沃尔特·伦塞找上门来。这个讲义气的哥们儿长得虎背熊腰，曾在虹口为不止一家犹太人酒馆打理吧台并看守门户。他总是在现金出纳机下放一把 12 号口径的猎枪。德国人到达维也纳之前，他曾是维也纳犹太人聚居区里的低阶帮派成员。随后他和自己的手下决定乘船去上海这个远离纳粹的好地方。

沃利·伦塞①带着他的手下从闸北来到沪西越界筑

---

① 即前文中的沃尔特·伦塞。——译者注

路地区。这群帅气的小伙子把溜光水滑的头发向后梳，穿着入时的西装。他们全都对"衣冠楚楚的乔"敬若神明。伦塞肥厚的腋下夹着一支"大红九"；小伙子们都戴着指虎，随身佩着甩棍，裤兜里也揣着装满滚珠的小棍，胸前口袋里插着孟加拉式剃刀。这帮小青年无师自通，在小费前笑容满面，对已婚女士尊敬有加，把瘾君子踹到路边，从一百码外就能认出要撒酒疯的恶心醉鬼或想逃账的家伙。他们能辨别人群中的傻瓜和小贼，还能温和地提醒常客到期结账。乔抢先下手，将法伦夜总会的安保工作委托给这支团队。内莉曾说他们比"拉莱之友"强，她是对的。

* * *

让我们回到曼哈顿酒吧。杰克正大口喝着在电炉上加热过的咖啡，直到天边出现第一道曙光。他逐渐上了年纪，完成之前的日常工作对他来说越来越艰难。咖啡和苯丙胺使他神经紧张，但能赶跑见鬼的睡意。他夜间盗汗，健康状况一落千丈；他情绪起伏不定，常向娜泽达大发脾气。数钱币时，他会和米基一起说些海军中常见的思乡废话。施密特则在门口负责警戒工作，一把没上膛的毛瑟枪放在他身边的吧台上。

　　和法伦做的这笔交易是一项相当大的投资；但即使把高税点纳入考虑，它也会很快盈利。多亏永远忠心耿耿的海军陆战队士兵，每晚仍然有现金流入老虎机。士兵遵守工部局警务处的命令远离"歹土"，只在公共租界里找乐子，而那里是杰克的老虎机的天下。DD's还在把舞票和酒卖给上海外侨，体面的华人也为DD's的特饮等烈性鸡尾酒疯狂。这种特饮含等份的白兰地和意大利味美思酒，加了少量苦艾酒，还加了点安哥斯杜拉必打士酒，经过了充分的摇晃混合，然后上面放了粒樱桃，再挤了点柠檬汁。若是常客，则可要求酒精加倍，再多加些苦艾酒。

　　杰克正向着他选择的方向前进，向有着无限可能的、广阔的"歹土"进发。但这使他的暴脾气越来越差，差到了相当严重的地步。他每晚都和娜泽达吵架。最后，一则消息如晴天霹雳般砸到了他头上。米基·奥布赖恩扯着他的袖子，把他拉到DD's外，在他耳边低声说：她已经走了，杰克，跟某个荷兰佬一起远走高飞了。他们乘"朴资丹"号（*SS Potsdam*）去了苏门答腊岛，在船上她就和那家伙结了婚，她要在棉兰①做种植园主的太太。在 DD's 门外，在霞飞路上，杰克一边狠狠地揍米基，一边直喘粗气，直到被等在帕卡德车里的施密特拉开。

去他妈的！这该死的女人！其他要考虑的事情还有很多；在杰克那被安非他命药片影响的脑袋里还有那么多的东西要想。战况恶化，看起来抵抗运动已经完了。尽管军统刺杀虹口日伪官员的行动偶尔会得手，但他们现在正在撤退，东京政府却在大步向前。攻下苏州、南京之后，日本人沿长江逆流而上。他们在占据厦门、福州、广州之后继续南下，行军至英国殖民统治下的香港。现在这些地盘都归"小日本"了。华盛顿方面现在考虑的是：也许自己在上海已无立足之处，接下来的战争将在美日之间进行。美国正在备战。美国海军陆战队士兵乘船离开而非到达上海。很快，在上海能把工资贡献给杰克的就剩不到一千人了。杰克把自己锁在曼哈顿酒吧里足足两天，盯着一瓶尊尼获加威士忌，想要痛饮一场——这是自 1924 年来的第一次。然后有个老熟人现身了，有些人会说这就是"来得早不如来得巧"。

---

① 印度尼西亚城市。——译者注

毫无疑问，她并不是常客。看起来她好像原本想去华懋饭店，却在爱多亚路上转错了弯，这才偶然来到"血巷"。她未经通报就走进门，带着一股西普调香水的味道。他马上认出了她——伊芙琳。她有一个俄罗斯人的姓，但她怎么会说一口英式英语？是姓奥列加吗？这就对了。虽然那位俄罗斯绅士早就离开了她，但她仍然保留了这个姓氏。尽管年过不惑，又身处一群年轻女士之中，但她看起来仍然很漂亮。他想起在马尼拉的那个夜晚：给帕科一顿好打后，他把伊芙琳带回自己的房间，第二天又在码头上送别了她。之后有一周时间，她的香水味留在了他的床单上。伊芙琳告诉杰克，她一直在马尼拉和中国沿海城市间往来，去过天津、威海卫、厦门，还曾南下香港。她现已在上海安顿下来，正打算找点生意做。她读到了他与法伦"结盟"的消息，听说了杰克的女人带来的麻烦。也许伊芙琳有别的东西能让杰克感兴趣？他之前曾帮她解决棘手的帕科，现在是时候回报他了。杰克说自己对建议总是很感兴趣的，同时上下打量她的长腿，想起他们曾叫她"邪恶的伊芙琳"。他把她带回了家。

　　第二天早上，杰克和伊芙琳一起喝咖啡，向她倾诉自己的伤心事，说自己怀念马尼拉的时光。他们回忆起过去在埃德·米切尔的朗达烤肉店的早餐和大都会地区的海军舞会。杰克像往常一样因失眠而焦虑，这些往事对他来说仿佛是上一世的事了。"邪恶的伊芙琳"提出她的建议：她正打算在霞飞路开一家妓院，就在"小俄罗斯"的中心地带，因为那里的人没有报警的习惯。她有门路能打点好法国巡捕，还能出一半现金。现在就看拉莱会不会看好她，为她出另一半了。这家妓院将会像铸币厂一样，让他很快就能回本。该妓院的与众不同之处在于，这里为上海外侨中闲极无聊的白人女子提供应召牛郎。顾客要支付两次费用：一次为牛郎的服务支付，另一次是为了让店里向她们的丈夫隐瞒她们下午的活动。这家牛郎店的伪装下藏着敲诈的毒刺。杰克深知伊芙琳的邪恶本质用不了多久就会暴露出来。但你知道吗？这是在上海，她的计划可能会奏效的。毕竟，唐·奇泽姆能像那些上海外侨中的官员一样，开着崭新的德产奔驰在静安寺路上跑来跑去，靠的就是他通过《购物新闻》勒索来的钱财。

但杰克还记得自己对乔的承诺，即不再干私活，于是他拒绝了这个提议。总之，牛郎店不是他要插手的生意，如果他做得太过，让"歹土"变得不那么硬派，那就太糟糕了。伊芙琳抚平裙子，涂好口红，走向门口，说："好吧，亲爱的杰克，如果你能再考虑考虑……"

中国军队且战且退，从上海撤到苏州，再到南京、汉口，每次都被日军打败。日本人从"孤岛"上海沿浩荡的长江逆流而上，直逼蒋介石的大本营陪都重庆。中国人在山洞里整顿队伍，等待日本空军的三菱轰炸机。空袭、炸弹和大火每晚都在重庆肆虐……但一旦轰炸机撤走去加油和重新装弹，这座城市又重新从雾中出现。大雾为国民党最后的重镇不时提供着遮蔽。

火仍在苏州河北河浜燃烧。目之所及尽是绵延不绝的街区废墟。那里曾是磨坊、丝厂、工厂、公寓、学校、商店、寺庙和住宅，曾是两百万中国人居住、工作、生儿育女和寄托希望的地方。现在，夜幕降临后，这个地区的大部分街道就会空无一人。那些必须借道的中国人步伐匆匆，因为他们相信死者的鬼魂仍在其故居上空盘旋。日落后，日本哨兵很少会冒险踏足这个地方。当当锣声从某个被炸毁遗弃的平台上传来。人们相信无数恶灵夜间会聚集在被燃烧弹袭击过的北火车站，想要和他们死去的亲属团聚。

据说，在月光特别明亮的某些夜晚，人们会看见鬼火在破败的街道和人行道上毫无规律地跳跃。日本人称之为"燐火"，另一些外国人则称之为"will-o'-the-wisps"。有些愚蠢的日本士兵跟着这些鬼火走，早上就会被发现死在小巷或过道中。他们的眼睛睁得大大的，被火光染成红色。日本人说战场上的这些中国人的鬼火是被狐狸精召唤出来的。中国人则认为鬼火是被上海人的鬼魂召唤出来的力量，要向日本人复仇。当日本兵想抓住它们时，它们就会退后，随后将他们吞噬。

它们不过是黄浦沼气的产物。沼气从城市的裂隙渗入，驱逐多余的人，毒害他们，毁灭他们。

人们如此确信着……

24

　　梅雨季节，上海掀起了"黄金热"。1939 年 7 月，一年一度的梅雨季节到了，雨点日复一日地敲打着上海的土地。湿度提高，人行道上的雨水蒸发成细雾。公共租界的街道难以行人。法租界的地下室很快被积水倒灌，把逃难的华人家庭淹了个措手不及。在虹口，沙泾港河水泛滥，下水道返流，污水溢到街道上。苏州河的洪水将尸体冲到下游，它们堆积在外滩上，陷入黄浦江冲积而成的淤泥滩。水警赶在办公室里的大班俯瞰江面之前，用一端绑着钩子的长竹竿把它们捞出来，免得它们影响大班午餐时的食欲。江边堆栈在几分钟内就被淹没了。成群的老鼠从洞口蜂拥而出，逃进周围的小巷。

　　上海的街道上，中国"杀老夫"① 和会计员用湿透

---

①　即在 20 世纪初上海流行的洋泾浜英语中与 shroff 所对应的表达，指出纳员。该词词源是印度斯坦语中的 saraf（金条商人），在 19 世纪和 20 世纪上半叶的英属印度、东亚和东南亚很常见。

的报纸遮挡自己的圆边毡帽。上海外侨不顾最近潮湿的天气，即使汗流浃背，仍然坚持穿精纺羊毛西装（亚麻布今年供不应求）并翻起领子。办公室丽人、商店女郎和下班的伴舞女郎撑起油纸伞，匆匆沿着百乐门附近的静安寺路行走，同时还要跳过法租界霞飞路上的水坑。她们在"小俄罗斯"里的咖啡馆寻找躲雨处，或是在 DD's 外的雨篷下挤作一团，等最大的那阵雨过去。大家并不觉得冷，虽然梅雨确实让温度降低了，但反而让人觉得更舒服了。大家只是觉得很潮湿。随后雨戛然而止，就像它降下时一样突然。躲在公共租界门廊里或法租界梧桐树下的人继续前行。黄包车夫擦干坐垫，在行人中搜寻最富有的乘客。三轮车夫踩下脚蹬，开始行进，努力活动僵硬的四肢，再次寻找乘客。上海暂时被洗刷一新。

然而，即使大雨滂沱，排在外滩金银交易商办公室外的队伍也一动不动。这座被孤立围困的城市的经济已陷入严重的滞胀：纸币和硬币的价值每天都在变化，汇率波动让人们头晕目眩。人们满怀期待，一大早就起来在上海黄金交易所门外排队，但他们前面还排着那些整晚待在人行道上，打算第一批登门的人。还有一些人排在经纪人办公室门外。公共租界里生意做得最大的贵金属经纪人西蒙斯的办公室外，排了两百人的队伍像蛇一样蜿蜒着绕过拐角。即使浑身湿透，他们仍耐心等候。富裕一些的上海人付钱给农民，让他们帮忙排队，农民们露天而眠，一直占位到早上。人人都痴迷黄金。谣言如雪球般越滚越大：只有黄金是安全的，只有黄金才能有坚挺的价格并增值。交易所里金价飙升，像西蒙斯这样的经纪人则因民众的恐慌而大大获利。所有东西的价格都在上涨。日本人到来之前售价 2 毛法币的面包现在要卖 1.2 圆；原价 10 圆一吨的煤现价 250 圆，且里面大部分是煤渣。米商被指控囤粮牟取暴利，遭到被饥饿和通货膨胀击垮的成伙农民的袭击。

战争爆发的两周年纪念日就要到了，上海成为"孤岛"的第二十四个月即将来临，上海对黄金的渴望已成病态。金银交易的大鳄、通货膨胀造就的百万富翁和投机商象征了这座城市的唯利是图，每个人都想成为其中一员。更多的谣言传开了：一夜之间法币就会贬值；日伪政府会拒绝承认蒋介石政府的货币，从而让大家的储蓄立即归零；日本人将取消所有货币，用他们的"侵略货币"取而代之；日本人无法忍受法币，因为其仍然是国民党的货币，能使蒋介石政府在"孤岛"上海的金融领域有个立足点。

　　法币在滞胀的冲击下进一步贬值，所有的担忧都成为现实。整个夏天，人们都在谈论欧洲的战争，这只不过加剧了上海的金融恐慌。爱丽丝·戴西·西蒙斯和她的父亲卖的金条比以往任何时候都多。金条便于运输、携带，金条值得信赖。外滩沿岸的"杀老夫"十分忙碌，据说他们靠在硬币边上吹口气，再侧耳倾听，就能辨别出它是不是假币。在"歹土"上，任何货币，包括金、银、美元、中国银圆或墨西哥鹰洋、日元、法币、银锭，都如河流般滚滚不止地流通……

　　1939 年 9 月 1 日，对欧洲的担心全都成为现实。德国入侵波兰，两天后英法向德国宣战。于是事情的优先级改变。上海原本已是"孤岛"，现在则更加孤立。而且由于英国人民正在为本国的生存而战，皇家海军和所有其他英国军力都撤走了，公共租界的防备力量遭到削弱。重庆传来的消息差不多同样糟糕：令人畏惧的三菱轰炸机每晚都要袭击国民党的大本营。但在糟糕的时局中，上海别无他选；乔和杰克也没有其他办法，只能继续前行。法伦夜总会于 21 日开业，楼上是拉莱开办的赌场。霓虹灯组成乔的名字，在大西路上方闪耀。

25

　　终于，法伦夜总会亮相的晚上到了。厅里高朋满座，酒吧、餐厅和歌舞表演的舞台下都挤满了人；上面还有占了三层楼的赌场。司仪是谁？是乔·法伦，那个"衣冠楚楚的上海齐格菲尔德"。想玩轮盘赌吗？那就去找赌场经理吧。此人会给你出借筹码的条子签字，也可能把你押送到门口却留下你的珠宝、手表、钱包和婚戒。他就是杰克·T. 拉莱。

　　乔和杰克开办的新场所最多能接待六百人。其中餐厅座位和观看歌舞表演的座位共有两百个；楼上的赌场则能为其他四百人服务。那里可以玩轮盘赌、十一点、双骰儿、掷骰子，当然也少不了老虎机。沃利·伦塞和他的小伙子们提供的严密安保措施让人心安。人们还没忘掉军统暗杀小组最近对亲日的赌场和舞厅发动的炸弹袭击。尽管如此，今晚法伦夜总会就要开业了。大西路被弧光灯照得亮如白昼，像是格劳曼的中国剧院①外举办的某场好莱坞首映活动。现在没人能说乔·法伦缺乏雄心壮志了。在上海待了十年后，他现在正如他曾预言过的那样，悍然统治了夜总会领域。

　　要人——或者说在头面人物们乘疏散船只离开后，还留在上海的那些人——从晚上十点开始陆续到来。这座城市的华丽几乎一如既往，他们也仍是爱出风头的时髦群体，堪称东方罪恶之都中的名人大腕。他们离开公共租界，坐着豪华轿车和出租车翩然而至，要看看"衣冠楚楚的乔"带来了什么。其中少数来宾比其他人更受尊敬，包括几位拘谨的富商和傲慢的英国佬，他们已将太太送到更为安全的香港，以及澳大利亚或英国老家，准备在当晚放松一下。他们挽着秘书走在红地毯上，一群雄心勃勃的"格里芬"跟在其身后不远处。到场的还有贸易商、掮客、买办及经纪人，他们即使在局势最糟糕时仍能挣到钱。艾伯特·罗森鲍姆亲自护送贵金属经纪人的女儿爱丽丝·戴西·西蒙斯上楼去找轮盘赌台。她正是法伦想要的那种挥金如土的赌客。接下

---

① 好莱坞星光大道核心地带的剧院，举办了多届奥斯卡颁奖礼。——译者注

来，杰克会确保爱丽丝和她的朋友整晚都有免费的酒水和香烟，好让他们不必离开赌台太远。

永远在伸手索贿的古巴名誉领事驾到。葡萄牙领馆黏糊糊惹人厌的商务专员正搭着巴西名誉领事的肩膀，大谈特谈澳门的中立态度。葡萄牙暴徒付给这两人的钱多达葡萄牙政府所出月薪的三倍。在场的还有一群爱假公济私、中饱私囊的美洲国家（包括委内瑞拉、墨西哥和智利）官员。他们大把出售护照或通行证，就像在节日或婚礼上抛撒五彩纸屑一样，而这些文件现在价胜黄金。一年前，想要拿到葡萄牙签证，就需要付几百美元给一位腐败的官员；而现在，这个价格提高了两倍甚至三倍。他们仍然相互勾结：葡萄牙老板"胖托尼"用望加锡头油向后把头发抹得溜光水滑，挽着个气呼呼的小妞，与同胞约瑟·博瑟罗闲聊。身穿白色亚麻西装的领事则在附近徘徊，咧嘴微笑，露出被尼古丁染脏的牙。

"歹土"的老面孔也在场。"老虎机之王"杰克一边挽着"邪恶的伊芙琳"，一边签字借出筹码。米基·奥布赖恩第一次穿晚礼服出场。他感到脖子被上了浆的衣领弄得痒痒的，同时还不忘谨慎地盯着那些赌场员工。艾伯特·罗森鲍姆咬着鹰洋，确保它们是真正的墨西哥货。巴贝在那位德国催眠师那里又接受了一次由杰克资助的治疗后飘然入场，她的苹果绿旗袍让她看起来就像是一大堆美元钞票。她是来祝杰克好运的。DD's的那伙人都挽着他们标志性的金发美女。

唐·奇泽姆这几天不那么受欢迎了，因为他觉得柏林和东京最后会胜出。他在接受宪兵队资助的 XGRS 电台找到一份临时的工作：在深夜里广播，说些反美和反同盟国的废话。乔心里很明白，自己受不了奇泽姆及其通过无线电发送的那些哗众取宠之言；但今晚不是吵架的时候。上海人人都爱的坏蛋艾利·韦勒挽着他的女友光临，此人是军火走私犯、老千、骗子、投机商和小偷，还是稀有西藏皮草的供应商。艾利年近五十岁，而他的女伴还不满二十岁。他一如既往地向萨姆·莱维发牢骚；而他的女伴看起来很无聊，盯着身穿紧身春亚纺西服的巴斯克海阿拉明星看个不停。艾利的手下全是瑞士人，他们跟运营百老汇大厦纸牌赌局的俄罗斯小伙子们混在一起；而这些俄罗斯人渴望亲眼看看杰克是如何经营轮盘赌的。艾利走开，继续跟老一辈的比尔·霍金斯和斯图亚特·普赖斯聊天，回忆旧日时光，从端着托盘经过的侍者那里随手拿饮料，为记忆中可怜的老阿尔·伊斯雷尔碰杯。艾利致了愿他安息的祝酒词。前排的桌子上，"预留"的标签被匆匆撤走，上海解决问题的头号高手卡洛斯·加西亚及为他打理财务的法国银行家步维贤携妻光临，她们身上挂满了钻石。乔确保他们一提出需求就能得到满足。

当地的名流逐一登场，旁观者伸长脖子呆看。名流之一是法伦夜总会的打手小伙子最爱的维也纳女歌手、前默片明星莉莉·弗洛尔。她为躲避纳粹而流落异乡，在上海仍然名声不减。小伙子们也为人称"勒科"的乔治·列夫琴科在人群中清出一条路来。既然现在安德烈·谢烈夫已离开上海去加州追寻拳击金指环，志在名扬四海，那么列夫琴科就是眼下的次中量级拳击英雄了。勒科的西装在身上绷得紧紧的，一位生于哈尔滨的温柔的金发女孩挽住他的手臂，他的经纪人则试图吸引媒体记者的注意，希望他们多拍照并多写专栏文章。到场的还有所有"百乐门宝贝"。当然，她们是过来跟老雇主打招呼的。同她们一起的还有"富丽秀"的一些成员。"好莱坞金发美人"刚刚结束在逸园的表演，也乘三轮车赶过来。萨沙·维金斯基从附近的"栀子花"

过来出席，还拿着末端镶银的手杖，戴着大礼帽和单片眼镜，穿着燕尾服——以上都是他标志性的穿着打扮。他的女友布比穿着缎子衣服，正用美丽的鹰钩鼻嗅闻最后一点可卡因。

维金斯基和布比是"歹土"上的"白俄贵族"。在十月革命前的俄国舞台上，维金斯基是货真价实的明星，先后在君士坦丁堡、柏林、巴黎和美国的白俄流亡者圈子里混过，最终选择定居上海。他每天晚上都在"栀子花"表演，观众总是为他欢呼鼓掌；接着，他开始唱俄罗斯歌曲《路漫漫》，然后是《可卡因》，最后是《木兰探戈》。布比的衣裙几乎遮不住她瓷般光洁的皮肤。她为他管理"栀子花"，是公共租界里"娜塔莎"大军中的皇后。她的"事业线"很深，后背裸露，从尖削的肩胛骨一直露到臀部。但若有人胆敢施以咸猪手，准会挨上一记重重的耳光。当布比跳上酒吧凳，点燃一根末端放着鸦片的香烟，将长腿交叉起来时，准会有十几个男人僵直地转过头来，转头的声音活像"栀子花"里有人开了一枪。布比和维金斯基都脾气暴躁。他们在俱乐部里争吵，还互扔玻璃杯。顾客纷纷闪躲，但绝不会因此不上门。她叫他混蛋、杂种，严格来说没有叫错；他则叫她妓女，但这并不完全准确。两人都有严重的可卡因瘾。

这段时间，上海本地人也来到"歹土"，因为战争时期人们纷纷归国，导致一时间没有足够多的外侨顾客前来送钱了。"歹土"欢迎所有人……和他们的钱袋。有些华人小开来到这里，说着一口剑桥腔，穿着牛津鞋。这些人一生中没有工作过哪怕一天，当然也从未跨进父辈开在闸北的臭名远扬的血汗工厂。这里的常客还包括雇佣文人。他们削尖脑袋硬挤进来，恳求能被列在法伦夜总会的嘉宾名单上。这里有《字林西报》的爱拉皮条的拉尔夫·肖（Ralph Shaw）；有来自《上海泰晤士报》的同性恋，据说此人对日本男孩很有兴趣；还有美联社的家伙带着与乔毛发浓密的犹太屁股一样高贵的"白俄公主"。双性人舒拉·吉拉尔迪（Shura Giraldi），即北平"恶土"的领袖也莅临开业仪式，还带着他的歌舞团女演员。她们把自己打扮成了山寨版的玛琳·黛德丽①。法租界的巡捕也走出租界，过来领取

---

① 玛琳·黛德丽（Marlene Dietrich, 1901~1992）生于德国柏林，是知名德裔美国演员兼歌手。——译者注

一瓶（也许是三瓶）作为赠品的法国茴香酒。要知道，巡捕房的长官对开业活动和妓女有检查之责。当然，上海的科西嘉贩毒团伙和马耳他皮条客也出席了，想看看能不能从法伦身上揩点油。甚至还有几个从马尼拉来的银条走私犯现身，他们来到大上海是为了见见世面。最后，现场还有一张特殊的长条桌，坐着以前红玫瑰卡巴莱歌舞厅的那帮人——蒙特·柏格、索尔·格林伯格、弗雷迪·考夫曼、弗雷德·斯特恩、乔·克莱因、"恶魔"海德和阿尔·文加滕等。他们是上海非法行当里经验丰富、头脑聪明的前辈。他们各自带着丰满而友善的太太出席。乔给大家分发雪茄和白兰地；杰克为每位太太免费提供一堆筹码，请她们去楼上赌场随意输掉。

想要一掷千金吗？法伦夜总会有 8 张双骰儿赌台，每张都配备专门的执棒人①；还有 16 张二十一点赌台、50 台老虎机和 3 台轮盘赌台。如果你胆敢暗示有人在赌台上出老千，那么给法伦夜总会看场子的沃利·伦塞

---

① 双骰儿赌博中的管理人员，手拿软棍，负责把掷出的骰子收回，检查骰子是否有暗记或损毁。——译者注

就会走过来，让你的脑袋和大西路上的石板来次亲密接触。想要借筹码？去找杰克·拉莱吧。身上现金不够，想把那条绿宝石项链换成筹码吗？艾伯特·罗森鲍姆会给你报个价。此外，这里还有歌舞表演。主菜上桌后，黑眼睛的达尼姐妹（Dani Sisters）会上台，她们看起来非常可爱、顺从。乔和内莉走进舞池，翩然起舞，仿佛老时光重现。他们暂时把分歧抛在一边，内莉也暂时忘记乔的不忠。他们鞠躬谢幕；人群狂呼乱吼，起立喝彩。原"红玫瑰"帮派成员的太太们轻轻拭着眼睛。内莉看起来和1929年大华饭店的她一样光彩照人。随后人们纷纷起舞。一支名为"迈克的音乐大师"的乐队结束了在巴达维亚的俱乐部的工作，刚刚来到上海，现在他们专为法伦夜总会服务。乔梦想过的一切现在都实现了。

小汽车和黄包车停在外面，"歹土"上的乞丐也聚集过来，晃着手里的黑猫牌香烟罐想讨几个硬币。他们中的一些是四肢扭曲的乡下孩子。也有衣衫褴褛的女人，把垂死的婴儿递到你眼前。另一些人则向你展示麻风病、梅毒或坏疽留下的痕迹。有人在缫丝机致命的梭子下丢掉了胳膊，这些机器却使公共租界的富人发了大财。有人把严重的烧伤露出来。鸦片鬼在人群中蹒跚而行，垂着头，流着鼻涕，伸着双手。有些人说如果不把铜子儿扔到他们摊开的手掌里，就会招来晦气。

沃利·伦塞的小伙子对乞丐的花招了若指掌。他们把这帮人踢走，还把点燃的骆驼牌香烟弹在乞丐脸上，用意第绪语咒骂，接着又换了洋泾浜的中国话："走开，别围着看。"一旦被允许聚集，乞丐就会一直站在那儿，伸着手乞讨。如果能讨到硬币，他们就会继续向前走。如果有哪位上海外侨试着把其中一个乞丐推到一边，那人就会瘫倒在人行道上，滚来滚去，大声叫喊，其他乞丐会一哄而上，强烈抗议，只有把钱包里的零钱高高扔向空中，才会让他们散开去争抢铜子儿。

忘掉"歹土"的其他地方吧。在法伦夜总会的努力下，高级享受第一次在"血色星期六"后回到上海。派利饭店或大华饭店过去的日子、百乐门的早年时光和逸园的全盛时期得到了重现。乔喜欢他的观众；他们从公共租界就开始追随他，一直跟到了法租界、北面的虹口、南面的徐家汇，现在又来到"歹土"。他们来自英国、法国、中欧、阿根廷的大庄园、巴西的橡胶种植园、地中海港口和流亡白俄圈子。

乔把自己在美国杂志中看到的所有装饰品都搜集到法伦夜总会。为了今晚的开业，他从海军陆战队第四团"借"来两盏大弧光灯，匆匆把它们接入公共租界的电网，让雪亮的灯光照向夜空。他还弄来了天鹅绒绳，让看场子的小伙子们穿起晚礼服。霓虹灯招牌闪烁着"法伦夜总会，给您惊喜"，使人印象深刻。不锈钢餐具（乔本来更倾向于用银餐具，但也明白它们就算没被员工抢先收起，也会消失在顾客的口袋里）、精良的爱尔兰亚麻桌布和镶嵌了宁波镜面的红漆台灯使整个场面臻于完美。正餐是嫩牛排，原材料采购于虹口市场，由逸园的厨师烹调（董先生和冯先生对这噱头嗤之以鼻）。吧台里塞满了埃加勒-谢的葡萄酒，在太阳升起、宵禁结束前还准备了香醇的热咖啡，以及从南京路上那家比安奇糕点店买来的新出炉的馅饼。

乔站在吧台旁，看着翩翩起舞的客人、盯上单身女人的小白脸和走上楼的赌客。他知道楼上的赌场已挤满了人。他想方设法才促成了这一夜的盛况：上海成为"孤岛"，意味着要打通多条走私线路才能买来所有东西，包括像样的牛排、名酒、勉强能入口的红酒。但上海仍然是一座只要出得起价就能买到任何东西的城市。

只要让他们分一杯羹，路障边的日本守卫也会睁一只眼闭一只眼。

杰克也靠在乔身边的吧台上，随手在餐巾上潦草写下当晚日本人大致会拿走的"税款"。乔的眼睛在镜片后瞪得大大的；杰克耸耸肩，说："早告诉过你了，税率会涨五个点。"这个世界将被装进一辆手推车，然后被送下地狱。在距法伦夜总会仅几英里远的地方，中国正被战争蹂躏。但在整个上海，从来没有哪两个人能从一处生意赚到比这里更多的钱。

* * *

破晓时分，上海的天空显出鱼肚白，大西路上的霓虹灯在第一缕晨光中变成粉红色。周遭的事物提醒着人们他们所处的时代：装甲车上覆盖着太阳旗，在商业街上行进，它们正前往"歹土"边界的铁丝网路障处，准备完成换岗任务。最后一拨客人离开法伦夜总会。萨沙·维金斯基扶着傻笑的布比走到大街上，一条狐狸皮包边的开司米披肩被她沿着人行道一路拖曳。维金斯基叫来黄包车，吩咐车夫将他们送到基督教青年会的汽水店，因为布比喜欢那里的冰咖啡，还从籍贯宁波的侍者那里买了些可卡因。附近的黄包车夫喊道："维先生！

维先生！"他们知道维金斯基无论去哪里都要坐黄包车，还喜欢用上海话同他们闲聊，且他给的小费就一位俄罗斯人来说很大方。

聚会继续易地进行。"胖托尼"和巴西领事互相挽着手臂。艾利和其他瑞士人一起回百老汇大厦，去玩一把清晨纸牌。爱丽丝·西蒙斯和还没走的上海外侨"四百精英"中的某位佳公子一起回她的闺房吃培根蛋早餐。巴贝的身边是她挑中的某位大亨，她建议对方去月宫舞厅找张容得下两个人的长沙发椅，好让他俩舒舒服服地待上一会。萨姆·莱维和以前"红玫瑰"的那帮人正试着劝达尼姐妹跟他们一起坐出租车回"血巷"见见世面，但他们的老婆为此给了他们几耳光。"红玫瑰"这帮人哈哈大笑；达尼姐妹则耸耸肩，就好像她们真的在乎这些老家伙一样；而太太们边大声抱怨边喘气，真是好脾气。厨房的工作人员闲逛到屋后，在巷子里的小酒馆和花会彩票的棚屋边抽烟，用手掌挥开烟雾。"迈克的音乐大师"们试图勾搭衣帽间的女服务员和推销香烟的女孩，好回到法租界的寓所再举办一个聚会。最后除了来帮忙的人，大家都走了。乔让看场子的小伙子充当司机，送内莉回家，而他自已要跟杰克碰个头。

最后一人也离开了，沃利·伦塞在后面闩好门。上海漫长的夏季即将结束，秋季即将到来，气温开始骤降，微弱的阳光带来了秋天到来之前又一个潮湿的日子。伦塞派手下一个小伙子穿过马路，去拐角处买油条给所有人当早点。一位中国女仆正在打扫头天晚上留下的满地烟头、舞票存根和其他垃圾，并同时顺走落在地上的筹码。然后乔·法伦、沃利·伦塞和来自维也纳的小伙子们把一张桌子和几把椅子拉到舞池中央（这里现在空无一人）。小伙子们把法兰绒衬衫的领子解开，卷起袖子，彼此闲聊，谈女人、赌注、纳粹、欧洲……椅子被翻转过来，香烟被点起，吧台上的残渣被扫清。小伙子们维护自己外表的整洁，白天还去健身，但无法摆脱"夜店肤色"，也就是由于日照过少而产生的幽灵般的苍白肤色。乔端来托盘，上面有茶、糖和柠檬片。他从支票簿上把给小伙子们的票据撕下来；此时，那支马尼拉乐队也打包好乐器离开了，他们主要负责在迈克和他的"音乐大师"的演奏间隙表演。伦塞解开肩上的皮枪套，把那支沉重的"大红九"挂在椅背上。几个小伙子正用取食物的签子清理指甲——在为乔工作一段时间后，他们开始模仿他严谨的做派。乔举起一只杯子，小伙子们也照办。杯里是柠檬茶，为多点刺激还加了尊尼获加威士忌。他们为好运干杯。

还有一杯酒要干。杰克把自己反锁在楼上的办公室里。乔敲敲门，米基·奥布赖恩把他放进去。杰克正一边舔自己长了老茧的指尖，一边数钞票，把它们分堆摆好：法币、美元、日元、英镑、荷属东印度群岛的古尔登、菲律宾的比索、马六甲海峡的货币、墨西哥鹰洋、孟买卢比。上海流通的货币五花八门，他得一一检查，以防有假。艾伯特·罗森鲍姆正在迅速记录当夜的单据以及赊账人的姓名和赊账数额，以便随后打电话通知他们。

杰克把当晚的数字递给法伦夜总会的老板，后者则轻轻地用犹太语感叹："天啦！"两人一起看向塞满成卷钞票的保险箱。杰克松开衣领，把门踢上，转动密码盘。税率涨了五个点……然后又涨了五个点。沃利·伦塞和米基·奥布赖恩带着猎枪。他们过会儿将在施密特和另一个小伙子的陪伴下，开车把营业收入送到法租界里的某个藏匿处。那个地方在雷米路，是罗森鲍姆挑选的。现金可在那里存放几小时直到银行开门。千万不能把现金留在"歹土"上的店内，大家还没忘记阿尔·伊斯雷尔的悲剧。乔和杰克碰了杯——乔倒了杯威士忌，杰克则把他剩下的一点菊苣咖啡一饮而尽。法伦夜总会正式开门迎客啦！

《购物新闻》
—"短报"—
1939 年 12 月 17 日　星期一

困难虽多，但还是要祝大家圣诞快乐……还有，别忘了 1940 年继续订阅本报！

近日我们对本地的警力情况做了调查，发现有 40 余位外国警官已经提交辞呈，另有 70 位也有此打算。店铺侦探、守夜人和银行保安挣的薪水比他们多，而且还不必冒丢掉性命或胳膊的危险。在我们曾经组织有序的巡捕队伍中，还有更多人受够了工部局给予的不体面待遇，也打算辞职。

惇信路上蓝丝带奶制品店（BLUE RIBBON DAIRY）的皮科克先生特此告知手头拮据却还要抚育幼子的上海母亲：尽管现在是所谓的"非常时期"，"蓝丝带"仍然能供应牛奶，但必须由本人亲自前来预定，同时需要在等候名单上排队。此外，我们可以向大家报告，在公共租界和法租界艰苦跋涉并进行调查后，我们得知所有商店的货架上没有哪怕一罐炼乳摆放出售。我们必须问问：当库存变得如此之低时，为什么当局不优先考虑重要的牛奶供应？

格罗夫纳礼服店（GROSVENOR GOWNS）希望告知所有《购物新闻》的订阅读者，他们将于明年 6 月在迈尔西爱路 249 号（电话：76058）开办一家新的沙龙。"格罗夫纳"经营女士服饰，包括连衣裙、大衣、派对礼服和女帽。所有缝纫工作都由可靠的欧洲裁缝亲自监督。欢迎《购物新闻》的订阅者莅临开幕式。开幕式中及此后两周内，您可以享受所有商品（含现场购买、预定）的八五折优惠。

有秘密想与我们分享吗？编辑部地址：南京路 233 号 540 房间。电话：上海 – 10695。

格罗夫纳礼服店
迈尔西爱路249号　　　电话：76058
特此宣布
沙龙开幕式将于
1940年6月15日举行

出售
女士的连衣裙、
外套礼服和帽子

所有缝纫工作均由欧洲
剪裁师傅亲自监督

26

　　凯迪拉克、斯蒂庞克、克莱斯勒和帕卡德等品牌的轿车每晚沿大西路排起队，将乘客载到法伦夜总会的正门。车上下来的男人穿着晚礼服和开司米大衣，围着白色真丝围巾；女士则穿着低胸雪纺裙和皮草。乐队奏起音乐；舞池的地板上下震动；侍者在厨房冲进冲出，托盘上的饮品和食物高高堆起；香槟酒的塞子被砰的一声拔出来。乔反复推敲歌舞表演，好精准地吸引观众，在报纸上拿到更多免费版面；"迈克的音乐大师"也得到盛赞。但在他们歇工的夜晚，乔请来的是"红玫瑰"圈子里讲义气的老伙计哈里·费希尔（Harry Fisher）和他来自大华大戏院的摇摆乐队。乔在天花板下拉起威亚，请来一位高空杂技女演员。午夜时分，这位"空中飞人"就从食客头顶呼啸而过。这不过是哄人的把戏，但顾客很喜欢。杰克让乔留意着别让那女孩太重了，否则天花板会塌下来，然后银圆会如雨点般从楼上的赌场落在下面的食客身上。"和谐贵族"（Aristocrats of Harmony）负责演唱餐前小调。乔还预订了国际饭店的魔术师，让他在结束国际饭店的表演后赶过来。斯韦特拉诺夫·杜奥（Svetlanoff Duo）手下的舞者陪早到的客人跳华尔兹。乔还请来一对姓哈特内尔（Hartnell）的澳大利亚夫妻。这两人主要在伦敦讨生活，最近在伦敦上流社会的所有夜总会里成为众人瞩目的对象。乔在海报上称他们"舞步轻快，节奏感强"。桑德拉（Sandra）和弗雷德里克（Frederic）会在用晚餐的客人面前翻跟斗、做鬼脸。杰克一直盯着楼上的马尼拉荷官，看着他们转动轮盘，给赌客发牌。

《字林西报》《大陆报》《大美晚报》《购物新闻》，以及多家华文报纸都把摄影师派到大西路，让他们你推我挤地抢拍人群的镜头。萨沙·维金斯基每晚都会突然出现。他把下巴抬得高高的，单片眼镜早已就位（里面没有镜片，这只是一种装样子的手段）。莉莉·弗洛尔在结束精英酒吧的演出后也会裹着皮草过来，给乔的吧台带来花束。她也不时为来宾演唱伤感的恋歌和意第绪情人的哀歌《在我眼里你最美丽》（Bei Mir Bistu Shein）。她先以意第绪语演唱，随后再用英语唱一遍，歌声总是能让乔心碎。随后，她和格哈德·戈特沙尔克（Gerhard Gottschalk）会表演二重唱。后者也是流亡者，来自柏林，在虹口区经营着名为"塔巴林"（Tabarin）的卡巴莱歌舞厅，离犹太难民大量聚集的提篮桥地区不远。两人也会奉献些带有喜剧性质的表演：戈特沙尔克会从后面戳莉莉的屁股，还向观众做鬼脸。

摄影师对性感的桑德拉·哈特内尔进行抓拍，还捕捉到巴贝两手各挽一个帅气巴斯克小伙子的场面。闪光灯爆开，他们照到了乔，后面还跟着杰克和伊芙琳。他们又照了几张，把上海外滩金条大亨的女继承人爱丽丝·戴西·西蒙斯留在胶片上。她仍然单身，是女版"钻石王老五"。照片中，她挽着迷人的飞行员希莱尔·杜贝里埃的胳膊（最后她只好付了唐·奇泽姆一大笔钱，让他把这张照片从《购物新闻》上撤下，以免她可怜的老父亲会心悸）。照片里还有米基·哈恩（Mickey Hahn），即《纽约客》（New Yorker）的通讯员兼夜生活专家，他还带着名为米尔先生的宠物长臂猿。这猴子穿着晚礼服坐在她肩膀上。"百乐门宝贝"中最漂亮的克拉拉·伊万诺夫（Clara Ivanoff）也和她英俊的男友瓦夏（Vasia）一起来了，瓦夏是百乐门白俄室内乐队中的单簧管演奏者。开业那晚后，内莉再未出现——她已退出舞坛，而且对杰克恨之入骨。她总觉得这一切早晚会变糟。她缺席时，乔大多数时间和达尼姐妹中的某位，或是一位"宝贝"在一起。他几乎不再回家，而内莉坐在家里生着闷气。法伦夜总会可以使人忘记战争、铁丝网路障、检查站、敲诈、吞噬大家积蓄的通货膨胀、欧洲陷入战火的新闻，也能让人忘记酒吧间里的传闻——"也许那是最后一艘疏散船了，不管你愿不愿意，现在你的命运已和上海的未来密不可分"。

* * *

唯一的隐患在于"歹土"本身：它仍然是邪恶的，且暴力终究会影响生意。《密勒氏评论报》的鲍威尔把刺杀和枪击事件，以及抢劫案和绑架案统称为上海的"犯罪嘉年华"。

这场"嘉年华"始于当局许可下的勒索和盗窃。76号的暴徒洗劫了康脑脱路上的一家赌场，抢劫了从当时近乎孤立无援的美国乡村总会返回公共租界的一辆满载外侨的汽车。这帮人还在一场中国婚礼上开枪射击，把厚厚的礼金红包一股脑抢走。两位来宾被枪杀，另有七人受伤，可罪犯并未伏法。这事后来发展为当街冲突：更多76号的帮派分子骑着偷来的摩托车，用机关枪扫射一位工部局警务处的巡捕，并向对方的装甲巡逻车投掷了两颗手榴弹；工部局警务处还击，导致两位摩托车手陈尸街头。

股市持续失控。投机者以疯狂的价格兜售军火公司的战争概念股，宣称英军和德军将签订实际上不存在的合同，保证股民会迅速获得巨额回报。这是骗局。承诺中的红利并未成为现实，导致那些轻信的人无颜面对自己家庭的破产，吞下鸦片结束了生命。谣言四起，市场动荡。囤积者以每包一千法币的价格购买棉花，把它们存在仓库里，随后将价格提高到两千。那些卖掉棉花的人能获利，而那些囤积时间过长的人会看到市场的完全崩溃。五十家棉花贸易进出口公司在一天之内破产；六名上海棉花商从办公室窗户一跃而下，其中几人还在法伦夜总会赊了账。但每当某个行当崩溃时，必有新的领域繁荣起来。印花布、西贡大米、高粱米、丝绸的贸易，以及在上海长盛不衰的鸦片买卖，都属于后一种情况。

"咸菜阿毛"运原料的舢板无法通过淤塞的苏州河，因此优质毒品在"歹土"供应不足。"咸菜阿毛"

正用黑色的鸦片药片和红色的海洛因药片丰富"歹土"内的毒品种类。现在街面上的毒贩子嘴里换了新说法："要红的还是黑的？""小尼基"再次通过《字林西报》发声。据他估计，在这座城市的大街小巷里有约两千五百个毒贩，其中许多人是夜间兼职的巡捕。他们把毒品卖给三十万个瘾君子，而这个数字还一直在增长。他们为何会背弃执法义务，去从事毒品交易呢？因为通货膨胀每天都在吃掉他们的工资。用作公车的黑色纳什轿车载着工部局警务处的高级官员和他们全副武装的保镖，在"歹土"边界的狭长地带巡逻，检查巡捕的工作完成情况。巡捕们则穿着厚厚的冬季蓝制服，在上海刺骨的寒风中苦捱。

"小尼基"前往"歹土"，打算亲眼看看表演。沪西越界筑路不在这位美国财政部专员的职权范围内。然而，他知道自己想抓的人就在"歹土"。在大西路和忆定盘路的拐角处，有一场杂耍，一场由毒品、暴力和癫狂构成的狂欢。他走到海格路商业街，邂逅了上海为狂想家、怪人、"戆大"① 和疯子设立的游乐场。不断有

---

① 上海方言，有傻瓜、疯子之意。——译者注

人过来搭讪，包括赌场拉客人、骗子皮条客、毒贩。他看到拴着锁链的猴子、跳舞的狗、翻筋斗的孩子、想要帮忙看车的中国男孩等。这些人变得越来越多，因为"小日本"在掌心将上海愈攥愈紧。狂热的美国传教士试图把印在宣纸上的《圣经》卖给"小尼基"。看来，在"歹土"拯救灵魂是个困难的任务。华人小贩正在叫卖黄色画片，上面印着赤裸的金发女郎、摆着下流姿势的迪士尼角色和光屁股的中国少女（都还未成年）。他们的事业不比传教士好做。小巷里还有人招揽行人去看脱衣秀和黄色电影，同时信誓旦旦地说那肯定是真正的、最下流的法国电影。到处都是乞丐，还有躲在暗处的毒贩和造私酒的人，他们各自兜售着假海洛因药片和私造的俄国伏特加"萨摩根"（samogon）。"萨摩根"是在小巷里蒸馏出来的，可能会使饮者变瞎。

"小尼基"离开海格路，摸摸肩上枪套里的手枪，冒险走上小路和窄巷，那里充斥着各路贩子，贩售着万灵药、厌食剂和号称能使人金枪不倒的壮阳药。所有东西都可出售，无论是背街小巷的堕胎药和被抛弃的女婴，还是能去鸡眼和死皮的药剂，抑或是街边剃头匠和采耳匠的服务。为目不识丁者代写书信的摊子旁，有人在出售能戒除鸦片瘾的药片。"小尼基"看到贩卖伪造证件的绝望的流亡者，他们提供的有南森护照①、去澳门的可疑文书，以及几乎能以假乱真的去巴西的通行证。在这里，他能找人帮自己把命算上二十遍（吉卜赛纸牌或中国龟壳任君选择），能在烤肉和米饭摊子上饱食一顿，或许还能开始全新的生活——鼓吹世界末日的人和朝鲜宣传者正在出售位于蒙古和"满洲国"的廉价土地。

"小尼基"在大西路的主干道和小巷中漫步，看到了 1940 年元旦前夕上海"歹土"上的众生相。

---

① 指第一次世界大战后国际联盟发给无国籍者的身份证件。——译者注

27

　　新年后，局势仍然紧张。傀儡市长傅筱庵发起"清洁歹土"运动，命令赌场关门。然而除了赌场入口处的电灯被关掉外，没有其他变化，轮盘仍在门后转动。不光是傀儡政府热衷于强行下达命令，工部局也想让外界觉得自己对沪西越界筑路地区的态度正逐渐强硬。身材高挑瘦长、相当有英国范的戈弗雷·菲利普（Godfrey Phillips）时任工部局总办兼总裁，位居公共租界公务员体系的塔尖。他与傅市长会谈，意欲让工部局警务处与日本人在"歹土"上联合设立沪西特别警察总署（Western Shanghai Area Special Police Force）。不到一小时后，这支警察队伍就有了自己的绰号"黄蜂"（WASPs）。

　　在几天后的1月6日上午九点，菲利普与重案组的负责人约翰·克赖顿一起坐车，奔驰在海格路上，打算亲眼看看那臭名昭著的罪恶地带。克赖顿是工部局警务处的老人了，袭击、暴力犯罪和不死不休的夺命枪战对他来说并不陌生。他是个顾家的人，但永远把履行职责放在第一位。众所周知，有一次，他下班后和妻子朱丽亚（Julia）一起外出购物，在路上注意到几个形迹可疑的男人。他们开始抢劫一位行人，于是约翰·克赖顿拔出枪与劫匪对峙。他们逃跑了，他则把妻子留在大街上，沿着一条小巷追过去。她听到枪声传来，开始为丈夫的生命安全担心。他逮捕了那些人，发现他们所持的枪支与新近发生的二十六起劫案和一起谋杀案有关。随后他带着妻子继续购物，把大包小包弄回家。他就是这样的上海巡捕。克赖顿曾被授予工部局警务处殊功勋章。少有高级警官能比他更受工部局警务处普通巡捕的尊敬，或比他更能叫这座城市的犯罪分子畏惧。菲利普是那种一辈子都坐在办公桌后签发单据的人，他那天很幸运地有克赖顿陪同他。

汽车行驶在海格路上，三辆被劫持的黄包车挡住汽车的去路，工部局警务处的"纳什400"轿车只好停下来。三个持枪者在近距离平射射程内开火。那个星期六的早上，菲利普成为上海最幸运的人。十几发"大红九"的子弹向他呼啸而来，一发以毫厘之差擦过他的耳朵，另一发则从他的两腿间穿过，但没有一发击中他。克赖顿把菲利普推倒在轿车地板上，用防弹背心盖住他。他们匆忙逃离现场，回到公共租界。

菲利普和傅市长就组建"黄蜂"达成一致意见。菲利普听从克赖顿的建议，同时保证自己能从这项交易里得到想要的东西。至关重要的是，这支新的队伍可以调查任何涉及外国公民的案件，并在"歹土"镇压一切形式的恶行和犯罪。菲利普同意克赖顿的提议，希望新的警队能对上海的外国帮派发出正式警告，希望他们能立刻发挥作用。实际上，新警力并不会产生立竿见影的效果。然而，无论是哪个国家的帮派，为捍卫自身利益都只能采取行动，其中就包括了乔和杰克。

* * *

1940 年的头几个月，乔和杰克的生活可谓顺风顺水。法伦夜总会的赌台使他们财源滚滚。赌场赚了大钱，但日本宪兵队和 76 号征税时的胃口也越来越大。杰克只好请他在虹口的日本联系人吃饭，试图控制一下日本人对钱财呈螺旋式上升的要求。但到夏初为止，杰克的主要麻烦还是来自法租界而非"小东京"。

法租界最后决定对老虎机采取强硬手段。有大批仅靠老虎机的分成来维持生存的廉价地下小酒馆，当局现在要提高对它们的征税额，从而使它们倒闭。这对拉莱的钱袋是一记重击。五十台"独臂强盗"被没收并被连夜销毁，更多老虎机从"血巷"消失，其中有些曾设在曼哈顿酒吧里。巴黎已落入轴心国之手，法租界巡捕房的实际控制者现在是日本人，亲维希政府的官员对他们言听计从。日军的浪人亲信在法租界的酒吧和妓院里安装了自己的老虎机，而杰克对此束手无策。

工部局和警务处对关闭"歹土"赌场的要求空前强烈。这些赌场大多由外国人运营，而警务处一门心思地想维护如下谎言：外国势力都品德高尚，上海并不是白人帮派和二流子的避难所。但"歹土"使这一说法站不住脚。日本人下令关闭八家"歹土"上的酒馆，然而很快大家都清楚地看到，宪兵队与他们在 76 号的傀儡同伙暗中接手了这些买卖。76 号派出三四十个暴徒，袭击并占领了百老汇俱乐部（Broadway Club），并将其更名为新亚俱乐部（New Asia Club）重新开张，交由汉奸管理。据传新的经营者为顺利接管，向 76 号献上了大礼——足足十万法币的巨款。"好莱坞"改为 1238 俱乐部重新营业，它的轮盘赌和烟馆丝毫未受影响。"蒙特卡洛"再次迎宾，更名为 99 上海俱乐部（99 Shanghai Club）。人们私下耳语说：为能重新开放，那些俱乐部向日本人交了一万法币的"特别税"。

法伦夜总会怎样了呢？乔和杰克带着塞满了现金的手提箱，找到杰克的日本接头人，给双方的关系加点"润滑剂"。同时，他们还拉拢公共租界的权威人士，好让法伦夜总会躲过关停的命运……然而，杰克面对狮子大开口的人也只能做到这种程度了。苛捐杂税开始蚕食营业利润，他们需要挣更多的钱。乔打算吸引那些害怕"歹土"上四处乱飞的子弹的顾客。猜猜他出了什么好主意？他要策划《乱世佳人》的主题之夜。静安寺路上的大华大戏院放过这部电影，全城人都看过它。说得明白一点，这将是一场老派华尔兹比赛，获胜的搭档将得到一百美元奖金。"和谐贵族"乐队将演奏美国南方的歌曲，而哈特内尔夫妇将为大家示范住在伦敦西区的那个阶层如何跳华尔兹。乔在《字林西报》《大陆报》《大美晚报》上买了半版广告，但没有理会《购物新闻》。唐·奇泽姆公开支持纳粹，因此只是想想要给此人钱，乔都无法忍受，于是他直截了当地拒绝了这种要求。

当晚，郝思嘉们纷纷登场；然而，内莉戴着圆耳环，穿着带裙撑的长裙，抢尽了风头："真讨厌，这些关于战争的话题破坏了舞会的乐趣。"① 乔求她出场，她最后同意了。看场子的小伙子们穿上了北方联邦军队的全套蓝衣制服，调酒师则穿南方邦联军队的灰衣制服。"和谐贵族"里的先生们涂黑了脸，戴上草帽，看起来像游吟诗人。维金斯基穿着白瑞德的戏装现身，布比则打扮成超级性感的南方美女。桑德拉·哈特内尔扮成甜美的奥莉薇·黛·哈佛兰②，弗雷德里克成了莱斯利·霍华德③。推销香烟的女孩手中拿着托盘，上面高高垒着香烟和法伦夜总会赠送的纸板火柴。她们今晚打扮成高级酒店里的吧台甜心。华人员工装扮成牛仔。歌舞演员转动她们的裙箍，好让人一瞥下面的蕾丝内裤。桑德拉·哈特内尔为观众演唱《飞来横财》（Pennies from Heaven）。连杰克·拉莱都离开轮盘赌台，从包厢往下看。他穿着罗伯特·李将军的全套行头；伊芙琳挽

---

① 《乱世佳人》中的经典台词。——译者注
② 奥莉薇·黛·哈佛兰（Olivia de Havilland）是在《乱世佳人》中饰演韩媚兰的好莱坞女演员。——译者注
③ 莱斯利·霍华德（Leslie Howard）是在《乱世佳人》中饰演卫希礼的好莱坞男演员。——译者注

着他的手臂，穿着紧身褡，看起来像最性感的营妓。乐队的演奏声把大门外的枪声淹没了。

然而，就在门外，在苏州河对面……一场战争正在进行；在欧洲亦是如此。巴黎陷落，老元帅在法兰西建立维希政权。事实上，通敌的巡捕与日本人在法租界肩并肩巡逻，还有半数法国人已不告而别，跑到香港，追随戴高乐的"自由法国"。大家都知道战火很快就要烧到公共租界。东京对这一点知道得最为清楚。

《购物新闻》
—"短报"—

1940 年 7 月 16 日　星期一

勇敢的奥尔巴尼公爵团的小伙子要离开我们美好的公共租界了，所有上海人都准备举杯为他们送行。离别之际，我们感到难过；但就算他们留下来，也不再有用武之地。伦敦认为让他们驻扎在香港更好。也许该哭的不是我们，而是他们，因为他们即将离开"东方巴黎"，前往那片荒芜的乱兵地。

米价仍呈螺旋式上升，因此在米店和赈济处都出现了动乱。在我们看来，这些动乱（让我们说出它们的真名"暴动"吧）是由工部局警务处自己造成的，因为他们曾向人群上方开枪射击。尽管如此，总巡包文还是向华人公众做出相对乐观的警告，让他们"在此情况下寻找避难所"。这真是愚蠢至极。数百个来买米的华人是来寻找食物的，他们怎能知道巡捕何时要开枪射击呢？而且即使他们知道，他们要去哪里才能躲开巡捕的子弹呢？这些行动表明，公共租界中，

维持治安的过时方式仍普遍存在，让人联想起 1920 年代的"格杀勿论"命令。

众所周知，警务处同沪西越界筑路地区的亡命之徒的火拼已持续数月。几乎每个星期都有几名巡捕身亡或受伤。虽然我们不想给拥有武装的亡命之徒留下慈悲心软的印象，但如果每捕获一人都要以数名合法公民的牺牲为代价，这对社会似乎没什么好处。

沪西活跃的夜生活需要着装华美的女性加入。可在圆明园路的约瑟芬服装店（JOSEPHINES GWONS）采购精品女装。本周内持本期前往，所有礼服、鞋履和配饰均可享九八折优惠。店主亨利·H. 科恩（Henry H. Cohen）先生将在二楼恭候您试装。

您掌握了我们不知道的消息吗？打电话来，悄悄地告诉我们吧。编辑部地址：南京路 233 号 540 房间。电话：上海 - 10695。

亨利·H.科恩有限公司
批发兼零售
圆明园路19号

店铺位于二楼
请乘电梯

28

外国帮派正在经营最大的赌场，这是对所有法律法规的直接违反，但日本人并未认真制裁他们，无论有没有"黄蜂"都一样。海格路上充斥着杀戮和殴打事件，一幕幕景象仿佛出自希罗尼穆斯·波希①的画作。但对菲利普的袭击则过分了。中国沿海城市的报纸社论发问：当局早已承诺的"黄蜂"在哪里？正如报纸所说，公众义愤填膺，可对制裁逍遥法外、胆大妄为的外国罪犯，上海正在减弱兴趣。反敲诈活动家鲍威尔的反应很典型——他并没有退缩，而是在《密勒氏评论报》上称"歹土"是"蒙特卡洛政权"。有插科打诨者称其更像法属里维埃拉，区别只在于这里没有阳光和沙滩，但该有的投机者、淘金者、冒牌俄罗斯贵族和应召女郎都有。

---

① 希罗尼穆斯·波希（Hieronymous Bosch）是荷兰画家，擅长以梦魇般的意象表现复杂的宗教题材。——译者注

工部局警务处努力采取行动，总巡包文的职业生涯也岌岌可危。重案组负责人约翰·克赖顿受命把这座城市的阴暗一面翻个底朝天，并声称要"向'歹土'、向外国人参与的非法勾当和赌场的外国经营者宣战"。你可以期待汤普森冲锋枪、毛瑟枪，以及防暴组的红色巡逻车和装甲车。挥舞警棍的华捕和枪法准确的印捕①是它们的后盾。总巡包文誓要"剿尽这些使上海名誉蒙羞的祸害"。

与此同时，为上海的美国公民提供司法服务的美国在华法院宣布，他们计划任命一位有逮捕权的官员，以配合"小尼基"和其他财政部专员的工作，结束美国公民在上海为非作歹的尴尬局面。是的，他将获得武装。是的，他会镇压这座城市里成为赌博业巨头的美国人，只要后者胆敢从苏州河的水面冒出脑袋。他们就差直接点出杰克·拉莱的名字了。美国在华法院的荣誉法官米尔顿·J. 希尔米克（Milton J. Helmick）身材瘦削，脖颈修长，下巴突出。他宣布："我们要摧毁黄浦江上的芝加哥。"关于上海犯罪分子有多么无法无天的消息

---

① 当时的印度巡捕大多数是锡克人。——译者注

传开了,《时代》杂志称沪西为"小西西里"。上海刚刚走出了打击犯罪的第一步,向对手发出了挑战书。这一步是由上海媒体、上海警方和上海司法系统一起促成的,意在结束外国帮派分子在"歹土"上的好日子。

* * *

危机面前当有对策。局势有些过于疯狂了。日本人和 76 号想要征税,不容别人拒绝他们。警方和法院正在备战。媒体苛刻地评价"歹土"及其夜生活娱乐场所的业主。统一战线亟待建立,因为如果想要买卖继续营利,和平的环境就是最重要的。

卡洛斯·加西亚认识所有外国帮派成员,也认识所有非法行当里的头面人物。在已成为"孤岛"的上海,他也许是唯一能做到这一点的人。加西亚召集一次会议,称在目前的形势下,各方亟须开展对话。唯一大家都接受的、能让大家坐下来谈判的中立场所是萨沙·维金斯基的酒吧,即大西路上的"栀子花"。加西亚说:如果在镇压活动中,帮派间还互相开战,就会让警方渔翁得利。他曾在 1929 年见过这样的事,当时拜工部局警务处的镇压活动所赐,他在华德路监狱里关了一年。

1940 年 9 月 5 日晚,日本宪兵队命令哨兵抬起路障，让一长队凯迪拉克、帕卡德和斯蒂庞克小轿车通过。它们都有 76 号颁发的免验通行证，使这些"歹土"上的大佬能在城里通行无阻。他们到达"栀子花"，把车停在杰克·拉莱那辆底盘很低的名爵跑车旁边。今晚简直是偷车贼梦寐以求的机会，但如果有谁胆敢真的转转念头，就会被干掉，然后其尸体会被扔进苏州河。

"栀子花"里，被蓝色缎子覆盖的墙壁上挂着前卫风格的作品，那是萨沙·维金斯基在旅途中买来的。柜台后放着只巨大的俄式茶壶。吧台是开放式的，布比在里面一边调酒、倒酒，一边挥舞烟嘴。任何想享受美食的人可以得到俄式餐前小食、鱼子酱和伏特加。衣帽间的女服务员和卖香烟的姑娘被送回家，百老汇大厦的俄罗斯小伙子们受雇前来看管前后门，同时留意外面大街上的动静。"大红九"已经上膛，金属短棒和甩棍也准备就绪。"对不起，很抱歉，今天歇业。"上海从事非法行业的外国大佬今晚不愿被打扰。

维金斯基跟帮派中人混坐在一起。说闲话是俄罗斯人的毛病，维金斯基对此尤为擅长。他能使所有人哈哈大笑，缓和紧张的局面。当他在你耳边说悄悄话时，他的呼吸会让你产生酥麻感。他的眼睛常常充血。他每天都吃什么？只有香槟和可卡因。有些可笑的是，没有人见过维金斯基吃东西，从来没有，哪怕是一小张薄饼或是一小碗荞麦粥。乔·法伦那里的打手小伙子叫他"诺斯费拉图"①，因为他像那个吸血鬼一样鼻子好似鱼钩，眼皮很厚。他说的英语中掺杂着俄语元音，在发"r"音时会像乌克兰人一样弄出很大动静。他的眨眼频率明显比大多数人慢，这种呆滞是可卡因瘾君子的通病。他还有一个同样令人不安的怪癖：先把头垂下来，随后突然后仰头，直直地盯着你。他是这晚的司仪，因此他擦了口红，在脸上抹了粉，看起来活像吸血鬼德古拉。

　　在上海重案频发的大背景下，黑帮分子聚在一起谈判。另外，驻扎着日本人傀儡的76号离"栀子花"只有几码远，"日本鬼子"就驻扎在公共租界的边界上，且包文和"黄蜂"正试图干涉他们的生意。大家不必在大西路、海格路和忆定盘路沿线以及整片"歹土"

---

① 诺斯费拉图（Nosferatu）是1922年德国同名恐怖默片里的吸血鬼反派。——译者注

上斗得你死我活。现在需要的是划界而治，应划分势力范围。

卡洛斯·加西亚穿着米色西装，渐有发福的趋势。他与高大枯瘦的斯图亚特·普赖斯这个上海非法行当里的传奇老前辈一同出场。两人都很受尊敬，都拥有数不胜数的财富。大家认为他们的裁决是公正的，他们的决定是正确的。杰克·拉莱到处拍人肩背以示亲热，分发法伦夜总会的免费筹码作为赠品，并啜饮布比为他端上的德国赛尔脱兹气泡水。布比知道他是个卑鄙但烟酒不沾的家伙，于是找来一个小伙子，让他赶快出门为"幸运的杰克"弄来一壶他喜欢的那种浓咖啡，即浓到可以让一把勺子插进去而不倒。乔·法伦就在不远处，这显示了他与拉莱的团结，而之前大多数人认为这是不可能的事。乔的参谋艾伯特·罗森鲍姆也在场。这并不是朋友的聚会，但至少到场的人都有共同的利益。

"胖托尼"来了，他仍在37427俱乐部搞高赌注的百家乐和非法轮盘赌。约瑟·博瑟罗也来了，他以银宫赌场为大本营，做着澳门通行文书和其他通行证的生意。英国资深赌场经营者比尔·霍金斯、维金斯基和华龙路上的帮派分子坐在同一张桌子边。这些帮派分子一根接一根地吸着好彩香烟，一言不发。"邪恶的伊芙琳"到场，为了马尼拉的旧时光向杰克敬酒。她是今晚除了布比之外的唯一女士。据说她要在轴心国的保护下，在忆定盘路开一家酒吧。"栀子花"成了这座城市里白人不法分子在"歹土"上的避难所，但仅限今夜。

他们达成了哪些共识呢？答案是帮派间要和平共存，以及组成对抗"黄蜂"的统一战线。任何争端都将由加西亚和普赖斯仲裁，这两位是上海资格最老的坏蛋了。不能再有争吵，也不能再有杰克和巴克在逸园地板上打滚那样的蠢事了。（拉莱摆摆手，说："好吧，好吧！"）大家制定了标准：每天每个营业场所向日本人上交一万美元。大家都会交，大家也都交得起。杰克可以拿这个数额去跟"小日本"谈判，以求对方让大家顺利做生意。要保证让宪兵队获利，然后他们就会放松执法力度。大家会联合起来，让那些被"黄蜂"或工部局警务处砸毁或没收赌台的酒吧共享轮盘赌，以便使生意尽快回到正轨。这么说吧，这是一个辛迪加，一个联合组织。它和美国帮派1929年在大西洋赌城建立的那个差不多。当时，卢西亚诺（Luciano）、卡朋（Capone）、兰斯基、利普克·布切尔特等传奇人物聚在同一个屋檐下。他们互相扶持，为的是让利益实现最大化，让大家都能熬过来。"栀子花"的会议就是那次会议的上海版本。"歹土"中的裂痕即将弥合。那个"大耳杜"和青帮称霸，而外侨只能在边缘求生存的旧世界不复存在。在取代它的新世界里，"歹土"将是外国黑帮的天下，将被他们的辛迪加统治。

各派人士不再争斗，现在的"歹土"上万事皆宜。到场的男男女女来自墨西哥城、马赛帕尼埃①、伦敦东区、里斯本贫民窟、美国中西部、纽约下东区、俄罗斯干草原和维也纳犹太人聚居区。他们来到上海，缔造了黑帮分子的天堂，却受到日军制裁。他们互相敬酒、痛饮。维金斯基活跃着气氛，布比则为大家倒酒。一切重归和平，轮盘毫无阻碍地转起来，利益得到了保证，税也交上了。从现在起，针对上海"歹土"辛迪加的任何成员都意味着和所有人作对。

---

① 帕尼埃（Panier）是马赛历史悠久的海滨地区，由无数狭窄的小巷组成，长期以来一直是城市犯罪团伙的藏身之所。

29

又有一位"大人物"进了城。他在法伦夜总会玩轮盘，在"亚利桑那"（Arizona）玩百家乐，在"阿里巴巴"（Ali – Baba）玩番摊——在任何地方都会有人借他筹码。他对各色人等都自称萨姆·提特尔鲍姆（Sam Titlebaum），说自己刚从芝加哥来上海。当时上海无线电台间的战役正在进行。奇泽姆和他的新伙伴赫伯特·伊拉兹马斯·莫伊（Herbert Erasmus Moy）都是参战者。莫伊是来自纽约市的华人，刚到上海就成了叛徒。奇泽姆和莫伊在亲纳粹的 XGRS 电台上慷慨激昂地演说。与此同时，前报纸专栏作家卡罗尔·奥尔科特（Carroll Alcott）在 XHMA 电台上大力宣传同盟国的事业。新人提特尔鲍姆夜间在 XHMA 电台兼职，当卡罗尔·奥尔科特需要休息一下时，他就顶上。和奥尔科特一样，他也反对轴心国，还吹嘘说自己马上要经由特殊通道获得美国法警徽章和一支闪亮的柯尔特 45 式手枪，它们是对正直的"赏金猎人"的奖励。

　　杰克认为让一位未来的美国法警欠自己点钱算是一项合算的投资，同时能借机把此人拉拢过来。提特尔鲍姆玩得大，输得也多。杰克和乔听过他在美国的所有英雄事迹。他在法伦夜总会的酒吧里花钱大方，一杯接一杯地点斯滕格斯喝。人人都爱听他胡说八道。他说自己出生于芝加哥南区并在那里长大，曾为芝加哥警署服务并获得了荣誉。怀疑他的话吗？你可能会。提特尔鲍姆被人称作大嘴巴的警察，他发誓要让神圣的地狱之火降临在芝加哥的歹徒头上。他自称曾与卡朋手下的一个坏蛋在某条后巷里枪战，大腿里现在还有一枚当时的子弹。由于无法当警察，他转行进入新闻界，任《西雅图星报》（*Seattle Star*）驻芝加哥通讯员，并成为红极一时的专栏作家，作品同时在数十个州发表。他的文章揭露了警界的腐败，以及警察与歹徒之间的共谋。有组织的犯罪是扼杀美国民主的祸害，腐败的警察好似合众国这棵巨木中的白蚁。在处处是赈济处和流浪汉营地的大萧条时期，美国需要的是那些手握大枪的硬汉，是能够为体面的劳动者夺回国家的男人，是加里·库珀①与沃尔特·温切尔②的结合体。

　　他声称事态已经很严重：犯罪分子和卑鄙的警察都向他发出大量死亡威胁；封在信封里的子弹被送到他的办公室；不法分子从报纸上剪下字母，拼出他的名字（"得蒂尔鲍姆""提特尔波姆""泰特包姆"——就没有一个能拼对的）。清晨，有汽车在他公寓周围低速绕圈子。酒馆里，人们用奇怪的眼光打量他。萨姆说这就是他坐船来到中国，在公共租界定居下来的原因。杰克认为他是一个口无遮拦的人，一位自言自语的幻想家，对他失去了兴趣，但又签给他一个筹码。

　　然而，事态的发展真的和萨姆说的一样。美国在华法院的荣誉法官米尔顿·J. 希尔米克终于让他如愿以偿，得到了一枚如假包换的五角星形美国法警徽章，同时还在屁股上挂起了一把枪。9 月中旬，萨姆·提特尔鲍姆来到美国在华法院，递交了相关文书，拿到了徽章和枪。这件事由地区检察官查理·理查森（Charlie

---

①　加里·库珀（Gary Cooper）是塑造了众多好莱坞英雄的著名美国演员。——译者注
②　沃尔特·温切尔（Walter Winchell）是 20 世纪上半叶的著名美国专栏作家。——译者注

Richardson）点头批准。萨姆被引荐给"小尼基"。"小尼基"要他把美国在上海的司法权摆在首位，让他别再在晚上造访法伦夜总会，也别再跟杰克和乔瞎聊了。

美国人小圈子里的要人会面致意的时刻到了。房间里拉起横幅，写道"在沪美国人欢迎我们勇敢的新法警"。萨姆·提特尔鲍姆穿着蓝色哔叽西装和牛仔靴，戴着镶祖母绿的领带夹，向后梳的头发抹了头油。他虽仍处于宿醉状态，但露出了闪着象牙般光泽的完美牙齿。外滩不远处有一位匈牙利牙医，提特尔鲍姆曾在 XHMA 电台为此人的技术打广告，得到的报答是免费修补牙齿。他把手放在《圣经》上，发誓要维护和捍卫所有他应该捍卫的东西。就职宣誓仪式一结束，萨姆就四处张望，想找点烈酒喝。

上海进德会（Shanghai Moral Welfare Society）里其貌不扬的太太们不以为然地盯着他的皮枪套，打扮得花枝招展的、百无聊赖的商人妻子则饥渴地看着他。希尔米克法官站起来，抬起下巴，欢迎提特尔鲍姆，然后提醒律师和值得信赖的市民们注意今天的主题。"我们都知道美国人圈子里长期存在着祸害，即闲人、赌徒、奸商、诈骗犯和海盗。伙计们，是时候清理他们了。"房间里所有人举杯祝福那位将要拯救他们的人。萨姆咧嘴大笑；"小尼基"把一杯酒塞进他手里，想帮他以酒止醉。萨姆与法官希尔米克握手，《大陆报》和《大美晚报》的摄影记者手中的闪光灯爆开了。

这些人已经为媒体准备了一个故事，一个能让在中国沿海走上岔路的美国回归正道的策略。希尔米克法官宣布：爱德华·T. 杰克·拉莱是美国在华法院的头号目标，由美国人经营的老虎机和轮盘赌给美国的声誉抹了黑。提特尔鲍姆上前一步，好让摄影师把他拍下来。他马上就看清形势，知道自己该如何表演。"拉莱是个歹人，他对公共租界的可靠声誉，以及合众国的美名构成了威胁。"希尔米克法官已想好了用来结尾的妙语，这种手法被多次证明很有效果："我们要摧毁黄浦江上的芝加哥。"

媒体欣然接受上述说法。萨姆现在认为自己永远也不必再给拉莱或法伦付那笔筹码的钱了。他已经获得徽章，地位牢不可撼。法官、领事、联邦政府官员、地区检察官和这位新法警都在相机前举杯。萨姆把酒杯放回去，用赛尔脱兹气泡水把俏皮话冲回肚子里。"小尼基"在他耳边低语："不要在法官旁边饮酒，萨姆。该干活了。"

* * *

上海已经有了唐·奇泽姆和充斥着流言蜚语的《购物新闻》，还有他崇拜元首的合作伙伴赫伯特·莫伊。他们调好台，在纳粹资助的 XGRS 电台上吵吵闹闹。他们称自己为麦克和比尔，每晚在广播中大放厥词。莫伊的语气通常较为强硬，因为他可以躲在化名后面，没人会记得他是谁。"英国人完蛋了，德国轰炸机正在摧毁他们本已低落的士气……白金汉宫已经被德国空军炸毁了。他们还能坚持多久？法国人已经改变主意，承认失败，纳粹党的万字标志正在巴黎上空飞翔。在人民阵线十分脆弱，且被犹太人控制的地方，出现了一股新的力量。荷兰人已经转而听命于元首。比利时女王抛弃了她的子民，逃到伦敦烟雾弥漫的鼠洞里。在马德里已能看见新时代的曙光，无政府主义者和共产主义者已溃不成军……"

奇泽姆接着莫伊的话慷慨激昂地演讲道："美国应该在欧洲事务面前袖手。犹太人于 1929 年制造了大萧条，并让替罪羊罗斯福当选总统，成为他们的代言人。美国应该集中精力解决自家的一团乱麻。日本正在东方将梦想变为现实……"

随后又是莫伊："中国的敌人与其说是日本，不如说是她的老对手英国和法国。向中国强制倾销鸦片的是东京吗？不，是英国。人称'请兑支票'的蒋介石委员长收了美国犹太人的钱，用来给自己营造安乐窝。他的妻子同样手上沾满鲜血，把华盛顿的政客和搜刮来的血汗钱拢到她的梅毒家庭中……太阳旗正冉冉上升，古老的欧洲已日薄西山。"

麦克和比尔充满仇恨的激昂演说对乔来说是最后一根稻草。他禁止唐·奇泽姆进入法伦夜总会。杰克没有异议，因为奇泽姆曾为海洛因走私犯保尔·克劳利担保，说此人是个够意思的哥们儿，而我们都知道故事的结局。法伦夜总会的赌台前总是排着长队。让"狡猾的唐"和他崇拜纳粹的伙伴去和希特勒青年军喝酒，叫喊"万岁"吧。他们可以这样闹他妈的一晚上。杰克才不管呢。

中国家庭藏起他们的女儿，把她们锁进密室和阁楼。他们把她们打扮成男孩，缠住她们的胸，剪掉她们的头发。他们害怕"日本鬼子"抓住年轻女子，强迫她们卖淫。当这些"鬼子"疯狂、毫无理性地发泄完自己的兽欲，感到心满意足后，就会把这些女人送入绝境，此后再不会有人见到她们。来自重庆的抵抗运动者秘密散发宣纸印成的期刊，上面登了一位年轻女子的信件。据说她是一位日伪官员的女儿，已与家庭决裂，投奔她的爱人——一位勇敢的抵抗运动战士。她宣布：自己不会被日本的恶魔吞噬，也不会被恶心的汉奸和投敌者毁灭。她曾被日本人强奸，发誓要杀了他们，为她自己和中国复仇。

所有上海人都知道南岛老城中心的梦花街。大家都知道有女子被绑架，然后被带到那条街上一处有警卫看守的、被日本人占领的大宅里。上海的女儿在里面变得人不人鬼不鬼，生不如死。她们长时间受到可怕的折磨，最终被那里吞噬。她们注定要住在地狱里，或永远在城市外的荒野游荡。在梦花街，女人被"日本鬼子"强奸、毁灭，上海还有很多和这条街类似的地方。还有一些被占领的宅院被称为"慰安所"，女儿们消失在那里。祥德路、公平路、巨泼来斯路，以及"小东京"的小巷和里弄中还有更多的"慰安所"。人们说：从虹桥到浦东、从虹口到徐家汇，有一百五十处这样的地方。"日本鬼子"在门外排起队，糟蹋所谓的"慰安妇"，也就是被绑架的上海的女儿。

人们如此确信着……

第三部分

身份成谜

犬狼一时难辨。

——法国谚语，指日落后天空变暗，
人的视力很难区分狗与狼、朋友与敌人

上海的所有东西都可出售，但无人为这座城市本身
出价……上海是一座恐惧之城。

——弗雷德里克·S. 马夸特
（Frederic S. Marquardt），1940 年

总会有那么一个地方，让世界在那里清理它的污垢
和垃圾。

——约瑟夫·冯·斯登堡
（Josef von Sternberg）于上海

30

大家都知道，美国在华法院最终会找上杰克。公共租界拥有治外法权，这意味着外侨只能由本国法院根据本国法律审判定罪。工部局警务处长期以来都厌恶杰克·T.拉莱，却对他无能为力。真是该死！在上海，法律没有禁赌，只是禁止经营有轮盘赌的赌场。然而，美国在华法院的手不能因法伦夜总会的轮盘赌就落在杰克身上，原因是"歹土"受日本人保护，不在希尔米克法官的管辖范围之内。法官的权力只限于上海公共租界中的美国公民及其轻率之举，没有法律禁止运营或玩老虎机。但美国有一项禁止赌博的法律，它也适用于住在黄浦的美国公民。希尔米克认为用它来定罪轻而易举。

法官把拉莱的案子移交给美国在华法院地区检察官的特别助理——查理·理查森。长期以来，杰克都是希尔米克所在法院的眼中钉，而美国关于禁赌的法律将是移除这根钉子的关键。杰克用酒精和老虎机腐化海军陆战队，传说还买卖更有害的东西。他曾在大庭广众之下于夜总会大打出手，操纵逸园的"拳击之夜"，还给参加比赛的灰狗喂兴奋剂。杰克·拉莱并不是希尔米克脑中中国沿海的模范美国公民该有的样子。是时候拿下"中头彩的杰克·拉莱"了，是时候结束他长达十年的好运了。1940年9月20日星期五，法官基于十七次违反"禁止从事商业赌博"的美国法律的罪名，签署了爱德华·T.拉莱的逮捕令。

同日，约翰·克赖顿开着他那辆工部局警务处的黑色纳什公车去接萨姆·提特尔鲍姆。克赖顿的线人告诉他：杰克正在静安寺路的海军陆战队第四团俱乐部跟人见面，他那辆名爵跑车就停在门外。他们在俱乐部对面等着，一直等到杰克走出来，准备开车去法伦夜总会打发夜晚时间。他们当场逮捕杰克，把他带到美国在华法院设在江西路的拘留室等候传讯。时隔十五年后，"老虎机之王"又一次戴上了手铐。提特尔鲍姆拿走杰克的钱包、领带、鞋带和零钱，并为他采集指纹。克赖顿和提特尔鲍姆在拉莱那被酸液腐蚀的指纹前目瞪口呆。杰克说能被副巡约翰·克赖顿逮捕是自己的荣幸，且如此克赖顿就能获得服役优异勋章（Distinguished Service Medal），这真是可喜可贺。杰克无视了提特尔鲍姆，目光仿佛直接穿过后者的身体落在别处。他当晚睡在牢里。

次日一早，杰克就收到若干专递：来自萨姆·莱维的火腿蛋、来自伊芙琳的刚熨过的灰色条纹西装（守卫忙着看她的曲线，没有注意到鼓鼓的西装口袋），以及巴贝通过博罗维卡医生送来的装在香烟盒里的安非他命药片。杰克把药片拿出来，将香烟分给看守。然后他该出庭了。不少"拉莱之友"到场，米基·奥布赖恩把他们召集到一起，在旁听席上大笑。杰克刚熨过的裤子和外套口袋里塞满了纸币，衬衫口袋和袜筒边还有钞票的边角露出来。他一直在扮鬼脸，就像面对观众的苗条版的"胖阿巴克尔"①。杰克的律师声名狼藉，但要价很高。此人为杰克辩护时，语速快得像连珠炮一样。他状若疯狂，从不同角度提出反对意见。

上海的司法系统有个隐患：美国在华法院对美国公

---

① "胖阿巴克尔"原名罗斯科·阿巴克尔（Roscoe Arbuckle，1887~1933年），美国导演、演员、编剧、作曲家，以一张胖乎乎的娃娃脸闻名。——译者注

民有管辖权，但前提是美国在华法院能够排除一切合理怀疑，证明嫌疑人的确为美国公民。如果他们做不到这一点，嫌疑人就会被无罪释放。法庭书记员问杰克想如何自辩。

"若能证明我为美国公民，我就认罪。"然后他朝希尔米克法官眨了眨眼。

杰克的律师告诉法庭：杰克是智利公民，他的护照就在这里——虽然已过期，但它是 1932 年在横滨签发的。律师直截了当地对希尔米克说：如果你不能证明杰克·T. 拉莱是美国公民，那么你就管不着他。法官对这种无礼的态度表示强烈不满，提出高达五万法币的保释金。要知道，这个价格是法院以前提出过的最高保释金额的十倍。在总领事、工部局的几位高官和总巡包文的压力下，希尔米克决定杀鸡儆猴。

地区检察官的特别助理查理·理查森心有不甘。他告诉法庭，自己能"排除一切合理怀疑"，证明拉莱是美国人。律师正挥舞着手臂，抗议说保释金额真是荒唐。法官大发雷霆，"小尼基"则因为杰克花了不到两分钟就在法庭上毁掉自己的工作成果而气得涨红了脸。从公众旁听席上传出一阵欢呼。杰克用拇指蘸着唾沫飞快地数出钞票，咧开嘴，边笑边做鬼脸。他从这里、那里，从身上的所有地方共扯出五十张大额钞票。"拉莱之友"从栏杆另一侧探过身来，递给他一叠从法伦夜总会的保险箱里拿出的钞票，它们是乔专门为应付类似情况而预存的。杰克装模作样地鞠躬，又舔舔他的大拇指，数完钱后，把那堆票子递给法庭书记员。他告诉书记员，最好再数一次，因为目前任何人都不可信。他用力对人群眨眼，对着"拉莱之友"弹了弹他帽上商标的尖端。这纯粹是一种表演，是"中头彩的杰克"的风格。

杰克从被告席上走下来，告诉希尔米克：自己会在DD's的吧台后面一直为他备酒，并且如果他愿意来法伦夜总会玩一两把轮盘赌的话，自己可以给他赊账。希尔米克气冲冲地离开法庭，后面跟着他的随从。五十张面值一千圆的法币钞票高高地堆在法庭书记员的桌上。杰克·拉莱像无罪之人一样走出去，米基留在后面等着拿保释金的收据。这一刻，杰克仿佛回到了1925年的俄克拉荷马州——当年，他也是毫不犹豫地离开，没有一次回头看。他向左走上江西路，避开福州路法院正门的拐角处，那里的台阶上等着大群摄影师。伊芙琳提前一步发动名爵，把车开到他面前。她从驾驶座上滑下，把位子让给杰克。于是他们离开了。

　　杰克像疯子一样大笑，路过交通灯时把车开得如同摆尾的鱼儿一般。他开到爱多亚路上公共租界与法租界相邻的地方，就在跑马场的正南面。他直直地穿过边界，法国巡捕认识这辆红色跑车，在杰克飞驰而过时向他敬礼。杰克沿着长长的霞飞路一路向西，一直开到海格路，然后他抄近路，从忆定盘路走上大西路。在法伦夜总会有一场时髦人士的派对正等着他，在那里他能找到所有的熟面孔：乔、巴贝、萨姆·莱维、艾利·韦勒、艾伯特·罗森鲍姆、医生、"红玫瑰"帮派中的大多数人、老比尔·霍金斯和斯图亚特·普赖斯、"城镇队"的小伙子，以及形形色色的"拉莱之友"。自助餐台上堆满了冷切肉和一盘盘火腿蛋（用"维纳斯"的方式做的），酒已被倒入杯中。卡洛斯·加西亚在打开一瓶真正的法国香槟。当然，他们还准备了一壶热气腾腾的佛吉斯咖啡给杰克。海军陆战队第四团的乐队登台演奏《向统帅致敬》（Hail to the Chief），把气氛推向高潮。

　　不久后就到了干活的时间。卡车排成扇形穿过公共租界。白人男子开车，中国苦力在车斗里缩成一团。米

基·奥布赖恩坐在其中一辆车上，带着猎枪；施密特在
另一辆车上。车队在凡的荷兰乡村客栈和"桑塔·阿
纳斯"停了一下，然后继续行驶，经过汉迪·兰迪酒
吧、兰贝斯酒吧（Lambeth Bar）、"厄运"。每到一处，
他们就停下车，把一台台老虎机搬到卡车上。他们沿着
西摩路到了弗兰克酒吧（Frank's）、新快船（New
Clipper）、仪式酒吧（Service Bar），然后是赛华公寓、
埃迪酒吧（Eddy's）和布鲁诺酒吧（Bruno's）。他们接
着开车，在杰克逊·马酒馆（Ma Jackson's Tavern）、海
军陆战队第四团俱乐部和"德尔蒙特"（这间酒吧里通
常挤满了从附近小沙渡路的军营里来的海军陆战队士
兵）短暂停留。他们向北驶往虹口，去百老汇路上的
阿斯托里亚面包房、马格内特餐厅（Magnet Café）和
奥希阿纳酒吧（Oceana Bar），然后是汇山路上的福神
酒吧（Mascot Bar）和"巴塞罗纳"（Barcelona）。接
下来是更多的老虎机，更多的酒吧、小酒馆、夜总会
和餐厅。深夜收工时，上海的公共租界里已经见不到
老虎机了，而这是"老虎机之王"亲自促成的。想要
借老虎机指控他违犯禁赌法律吗？可阁下，老虎机是
什么呀？

31

9 月过去，10 月到来，伦敦遭遇了"闪电战"。英国皇家空军还击，摧毁了安特卫普。由于德国纳粹空军无法取得南英格兰的制空权，希特勒取消了计划中的入侵。日本在离其本土更近的地方开辟战场，入侵了法属印度支那，精准地戳破了上海法租界由法日共治的谎言。

不管世界发生了何等大事，法伦夜总会的轮盘每晚都继续转动。乔在酒吧坐镇；杰克虽说三周后还要再次出现在法官面前，但现在一如既往地在楼上发号施令。常客见他回来都很高兴。因金条致富、玩轮盘赌上瘾的爱丽丝·戴西·西蒙斯提出要送一小根金条给杰克和艾伯特·罗森鲍姆，条件是接下来的十四天里让她可以无限使用筹码。要知道，在现在这个时候，黄金才能保值。大多数上海人为滞胀所苦，眼睁睁地看着毕生积蓄烟消云散。爱丽丝的黄金生意却达到了前所未有的顶峰。她能整晚在赌桌旁赌博，对输赢毫不在乎。杰克和艾伯特保证她能得到想要的任何东西。然而在法伦夜总会外面，暴力仍在继续上演。

　　负责调查警界腐败案件的工部局警务处高级官员遭到枪击。他开枪还击，枪手作鸟兽散。流氓团伙带着枪和手铐闯进百乐门，想要绑架里面四个富有的华人小开，好勒索赎金。他们找不到目标，就开了火，内莉和歌舞团演员抱头四散，找地方躲藏。内莉咒骂说她已经受够了这些见鬼的烂事。一位日伪官员离开大都会舞厅，叫了辆趴活儿的出租车。他拉开车后门，发现有两个枪手等在车里。对方连开四枪，此人立毙当场。愚园路上一家在后门出售大麻和可卡因的咖啡厅被"莫洛托夫鸡尾酒"[①] 袭击。中国人在"歹土"上新开的娱乐场所约翰逊花园舞场（Johnson Garden ballroom）被烧为平地。据《字林西报》报道，这要归咎于"歹土"上的帮派竞争。也许是这样吧，但肯定不是外侨帮派的责任，因为辛迪加目前还能控制局面。

---

　　① 　土制燃烧弹的别称，是游击队等非正规部队、街头暴动群众的常用武器。——译者注

日本宪兵队得寸进尺，现在开始公然挑衅工部局警务处。就在法租界的边界，在树木成荫的古拔路上，有一处外部看起来像豪宅，实为规模巨大的赌场兼鸦片窟的建筑物。其老板是位姓菅的先生，与76号的关系好得恨不得能同穿一条裤子。法租界公董局的巡捕曾收到其新主子宪兵队的警告，不得进入此处；法租界的巡捕现在都是维希通敌政府控制下的孬货；此外，法租界的法庭眼下由日本人管理。而在公共租界那边，日本人在戈登路开办了亚洲俱乐部，将新闸的狭长地带变成新的罪恶之街。新闸成了一处小规模的"歹土"，表面上看具备正牌"歹土"的所有特征。日本警察在这片区域巡逻，工部局警务处退避三舍，新闸路捕房空无一人。总巡包文坐在办公室里，怒火中烧，因为实际上他已不战而退，将那个地区拱手相让。

11月下旬，"歹土"上也立起了路障，成为"孤岛中的孤岛"。"日本鬼子"从76号拉出一捆捆带刺的铁丝网，把它们设在愚园路、爱文义路和极司菲尔路上，同时封了曹家渡的食品市场。封锁线设置完成后，日本海军的哨兵开始检查每位过路者。他们粗暴地对待外侨女性，向黄包车和脚踏三轮车的乘客要小费，在汽车后备厢里翻找，还把购物篮翻个底朝天，把东西都扔在肮脏的大街上。工部局警务处对此颇有怨言，但被告知：这是对愚园路上某位哨兵遭枪击事件的回应。当时，来自狙击手的一粒子弹干脆利落地穿过那哨兵的下巴，把他整张脸都掀开了。沃利·伦塞坐在一辆黄包车里目睹了全过程。正如沃利所说，这件事奇就奇在，这个士兵是在下午被枪击的，"小日本"却在午餐时分就把带刺的铁丝网围起来了。这就是日军所策划"事件"的典例。他们想用某件事来证明某个反应是正当的，却忘了捋清事情发生的顺序。

不过，宪兵队并没有失去理智，也不会竭泽而渔，杀掉下金蛋的鸡。法伦夜总会和大西路仍然刚好位于封锁线之外，但现在要去那里很不容易，外侨需要通行证才能穿过地丰路和忆定盘路。然而，维金斯基的"栀子花"被围在封锁线里，其他很多地方也是，包括西尔梅（Szirmay）夫人的匈牙利亚俱乐部（法伦夜总会的小伙子们收工后常去那里消遣），极司菲尔路上的乔克酒吧（Jock's）（许多"拉莱之友"在那里排队买大杯的怡和啤酒），大华大戏院及其戴头巾的锡克保安队，以及"阿里巴巴"……宪兵队全面接管了该地区。

在封锁线的入口和出口处，汽车排起队。铁丝网堵住了以愚园路为中心的所有小巷和马路，让居民被圈在里面，去不了市场。数以千计的中国人聚集在铁丝网前，眼巴巴地盼着有人为他们供应食品。他们不敢离开"歹土"，害怕出去后就无法回家。获得76号授权的黑市商人就在铁丝网内支起摊位：一百法币可买一担大米，一美元可以买一斤蔬菜。这就是经汉奸批准的投机倒把。

日本宪兵队越来越无所顾忌。他们在忆定盘路和开纳路附近的小巷找到一个头破血流的宪兵，然后逮捕了五名工部局警务处的巡捕。宪兵队说，工部局的流氓巡捕袭击日本人，是在为之前的跨界交火和小规模冲突报仇。随后，在宪兵队驻地里，警务处的人被上刑。总巡包文大发雷霆。人人尊敬的约翰·克赖顿出面斡旋，最后这五人被释放了。他们说自己没动那王八蛋白痴"小日本"，他是因为从宪兵队的一辆奥尔兹莫比尔汽车上摔下来，才撞破了脑袋。当时他车里的同袍嗑完"非洛芃"，药劲上头，甚至没发现他掉了下去。

大家的谈话主题除了战争还是战争：疏散船只，飞往香港的航班，经重庆从滇缅公路外逃至英属印度，或者坐船去洛伦索马奎斯①（鬼知道它在哪儿，大概是非洲的某个地方吧）。某些人受到了影响："恶魔"海德金盆洗手，把"德尔蒙特"低价出售给76号，据传是以二十五万法币的价格，随后他坐船回老家加利福尼亚了。疏散，疏散……但要去哪里呢？澳大利亚？香港？非洲？那些没有证件的人，或者那些在本国领事馆不受欢迎的人（比如乔），又或者祖国被并入第三帝国的那些犹太人现在无处可去。没人会为他们的护照续期。葡萄牙人倒是能得到通行证去澳门，再经由澳门去里斯本，而里斯本可能会有去英国或美国的路线。然而，据说数千人每天都等在里斯本的码头，等着去那永远也到不了的地方。假证贩子为做生意走遍各大俱乐部和餐馆。一本伪造法国护照的价格涨到至少一千法郎，这显示身份证件的"通货膨胀"已经到来。

纳粹四处发动"闪电战"；北非沙漠战火连天；巴黎挤满了装模作样的盖世太保，他们踏着正步，去香榭丽舍大道喝法式咖啡；伦敦、利物浦和南安普敦每晚都

---

① 洛伦索马奎斯（Lourenço Marques）即莫桑比克首都马普托的旧称。——译者注

遭受德国空军的全力轰炸。与此同时，战火在中国已烧了三年左右，烟雾仍在从闸北废墟飘向"歹土"，带来下水道和煤气泄漏的味道。封锁线上的哨兵不准煤气公司的卡车通过，于是管道也没人来修。

然而，在大西路，轮盘仍在转动。杰克·拉莱看起来仍然地位稳固。他给轮盘上好了油，夜以继日地赚钱。尽管宪兵队越来越贪婪地征税，他仍代表辛迪加努力活动，试图让这横征暴敛有个限度。发牌员把木制发牌器从赌桌的毛毡台布上擦过，为玩百家乐的人群派牌，然后掷骰子；哈特内尔夫妇扭来扭去；乔的"空中飞人"穿着镶亮片的紧身连衣裤，从客人头上飞过；"迈克的音乐大师"正在演奏阿蒂·肖（Artie Shaw）的《噩梦》（Nightmare），这是本周最受欢迎的曲子。

尽管如此，内莉从来都是对的。她告诉乔，杰克会成为麻烦。一天晚上，在楼上的办公室里，乔请杰克赶紧处理好美国在华法院的事，别让希尔米克总在背后盯着大家，这样杰克就可以集中精力跟日本人周旋，控制令人难以承受的征税额。杰克应该让提特尔鲍姆和他的宣传攻势靠边站，别挡路。顺便再提一句，这家伙欠了很多钱，无论此人是不是美国法警都该找他算账了。乔听说"小尼基"已把杰克被腐蚀指纹的局部拓印送回华盛顿，试图在最先进的犯罪实验室中比对。乔很关心这事，因为他觉得杰克这几年来一直让"小尼基"耿耿于怀。但杰克并不担心。他举起双手，摇了摇指尖凹凸不平的手指。希尔米克和理查森没有证据能证明杰克的美国公民身份，而且现在老虎机都消失了，这让他们很难作梗。杰克向乔保证，自己绝不会承担任何刑事责任。如果情况变糟，宪兵队就会来帮自己逃脱，因为他们要保持辛迪加、虹口的日本人总部和76号之间的渠道畅通无阻。杰克称自己和日本人及日伪政权达成了默契。

乔耸耸肩，说好吧。法伦夜总会需要不断挣钱，出城的票和新的藏身之地将会花掉一大笔钱。内莉对乔感到很不爽，说甩掉杰克的必要性甚至比甩掉那些歌舞女郎还要强。这是她最后的警告，但乔当时并不知道。

32

在指定的那天，也就是 1940 年 12 月 4 日，杰克回到法庭。他上次虚张声势，在付清自己的保释金时表现得像个杂耍演员一样。但给出去的终究是真金白银。如果他不能按法庭的要求出现，这些钱就打了水漂，会使他濒临破产，因为他余下的所有现金都投给了他的经营场所、法伦夜总会和电力公司的股票。他的老虎机停工了，堆在杨浦的仓库里；那本智利护照是很久以前就得到的；他被腐蚀的指纹也难以辨认。鉴于以上原因，杰克认为罪名不会成立，最糟糕的情况也不过是被申斥一顿，再交点罚金。他的王牌是日本人：作为辛迪加和宪兵队之间的主要联络人，他的存在就意味着回扣和关系。他确信如果希尔米克法官试图判他监禁，日本人会很快就把他捞出来。无论如何，未来属于"歹土"上的轮盘，就让老虎机自行生锈去吧。

公众旁听席上再次挤满"拉莱之友"。杰克西装革履地出席，口袋里再次塞满美元以备不时之需。表演即将开始。

查理·理查森出场，双目炯炯有神。他拿出一份从美国领事馆得到的十年前的文件。似乎"好人"老杰克曾经试图为自己注册美国公民的身份。这份文件由拉莱本人签署，声称其出生于旧金山，而出生证明毁在了1906年的大地震中。这真是太巧了！

随后理查森打电话给智利驻上海的临时代办兼总领事胡安·马林（Juan Marin）博士，发现1932年的智利驻横滨总领事曾因圣地亚哥的腐败案受召回国，然后被关了起来。所有当时签发的护照都宣告失效。杰克的律师争辩说：无论如何，拉莱现在已不再运营老虎机，那么这一事实也就毫无意义了。可法庭并不在乎他的辩解，因为他们能找来一百个证人，说自己见过那些机器。理查森出示的证据还包括照片、刻有"ETR"字样的角子，以及见鬼的海军陆战队报纸上的广告。赌博指控成立，拉莱开始坐立不安。他的律师继续表示反对，但被已铁下心来的希尔米克法官迅速驳回。

接下来出场的是"小尼基"。身为美国财政部专员，尼科尔森不能直接在上海逮捕嫌疑人；他需要会同美国法警，或与工部局警务处合作，才能完成这项工作。然而，"小尼基"能向联邦政府的工作人员求助，并请联邦调查局留意此案。这是解决案件的关键，而且他自己心里也明白。乔之前得到的消息是对的，"小尼基"确实把拉莱被酸液腐蚀的指纹，从上海送到了华盛顿特区的联邦政府工作人员手中。他们连夜仔细查阅了数百万条记录，直到找到那条能对上号的。几周来，九个人全天候地忙于调查杰克的案子，甚至连周末都在加班。他们查到了法尼·艾伯特·贝克尔的记录，即此人曾于1917年至1919年在美国海军的长江巡逻队服役；还查到了约翰·方利·贝克尔（John Fonley Becker）于1921年再次回到长江巡逻队的记载。受审过程中，杰克看上去不太舒服。这位财政部专员的手伸得太长了，美国海军的官僚主义都挡不住他。"小尼基"甚至顺藤摸瓜，找到了贝克尔的工资单和入职记录，并让人油印一份寄到上海。现在它们被呈上法庭以供细查。很明显，杰克现在如热锅上的蚂蚁般不安。然而，尼科尔森还有更有趣的事要向希尔米克法官陈述。

联邦调查局对很多事都有兴趣，承担了众多责任，包括：禁止对反垄断法的违背、地下钱庄、赃车跨州运输、违禁避孕药具的非法销售；打击黑市拳赛；没收面向男性的色情电影和淫秽书籍；制止针对印第安原住民保留地的所有罪行。当然还有调查和逮捕所有联邦监狱的越狱犯，无论他们身在何处——那天美国在华法院审理的案件就是一个明显的例子。

你猜怎么着？联邦调查局咬紧不放，又额外花了几小时，把"小尼基"发来的指印拿去和约翰·贝克尔留在俄克拉荷马州麦卡莱斯特市监狱的指纹做比对。贝克尔于1923年5月入狱，本该在那里服刑二十五年，可仅仅两年后，他就越狱了。杰克在回到旧金山后，已经尽了最大的努力用酸液洗去指纹。但指印很深，虽说有疤痕，但联邦政府工作人员仍设法获得了足够多的特征，把上海的杰克·拉莱和麦卡莱斯特的约翰·贝克尔匹配在一起。

"小尼基"忍不住指出：联邦调查局和俄克拉荷马州立监狱都仍在通缉约翰·贝克尔，等了他很久，期待他能从上海的公共租界回到美利坚合众国。

一个人只要做了某件事，总会在书面上留下蛛丝马迹。查理·理查森已经践诺：排除一切合理怀疑，证明杰克·拉莱（或者说约翰·贝克尔）是美国公民。理查森、"小尼基"和希尔米克法官看起来非常得意；包文和克赖顿坐在公众席上，笑看法庭弥补他们的失误，即将拔出工部局警务处长期忍受的一根眼中钉。萨姆·提特尔鲍姆正对着镜子检查仪容，捋顺头发，做好面对媒体的准备。他要告诉他们：美国法警总是能抓到他们想要的人。

然后，希尔米克犯了他本应完美无瑕的职业生涯中最大的错误：在给出判决之前，他宣布休庭，让众人去吃午饭。看上去，他只不过是忍不住要把最后的胜利推迟一点，好充分品尝它的滋味。守卫把杰克带下楼；半路上，米基偷偷塞给他们一只厚信封。他们移开目光，且当拉莱从一扇侧门走出牢房时，他们做出一副惊呆的样子。一辆没有任何特色的小汽车正等在外面。杰克跳进后座，消失在上海的车流中。

杰克跑了。他放弃了保证金，而这是上海所有法院要求过的数额最高的一笔。午餐取消了，法庭上一片混乱。希尔米克已下令没收保证金；提特尔鲍姆正在审问守卫；"小尼基"要求工部局警务处召回所有休假的警官；克赖顿征用了法院的电话。杰克现在正式潜逃，上海有史以来最大的追捕行动即将展开。

* * *

杰克·拉莱穿过愚园路上的路障，回到"歹土"。他有抬抬手就能放他离开的日本朋友，且他手里法国警方签发的通行证仍然有效。但局势已经不再像9月时那样对他有利。希尔米克现在会扣下所有保释金；而且由于汇率变动，杰克手头的积蓄正在缩水。这很糟糕：在高通胀时期，筹集现金并非易事，而且潜逃生活花费颇高。逃亡中的他不得不卖掉电力公司的股票来筹集现金。那些俱乐部和酒吧不太好卖，即使要卖也必须通过非法途径，他无疑会赔一大笔钱。米基正准备再次在闸北和"歹土"推出老虎机，因为在那里工部局警务处没法轻易没收它们。他们还准备让它们重回法租界，因为那里的法国巡捕对日军唯命是从。但与旧日滚滚而来的钱财相比，未来的收益将只是涓滴细流。滞胀会扼杀一切。

杰克需要藏身之处，但法伦夜总会不行，因为它太打眼了。工部局警务处的人已在酒吧里排成一行，就等杰克露脸，顾客都被吓跑了。他们穿着被特意剪裁得很宽大的西装，好盖住肩膀上的枪套。现在杰克正睡在六国俱乐部（Six Nations Club）的一间密室里，托庇于艾利·韦勒的羽翼之下。但长久来看，六国俱乐部可能不是个安全的地方。

* * *

12 月的雪来得比往年都要早些，温度也跌到自有记录以来的最低点。上海似乎被冻僵了。有轨电车缓缓沿着静安寺路驶过，一直开到公共租界和"歹土"的边界，车头的灯光几乎无法穿透 12 月的冰冷雾气。报站铃声响起；愚园路变了样，铁丝网做的路障挡在电车的车轨上。如果你想继续向前，那就找一个竖起领子、不畏艰险的黄包车夫，或是拦一辆出租车（如果能找到的话），不然就得步行前往。路障前排着长长的队；哨兵会掌掴任何敢于在他们面前吸烟的人，无论男女。外侨中的男性在路障前要摘下帽子，因为有时那些敏感易怒的日本宪兵会认为戴帽子是怠慢失礼。他们想让大家都知道：世道变了，日本人现在是上海的老大。中国人被迫向水兵鞠躬，一些敢于拒绝的人被刺刀刺中，陈尸在人行道上。日本人检查行人的证件，还从上到下地搜身，想找到藏起来的钞票。如果他们找到了，你就可以走你的路，不会被注意，不会被掴耳光，也不会被审问，铁丝网会打开让你通过。在"歹土"那一侧，76

号的暴徒排着队想要搜你的身，看是否能找到日本人吃剩的东西。

大雪覆盖了上海所有的罪恶和污垢，甚至最糟糕的贫民窟、最肮脏的街道或阴暗的小巷看起来也显得干净、清新、纯洁。雪柔化了坚硬的废墟，给烧黑的木头披上白色外衣，掩盖了城市的创痕。然而"歹土"的雪与上海其他地方不同，染上了黑色的斑点。76号和各帮派有自己的煤炭供应渠道。煤尘从空中飞过，就像在颤抖的、被围困的"孤岛"上找不到落下的地方。无论下雪与否，白日里的"歹土"都是污秽、肮脏且贫穷的。但入夜后，它就变得生动起来，因为黑暗让人看不到大部分瓦砾，而霓虹灯除了在污水水坑里映出又红又脏的反光外，也无法照亮周边的环境。

在上海外侨眼中，他们这一百年的积淀正在消解，阶级的金字塔正在崩溃。在远东，面对无国籍的白俄面包师、犹太难民裁缝、罗马尼亚侍者、马尼拉小号手或吉卜赛行吟歌手，英国大班和头发花白的扬基大鳄不再拥有那种理所当然的优越感。形形色色的上海外侨现在面面相觑，目光中透着绝望。存在了一个世纪之久的对老租界的顺从已消失了。如今，金钱以及如何获得金钱才是最重要的。在这个充斥着敲诈、腐败、欺骗、两面派和黑市交易的世界里，一度受人白眼的家伙开始走上前台。这座城市的象征是龙，但鼠才代表上海的未来。

如果不能带来好处，那么社会阶层、背景和势利眼又有什么用呢？跟所有人一样，你饥肠辘辘，鞋子上有洞。你不坐出租车，而是步行，或是去挤之前不怎么坐的电车。你仔细地数你的烟，算好多久吸一次，然后跟一群你完全不认识的人排队去买更多的烟，花的钱却是上周的两倍。战争创造了某种平等，昨天的赢家很难成为今天的胜利者。烟花女子穿着定制的新装，脸上涂着新出的脂粉，身上喷着黑市买来的香水；而大班的太太要缝补袜子，勉强穿着 1936 年的过季服装。渠道就是一切，门路就像金粒。在这个时代，得势的人是那些在任何情况下都能熬过来的人，他们知道该如何在阴影中行动，做着黑市买卖，不觉得剥削弱者有什么问题。但是，充当社会基石的仍然是那些挤在一起的中国平民，是那四万万的"黑蚂蚁"。他们曾经在，而且一直在金字塔的最底层。

* * *

乔与杰克绝交，找人捎话说不欢迎后者再在大西路上出现。克赖顿、"小尼基"和提特尔鲍姆都想找个借口关停法伦夜总会。杰克曾说会解决自己与美国在华法院间的问题，可他食言了，辜负了乔。但杰克还指望拿回自己应得的东西，于是通过米基递话给乔。乔告诉米基，自己没什么能给杰克，因为杰克逃走后，日本人借机反口，不再承认他们与辛迪加达成的口头协议，宪兵队现在武断地提高了税额。在"小东京"，再也看不到吃着日式烤鸡串、喝着朝日啤酒的谈判场面了。他让杰克离开这座城市，别再回来。米基知道杰克不会喜欢这答复。但乔耸耸肩，摊开双臂；他对杰克已经仁至义尽。

但如果杰克生出疯狂的念头又该怎么办呢？乔让法伦夜总会歇业几晚，然后回了家，这是近一个月以来的第一次。他告诉内莉自己要躲一阵，直到风头过去，拉莱在城中被击毙。她说他想躲多久就躲多久，因为她已经受够了。他们要东躲西藏，避开某些下等美国流氓；乔仍然在跟歌舞演员鬼混；他开着城里最大的赌场，却把所有的钱交给"小日本"。可事情本来不该是这样的。乔苦苦哀求，恳求她给他最后一次机会。她用那双黑眼睛看着他，不再说话。她走出门，走下楼梯。他看到街上那辆别克车的发动机启动了，烟从排气孔喷出来。他意识到她已把行李收拾好并装上车。她不会回来了。

内莉又一次去了码头，那里一如既往地挤满了人。别克车艰难地从人群中驶过，司机拼命按喇叭，驱散拖家带口的中国人。他们紧紧抓住装了财物的鼓鼓囊囊的粗麻袋，把孩子捆在背上，绝望地努力挤上已插不进脚的蒸汽机船。他们希望这些开往长江上游的船能带他们躲开日本人。如果能回到内地，回到他们祖祖辈辈居住过的偏远小村庄，他们也许就能幸免于难。别克车和其他上海外侨的小汽车一起沿码头区往前开，目的地是那些疏散船和遣送船停泊的区域。那些船满载着外侨中最后一批买得起船票的人。内莉上次来这里时尚未做好准备，由于没有船票，只好回家去找乔。可这一次，她准备好了。中国司机把车停在跳板附近，让在附近游荡的搬运工把这位女士的行李从后备厢里拿出来。他为内莉拉开门，她走出来，踏上跳板。她递给司机一只信封，这是她最后的谢礼。他举起帽子，点点头，转身驾车离开。搬运工把她的行李搬上跳板。她把船票递给乘务长看。那扇小门打开了，内莉沿着跳板的坡度向上走。她的双脚离开了中国的土地，离开了上海的陆地，进入那艘船的令人安心的怀抱。有人带她去她的舱室，她的旅行箱已经放在那里了。她付小费给搬运工，关上门，上了闩。过一会儿，她会打开行李收拾一下。然而现在，她从手提包里拿出那只装在暗红色摩洛哥皮盒里的摩凡陀·铂尔曼旅行闹钟。这是乔买给她的，当时他们仍然住在五福弄那间只供应冷水的公寓里，每晚在大华饭店（现在它已不复存在）的聚光灯下跳舞。她把这只钟放在床头桌上，躺在刚刚换洗的枕头上，盯着钟面。秒针滴答作响，时间一分一秒地流逝。她的思绪飞回到十五年前的"午夜快乐时光"歌舞团。那时她认识了乔，在神户、巴达维亚、马尼拉和新加坡跳舞。她记起大华饭店，记起与道格拉斯·范朋克一起跳的舞，还有怀蒂的乐队和五福弄的清晨。当时，她和乔身无长物，却过得像神仙一样无忧无虑。她还想起"富丽秀"的巡演，然后是百乐门、逸园……想起她招募的数不清的歌舞演员、她组织的排练、阿兹特克西迷舞、与乔一起跳的华尔兹和探戈。内莉发觉轮船正驶出泊位，于是决定不再去想乔的不忠、两人的口角与厮打，以及他与拉莱做生意的愚蠢行为，转而开始怀念大华饭店的弹簧地板、乔的西装剪裁和光可鉴人的皮鞋，还有当他们翩然起舞，知道自己已吸引了全场关注时，乔眼中闪动的光。上海曾经对他们很友善，比它对其他大多数人的友善持续得更久。但内莉知道，尽管这座城市给予了他们美好的时光和收益，但它总是会索取相应的代价。现在到了乔必须付出代价的时候了。

蒸汽船离开外滩。内莉·法伦甚至没有透过舷窗看着这座城市渐渐远去。她拉上窗帘，把上海彻底关在外面。

33

1940 年的平安夜，大雪仍然在上海下得纷纷扬扬，使公共租界的地面一片泥泞，还覆盖在法租界的红瓦屋顶上。雪融化后便渗入了"歹土"上匆匆搭建起来的房屋的天花板。白天，法伦夜总会会在舞池里放上接雪水的铸铁桶。在之前的平安夜，从静安寺路上国际饭店的屋顶，或是徐家汇气象台的顶层等高处，你能看到地平线上的万家炊烟。现在，这类烟缕很难见到了。得益于优惠待遇，"小东京"仍然温暖；然而即使是在无法无天的"歹土"上，人们也觉得寒冷。夜空中除了星星什么都没有。

这是日军入侵后的第四个冬天。南岛老城的居民在他们四面漏风的棚屋里冻得发抖；而日本的水兵住在舒适的新房子里，在那个地区匆匆建起的赌棚里取乐。市政府派出大车，从公共租界里收走结了冰的尸体；佛教慈善组织的卡车则负责收走"歹土"上的尸体。12 月里一个寒风凛冽的夜晚，共有 650 具尸体被收走，其中有 450 具是婴幼儿的。由于电力供应被切断，公共交通暂停运营。有轨电车停下来，乘客下了车，走在或跌倒在南京路上。为数不多的几辆仍有汽油供应的小汽车沿着广东路，一点一点地向外滩驶去。大街上的人少得令人心神不宁，因为大家都待在家里冥思苦想，想着即将到来的 1941 年、疏散船只以及投奔重庆的路线。这是欧洲爆发战争后的第二个圣诞节，纳粹德国的空军使伦敦的皮卡迪利大街陷入火海。与此同时，上海仍在战栗。

　　辛迪加没有解散，但因杰克无法再与日本联系人谈判，宪兵队要提高征税额。工部局警务处没有要插手"歹土"事务的迹象，所以如果你认为总巡包文和工部局警务处永远不会采取行动，也情有可原。但他们最后还是行动了——时间选在平安夜，整个过程显得虎头蛇尾。由武装印捕和华捕组成的工部局警务处后备部队突然驾临海格路。他们要突袭"牌楼"，那是 76 号控制的一处从事赌博业务的酒馆。副巡约翰·克赖顿一马当先，闯进宽大的方形舞厅，发现肮脏的地板上摆满赌桌，围在桌边的赌徒大多是中国人，正在玩番摊和轮盘赌。巡捕把茶杯和酒盅摔碎在到处是瓜子壳和痰迹（埋头于赌台的赌徒们的杰作）的地板上。"牌楼"可不是法伦夜总会、"亚利桑那"或"阿里巴巴"，这里是中国人开的赌场，按中国人的方式运营。巡捕闯进包厢，里面的顾客是中国生意人以及他们的情妇，包括下了班、穿着旗袍的伴舞女郎，还有欧亚混血的、穿着紧身西式套装的澳门女人。如果那些坐在高处的人想要下注，通常会把银圆放在拴着绳子的小篮里，缒给下面的赌场管理人。通过天花板上一套精心设计的滑车系统，篮子像河水一样上下流动。每张桌边都有一位工作人员帮助下注，他要咬每块银圆以验其真伪。一位"杀老夫"在总账上记下赌注。他身边还有天平，能给珠宝或金银锭称重，以便评估它们的价值。重案组逮捕九十四人，没收了轮盘、番摊台、大量鸦片，以及分量略逊的可卡因、海洛因和吗啡。中国人对自己遭受的不公表示强烈抗议。为什么只有他们被搜查？为什么那些洋鬼子运营的赌场就没事？大多数人认为这只是一次试水，后面还会有更多的查抄行动。

圣诞节那天一大早，雪仍在下，派对仍在进行，没人前来搜查。包括法伦夜总会、伊文泰夜总会、阿根廷人夜总会、艾利·韦勒的六国俱乐部、佩佩托的37427俱乐部、圣乔治花园、博瑟罗的银宫赌场等在内的"歹土"上的娱乐场所仍然开门迎宾。但由于杰克不再能就征税额与日本人讨价还价，他们过得苦不堪言。除了杰克最贴心的那几个密友，谁都不知道大家都在谈论的那个人是如何在六国俱乐部的密室里过圣诞节的。艾利·韦勒送来一只火鸡，米基从医生那里带来安非他命药片，巴贝负责切肉。杰克发誓说他要报复乔，因为后者把他逼到了山穷水尽处。

在铁丝网的包围圈里，"栀子花"迎来了它的最后一夜。维金斯基债台高筑，无力再为他和布比的可卡因瘾买单。在最后一场歌舞表演中，他开玩笑说：可卡因能抵御夜晚的寒冷，看看布比就知道了——她仍然穿着露背雪纺裙，因为她并不觉得冷。维金斯基整晚都在说俏皮话，同时四处打量。这位天才主持人喝得烂醉如泥。他将在剩下不多的几家俄罗斯俱乐部里为小费表演，然后在法伦夜总会里喝酒喝到天亮，酒水钱都挂在乔的账上。他最终会设法戒掉白粉。然而，布比会继续在"歹土"上撒网寻找金主，直到某天她一去不回。

"歹土"上的酒吧侍应们挤在收音机前，收听英国广播公司东方分部的广播。由于日本人的干扰，信号断断续续，不时还有噪声。赫伯特·莫伊仍然在 XGRS 电台上怒气冲冲地大声抱怨，说整个中国将会很快"解放"，"新亚洲的新秩序"会建立起来。唐·奇泽姆慷慨激昂地发表演讲，说英国在下一个春节前就会陷落，"不可战胜的第三帝国将统一并缔造新欧洲"。萨姆·提特尔鲍姆正在到处刺探杰克的卜落，但他的日常事务也包括饮酒和在圣诞节找乐子。"小尼基"让萨姆把精力集中在杰克身上，因为他们抓住杰克，又让他在眼皮底下脱逃的事实在是让他们丢尽了脸。在法伦夜总会，乔在办公室里用餐，看场子的小伙子们仍然警惕地提防着杰克·拉莱，认为他可能会成为不速之客，造成大家都不愿看到的局面。但他从未出现。

乔勉力维持生意。他花了大价钱从四川北路的鸿基公司（Hongay）那里购买煤炭。鸿基囤积了成堆的煤炭，并雇用了强壮的山东守卫值夜看守。虽然内莉离开了，但乔开始觉得在某种程度上，一切都在回到常轨。他从未向司机问起她坐的是哪艘船，因为在把内莉送到码头后，那辆别克车和司机就再也没出现过。他祈祷杰克至少能理智一回，能跳上一艘不定期货船，正在去往巴达维亚或帕果帕果①的路上。现在除了让一切保持常态，乔没别的事可做。法伦夜总会的筹码仍然堆在赌台的绿色毛毡上，艾伯特·罗森鲍姆现在是赌场经理了，杰克不在时负责出借筹码的就是他。赌场的菲律宾荷官冷得发抖，但大人物们仍然在不知疲倦地赌博。

东方欲曙，乐队继续演奏。马尼拉的乐师们认为最好还是待在温暖的舞台上，而不是在寒冷中走回他们位于顶楼的廉价公寓。乔坚持要安排喜庆的节目：沃利·伦塞扮成一位绝对可靠的圣诞老人，在场里四处转悠，红色的套装盖住了他的"大红九"。他还戴着假胡子，用可疑的德国腔说："哦，我的紧身衣。"女招待化装成精灵，帽子上别着槲寄生，轻啄那些体面人士的脸颊。乔·法伦一如既往地以主人的姿态传递大酒杯。他看到歌舞女郎随着活泼的颂歌起舞，哈特内尔夫妇跟着加速版《铃儿响叮当》的节奏高速旋转，杂技演员穿着"冰霜杰克"②的戏装从食客头上呼啸而过。无论在

----

① 帕果帕果（Pago Pago）是美属萨摩亚的首府。——译者注
② "冰霜杰克"即欧洲民间传说中雪的精灵。它们会吐出冷气冻结试图接近的人类。——译者注

什么时节，无论派对有多喧闹，总是有人沉溺在他们的
恶习中。在楼上，艾伯特保证爱丽丝·戴西·西蒙斯和
其他铁杆赌徒有饮料喝，有火鸡冷盘吃，有火柴点烟
抽。那些轮盘还在转个不停。

34

　　"歹土"上的烟花和声声爆竹迎来了 1941 年的春节。这一年是蛇年——真是恰如其分。龙在离开的最后一刻还在吞吐火焰；现在，蛇从灰烬中徐徐滑出，穿过沪北的污泥，越过恶臭的、被淤泥堵塞的苏州河，进入公共租界，随后一路向西溜进"歹土"。人们本该在这年的 1 月欢度春节，然而对这座城市来说，1 月变成了血腥之月。

　　春节是结清所有账目、犯罪率一飞冲天的时节。这也算是传统了，这年也不例外。在大年初一的中午前就出现了关于七名武装劫匪的报道：一位来自欧洲的外侨被暴徒用枪指着逼进公厕，只好交出所有的现金、衣物、鞋和手表。十个"少年"在爱多亚路跳上一辆公共汽车，在车上横冲直撞，扯下乘客的项链，揪下他们的戒指，然后跳下车逃之天天。日本宪兵在静安寺路上与四个浪人枪战并将其制服，随后发现后者携带了六十包高纯度海洛因，正打算前去"歹土"。

接下来的几天和几周中，罪行继续发生。一位华人清洁工在光天化日之下被射杀于南京路上，枪手们跳过路障，消失在"歹土"中，工部局警务处的人则留在后面呆看事件全过程。支持重庆国民政府的《申报》编辑部在六个月内第三次遭受炸弹袭击——法华村的一个帮派坐着黄包车停在门口，向大堂抛入四枚手榴弹。76号只花了少得可怜的六十法币就收买了他们来做这事。更多流氓在白利南路邮局持械抢劫，从一位白俄女性手里夺走一枚钻戒。当一位英国顾客试图干涉时，他们用一支日军配发的手枪朝他后背开枪。尽管大西路上的宏恩医院和位于愚园路拐角的同仁医院距那里都只有几分钟的车程，但救护车花了一个小时才赶到现场。那位男士死在救护车上，而日本宪兵没有逮捕任何人。

媒体没有足够多的通讯员来报道所有的罪案。杀手们乘一辆黑色雪铁龙汽车开过法租界的大街，在那里击毙一名为日伪政权服务的律师。在南京路上，"小东京"的一位生意人在近距离平射射程中被击中头部。一家鸡蛋公司的老板在他位于贵州路的办公室里身中数枪，因为在鸡蛋涨价两三倍的情况下，就连鸡蛋买卖也成了可以赚黑钱的勾当。76 号的一位官员绑架并杀害了愚园路上的一个商人。一位工部局警务处的华捕胡作非为，开枪打死了一名同僚，然后被缴械。一个中国年轻人被自己在"歹土"欠下的赌债压垮，毒杀了他的姨母，偷了她的钱和珠宝，然后在他试图编瞎话卖掉珠宝，偿还那根本还不清的债务时，他被逮捕了。六个流氓抢劫了新闸路上的一处住宅，向主人开枪并盗走了珠宝。光天化日下，法租界的大街上爆发了一场枪战，因为有一个帮派试图抢劫"大世界"经理的家。某天在公共租界的中心地带山东路，三位行人遭遇持枪抢劫。

虽然罪案层出不穷，但工部局警务处仍在追捕上海的头号公敌。大家认为杰克·拉莱住在"歹土"里，受日本人保护，睡在六国俱乐部。萨姆·提特尔鲍姆去了六国俱乐部，"小尼基"紧随其后；但当他们到达时，杰克已经转移到别处了。约翰·克赖顿对乔·法伦施加压力，但法伦说自己完全不知道杰克在哪里，因为他们的合作关系已经走到头了。

那条蛇蜿蜒而行，政治活动、盗窃事件和帮派活动交织在一起，势不可当。在管辖权有争议的地方，若有人于周六被枪杀，他的尸体在周一还会继续躺在原地。

工部局警务处迟迟未展开查抄外侨经营的"歹土"赌场的行动。工部局认为应对不断上升的犯罪率采取行动；领馆希望谋杀案得到处理；公共租界的纳税人协会威胁说，如果他们家门口层出不穷的犯罪活动得不到遏制，他们就要组织罢工。总巡包文感到情况不能再这么持续下去了。

《购物新闻》

—"短报"—

1941 年 1 月 27 日　星期一

本报必须陈述一个事实：我们的统治者工部局未能充分处理上海的贸易问题。鉴于目前就没有不短缺的东西，人们会认为公共租界的贸易兴旺繁荣，可事实恰恰相反。工部局未能与日本人就进出口条件进行交涉，结果是现在在公共租界几乎买不到原材料。棉纺厂减产 30%，茶叶贸易与丝织业停滞不前，美国石油公司面临日本的垄断。工部局允许天然气巨头提高价格，而电话公司还在收取更多的费用。工部局到底是站在哪一边的？

《购物新闻》得到机会，得以一瞥某份绝密的工部局警务处备忘录。其中指出：公共租界里的武装犯罪中，涉案枪支及子弹的供应十有八九与华捕或印捕在"歹土"值勤时被窃的热兵器有关。这纯粹是巧合吗？我们认为为此，安全起见，现在所有的巡逻小队都由四个强壮的男人组成。这会不会正如闲话告诉我们的那样，跟工部局警务处现在欣欣向荣的军火交易有关呢？据说，西捕从中获利颇丰，中层官员得以聚敛财富，亡命之徒能轻而易举地武装自己，巡捕则宣布他们的枪支已"丢失"，随后当局还要花纳税人的钱给他们购买新的武器。真是如此吗？这些"丢失"的军火去了哪里？毫无疑问，应该马上进行一次彻底的调查。

现在需要行动起来，因为 1940 年可能是生命受到威胁的年份。9 位警务处人员在执行任务时丧生，包括 1 位还在试用期的西捕巡长、1 位印捕和 7 位华捕（其中两人是督察）。去年是警务处人员获得勋章最多的一年：共有 2 枚一级勋章和 51 枚二级勋章被颁发。

本报的老读者听到下面的消息无疑会很高兴：虽然卡罗尔·奥尔科特离开了 XHMA 电台，但您仍然可以转台至 XGRS 电台，每晚八点和您的主持人——《购物新闻》的主编唐·奇泽姆一起，收听"东方的呼声"节目。如果您无法收听广播，请前往广播服务公司（Radio Service Company），我们已通过那里的朋友与合作伙伴，为所有真力时收音机安排七折优惠，包括新到货的 1940 款。该公司位于博物院路 142 号。但是要快，因为展销马上就要开始，供货有限。请现在就拨打 12997，告诉他你订阅了《购物新闻》，让他们为你保留打折后的真力时 5 - S - 313 型号。

有秘密渴望与人分享吗？编辑部地址：南京路 233 号 540 房间。电话：上海 - 10695。

35

在工部局警务处突袭"牌楼"的六周后，他们终于开始尝试认真地对付"歹土"。2月3日，警务处发布公告：

"黄蜂"命令所有赌博场所和鸦片窝点停止经营活动并按官方命令立时关闭。

然而，发布命令是一回事，贯彻执行命令是另一回事。大多数华人开办的酒馆关门了，但那些支付高额税款，或是身后有76号的头目支持的地方仍然在营业。中国巡警看在"孔方兄"的面子上，或看在那支在他们面前晃动的毛瑟枪的面子上，对它们视而不见。而公共租界警务处的巡捕认为不管怎么说，那里都不是他们负责的辖区，于是他们穿起防弹马甲，避开了冲突。

那些财源广进的生意场所一直亮着霓虹灯，包括伊文泰夜总会、悦来酒吧、阿根廷人夜总会和法伦夜总会。好斗而意志坚定的乔说：即使面对刀山火海，法伦夜总会的大门也将永远敞开。在法伦夜总会里面，那些仍然留在上海且有现金可花的少数幸运儿啜饮香槟酒，伸手拿走在桌边传递的、盛在银盘里的鱼子酱。他们仍然愿意挤过人群，听着"歹土"人行道上的音乐前来这里。音乐来自一位犹太难民小提琴手，一位穿着破烂的一战时沙俄军装、为早已逝去的祖国唱悲歌的俄罗斯老人，以及一位用自制胡琴演奏哀伤旋律的中国盲人。上海所有的街头音乐都是悲伤的，所有人歌唱的都是失去的东西、流亡、逝去的人和被遗忘的人。然而在法伦夜总会，马尼拉乐队和澳门的欧亚混血儿还在为那些留下来的客人演奏美国黑人的音乐。

* * *

杰克是怎么沦落至此的？他的财产正在流失，老虎机也不再能为他聚敛财富。随着海军陆战队的士兵乘船离开上海，米基拿到的那本来就不多的收益更是大打折扣。从天鹅绒甜品店的毒品买卖获得的利润早已不复存在。杰克开始自我审视。他要为离开上海找到更多筹码……而法伦夜总会正是他能得到筹码的地方。乔在该帮助他的时候袖手旁观，杰克认为两人的合作关系成了一纸空文。法伦正在经营轮盘赌生意，把收益存进自己的银行账户。杰克的消息来源告诉他：宪兵队逐渐提高征税额，但以此作为交换条件，允许法伦夜总会继续灯火通明地营业。但杰克·拉莱甚至都不能走进那扇门。杰克听说那些赌桌仍然是摇钱树，还听说乔请来了艾伯特·罗森鲍姆为他打理轮盘赌生意，就好像他根本不需要也从未需要过杰克一样。乔得为他做的事付出代价。

　　一个计划慢慢成形。凌晨三点，杰克仍毫无睡意地躺在他的简易床上。他知道这计划蠢透了，但他没有别的选择。他能和伊芙琳·奥列加一起在法伦夜总会对面的大西路和忆定盘路的拐角开一家赌场，那里也在"歹土"范围内。"邪恶的伊芙琳"通过她在轴心国的关系（一位意大利将军傻乎乎地迷上了她），与日本海军最高指挥部保持了密切联系。她可以利用这门路确保赌场的日常运营，贿赂宪兵队，取得 76 号的支持并吓跑"黄蜂"。但是他需要两万五千美元作为启动资金。据杰克所知，只有一个地方拥有这么多现金——法伦夜总会。乔欠他的不只是这笔钱，还有其他更多东西。

36

2月15日，法伦夜总会的上上下下都挤满了人。有六百位客人上门，其中大多是决定不坐疏散船离开的美国人和英国人。虽然外面有日本人的铁丝网、宵禁令、战争、滞胀、在逃的持枪歹徒、猖獗的绑匪、在大街上晃荡的吸毒者和毒贩，但这里仍是"歹土"上由外侨经营的、唯一能高朋满座的赌场。"绅士乔"仍然是上海夜生活衣冠楚楚的主持人。

没有什么别的计划；只要拿到乔的保险箱，把当晚的收入抢到手，逃出这座城市，等待风头过去就好。不久后伊芙琳就会开新的赌场。米基仍然忠心耿耿，施密特也一样。为凑人头，杰克从虹口找来一些堪称职业枪手的浪人，还有擅离职守的海军陆战队的雇佣军人。杰克本来倾向于雇用更可靠的人，但米基说没人想掺和这事：乔的关系太硬，给他看场子的人很忠诚，且罗森鲍姆认识所有人；此外，卡洛斯·加西亚还会为此把你丢出去喂狼。

杰克一如既往地喝下浓咖啡并服用安非他命药片。在他的潜意识里，他总是无法摆脱某种焦虑。目前的困境如巨石般压在他心头。如果今晚一切顺利，他就有了条出路。然而，一个人需要的不只是现金，他之后就会永远被排除在辛迪加之外。但那又怎样呢？自从被扔在那家条件恶劣的孤儿院，他就一直是孤身一人，他曾一个人度过了塔尔萨、麦卡莱斯特和上海的早期岁月。孤独对他来说并不陌生。

杰克和他匆匆召集起来的人手穿过海格路，通过贫民窟里的近路和小巷走上大西路。当他们扔出碳罐手雷，轰开大门，兵分两路冲进去时，法伦夜总会的霓虹灯依然耀眼。他们的"大红九"喷吐出蓝色火焰，让人想起了吸食鸦片时的烟。杰克、米基和施密特一马当先地冲进去，后面跟着拿棒球棒、黑色甩棍和鹤嘴锄柄的男人。这不是一个好的开局。

施密特知道伦塞的名头有多响，也制订了相应的方案来增加己方胜算。他知道不能在门口耽搁，否则里面的人就会有所准备。两个男人四目相对：施密特的瞳孔扩大，状如疯狗；伦塞则眯着眼盯着对方看，试着让对方明白此路不通。沃利·伦塞伸手去够肩上的枪套，施密特也举起"大红九"，瞄准对方并扣动扳机。施密特知道伦塞这样的人不会给对手第二次机会——他的袭击快而狠，虽然在火拼时常常处于劣势，但总是能压过对手。这是准确的评估，却使杰克不得不破釜沉舟。伦塞左眼中了一枪，立毙于大西路的人行道上。法伦夜总会的爵士乐和喧哗声掩盖了枪声。突袭继续，他们至此已没有退路，必须一直向前。杰克向施密特尖叫。现在没有必要对乔好声好气地提要求了。

杰克、米基和施密特冲上楼，去赌场所在的楼层，去放置保险箱的办公室。砰的一声，天花板上的灰泥掉了下来，尖叫声在楼上赌场的房间里也听得见。砰的一声，演奏台后面挂的镜子碎掉了，参差不齐的锋利玻璃碎片如雨点般落在马尼拉乐队的头上，鲜血渗出了乐师的白色真丝西装。砰的一声，吧台上的木构件被炸成碎片，脱落下来。袭击者从中间穿过，继续向前，一路打碎酒瓶，掀翻桌子，踢倒乐谱架。客人夺路而逃，挤在门口，想跑到大西路上。他们被伦塞的尸体绊倒，把他的头骨碎片和脑浆踢到外面"歹土"的鹅卵石路面上。袭击者用来复枪托殴打法伦的员工，浪人的指虎敲在看场子的小伙子的脑壳上，包着优质平壤皮革的甩棍打在他们毫无遮掩的膝盖上、手肘上、脖子上。杰克和施密特冲到楼上的赌场，看着那些客人和赌场工作人员蜷缩在轮盘赌桌下。只有英国籍的上海金条大鳄的女儿，爱丽丝·戴西·西蒙斯这位法伦夜总会的常客站在那里，似乎对他们的到来非常吃惊。她微笑着，让杰克不由自主地也报以微笑。杰克和施密特一起举起"人红九"，向天花板开火。更多的灰泥落下来。然后杰克回头看向爱丽丝，见她直直地看着自己，眼神涣散。爱丽丝被一颗流弹击中背部，它打断了她的脊柱。她跌倒在她之前一直取乐的赌台旁，失去了生命。杰克向她毫无生气的身体走过去，因为他的本意并非如此；但施密特抓住他的胳膊，示意他继续向上走。应该去顶层，去乔的办公室。

那间办公室才是最终目的地。乔和杰克曾经在那里计算当晚的营业额，为他们的财运哈哈大笑。税率被提高了五个点。税率又被提高了十个点。那时他们的每一夜都是这样的。在那里，"衣冠楚楚的上海齐格菲尔德"和"老虎机之王"放下武器，忘记过去的怨恨，重归于好，一起成为"孤岛"上的百万富翁。现在，杰克想拿走他自己的那一份。

　　乔正站在他的书桌边。这间办公室除了那扇通向外面的大厅和混战的门外，没有别的出口。施密特向前走去，用毛瑟枪的枪托敲乔的脑袋，让乔跌在地板上爬不起来。艾伯特·罗森鲍姆也被拖了进来，他认出了杰克，高举双臂表示投降。施密特的毛瑟枪直指这个男人的额头。

　　杰克跪下身，转动保险箱的密码盘。他知道密码，因为那是他设定的：1－5－3－8－0。这是戈登路捕房，也就是工部局警务处反赌组的电话号码，是他开的一个小玩笑。保险箱的门打开了，里面几乎空空如也，只有几千法币和几件珠宝。他狠狠盯向罗森鲍姆，后者一边高举双手，一边告诉杰克：今晚他来得不巧，因为为了给宪兵队缴税，乔在半个小时前清空了保险柜——拜杰克所赐，这帮宪兵现在几乎拿走所有东西充作税金；而剩下的钱都在各张赌台上。杰克已经没时间留在这里将它们一一收走了，有人已经打了报警电话给防暴组。施密特用枪托从侧面打中罗森鲍姆的头，看着此人倒在地板上，躺在他老板身边。他们转身离开了。

　　杰克想要的东西，他如饥似渴地需要的东西，已经不在了。杰克、米基、施密特和新的"拉莱之友"回到楼下，跨过伦塞的尸体出了俱乐部。他们踏上大西路，现在那里正上演着一场疯狂而怪异的表演：因受惊吓而亢奋的客人和"歹土"上的社会渣滓处于完全混乱的状态，他们四散融入人群，消失在乞丐、皮条客、妓女和日本人中。无法无天的"歹土"上一个警报器也没有。即便是防暴组，也要在跟封锁线上的日本人商量后才能通行；而那些日本水兵最喜欢的莫过于检查租界警方的相关文件，欣赏对方怒火中烧的模样。防暴组溜进"歹土"上曲曲折折的小巷。一些逃出的人前往法华村，向愚园路和远处的公共租界走去；另一些人穿过海格路，越过公董局的路障，进入法租界。他们在街巷里散开，离开"歹土"，把混乱甩在身后。

1940 年 11 月，上海的外国帮派所奉行的停战协定失效，其生效时间甚至没超过六个月。上海赌场老板和夜生活之王组建的史无前例的辛迪加在一夜之间就被抛弃了，这要多谢杰克·T. 拉莱。

危言耸听者说，日本陆军中番号731的生化部队在宁波港放出一百万只携带黑死病菌的跳蚤。他们先是在东北做了试验，又在浙江改进了这种生化武器。下一个遭殃的地方就是上海，公共租界会成为目标。"孤岛"上的市民要么不敢乘坐公共交通工具，要么在有轨电车和无轨电车上警惕地彼此打量。出租车的生意好得前所未有，车费也相应地提高了。孩子不去上学，运送食品的大车被遗弃，防毒面具脱销，人们封窗锁门。黑死病要来了。数以千计（也许是数以万计）的人在邻市宁波死去。上海广传的谣言说死人就躺在大街上，尸体被扔进运河和小溪。船只都避开宁波港。人们害怕每只苍蝇、每只跳蚤、每只幼虫——实际上，没有他们不怕的昆虫。当然，日本人对此免疫。大家都知道他们服用了从东京空运来的特殊药片，并给自己的士兵注射血清作为防护措施。

大家怀疑每架在上海上空盘旋的飞机。上海里弄里的石屋散发出山西醋被烧煮的臭味，因为中国人认为这种烟雾可以解毒。寡廉鲜耻的黑市商人出售成坛的假醋，许诺说它会把散布病菌的跳蚤驱赶到另一座房子、另一个家庭、另一个人那里。很快，上海商店和市场里的醋无论真假均销售一空。当传言说新的醋已运到时，虹口发生了一场骚乱。谣言机器持续运作：美国已经命令所有新到的侨民从宁波疏散；其他外侨也在逃离，甚至传教使团也不例外。乡下已被摧毁，食物供应的缺口将越来越大。日本瘟疫将吞噬上海；日本人将会进军公共租界，把死者的骨头碾在军靴下。反抗是徒劳的。

人们如此确信着……

37

　　法伦夜总会遭袭后，辛迪加摇摇欲坠，因此宪兵队和76号的暴徒高视阔步，比以往任何时候都更加神气活现。他们再次提高了每日征税额，之前协商的每天一万美元的限额现已作废。乔大发雷霆，坚持拒绝再多付哪怕一个子儿给宪兵队和伪军。去他妈的浪人，也去他妈的宪兵队，他们不过是披着军装的黑社会罪犯。现在"歹土"的环境太糟糕了，无法吸引财富。人们与法伦夜总会保持距离，与"歹土"保持距离，导致乔的生意收入锐减。

　　乔拒绝向日本人缴税的首个后果很快就显现了：宪兵队找他手下华人员工的麻烦，不许他们再为"头号犹太人"工作；把在门外停车的客人推搡走；切断电力供应；还试着派流氓去赌场里寻衅滋事。其他人都缴纳了逐步上涨的税金，于是不肯妥协的乔成了日本人的傀儡的眼中钉。约翰·克赖顿请乔过来，说工部局警务

处可能帮得上忙，只要他知道杰克身在何方。乔沉默不
语。真相是他既不知道杰克在哪里，也对此不关心。此
外，他并不信任约翰·克赖顿，认为克赖顿虽然在工部
局警务处的职务和威望都很高，但对"小日本"和76
号也束手无策。

随着时局变得越来越艰难，毒品供应一次又一次被
切断。毒品中总是掺了士的宁，让瘾君子们大量毙命。
"咸菜阿毛"和深圳的三合会北上，在法华村靠投机取
巧牟利。他们提供劣质毒品，但抬高价格，保证利润空
间，以此资助裙带风气盛行的汪精卫政权。人们用乙醇
含量高达80%的致命混合物酿造私酒，这是一种对抗
禁酒令的老花招。醉鬼蹒跚而行，倒在海格路上。迈克
和他的"音乐大师"演奏起尘封已久的老歌《杰克行
走蓝调》（Jake Walk Blues），讽刺那些在大街上喝酒的
穷人，但现在没人笑得出来了。汽车的回火声使还留在
这里的顾客和酒吧员工下意识地迅速低头，厨房的关门
声也会让所有人感到紧张。76号的暴徒走进来，明目
张胆地要钱；"黄蜂"巡逻队穿过马路，大家都知道他
们不会插手。看场子的小伙子们面对76号的暴徒及其
无理要求倒是足够强硬，但无法无限期地坚持这样做。

"歹土"里充斥着枪支：点 32 式手枪、点 45 式手枪、"大红九"……它们无处不在，只需几美元便可易手，弹药更是只要几十美分。它们的来源是个谜。一支枪的价格此时等同于一斤米。发生食品通胀的同时也会出现枪支通缩，这就是"歹土"上的供需法则。

在杰克制造了袭击事件后，上海雇佣文人圈子里的非官方领袖人物鲍威尔在反 76 号的报纸《密勒氏评论报》的头版宣布：帮派冲突拉开序幕。之前的帮派冲突起于中国黑帮的势力范围争斗，现在则是白人在大西路上互相投掷炸弹。对上海外侨这个圈子来说，现在的冲突完全是另外一回事，必须得到妥善处理。黄浦江上出现了另一个芝加哥。在法伦夜总会发生的事说明工部局警务处试图控制赌场的努力远远不够，也说明他们缺乏有效的突击和封锁能力。总巡包文想必很是惭愧：两个外侨中的敲诈者不久前来了一次正面交锋，当着众多公共租界体面人物的面，在大西路上留下一具尸体。当"歹土"上的抢劫犯仅花两美元五十美分就能租到一把枪时，你该从哪里开始搜寻匪徒呢？"黄蜂"起家时，其状态就不怎么样，现在更是退化成了一支伪巡捕的队伍。他们为了几个先令就能唾面自干，能从枪战开始时就把棉花球塞进耳朵。他们会高高兴兴地将乞丐踢进阴影里，或把某个单干的毒贩从某个区域赶走，但他们不是警探。报纸披露：法伦夜总会曾打电话到工部局警务处下辖的巡捕房报警，该巡捕房位于大西路，距法伦夜总会仅有一箭之遥，但他们当时并没有在意报警电话。巡捕当时出现只是因为一辆装甲车正好从附近经过，街上逃散的顾客让它无法前行。《字林西报》在读者来信栏目发出抗议，措辞严厉地指责《密勒氏评论报》的社论。

包文的应对方式是命令约翰·克赖顿的防暴组大规模进入"歹土"。在这么久之后，他们总算决定派出重兵了。这次行动针对的已经不只是中外的流氓混混。刚满二十八岁的爱丽丝·戴西·西蒙斯的尸体躺在医用床上，这坚定了他的决心。老西蒙斯歇斯底里，要求采取行动，并提醒所有人：多年来，他一直把从金银交易中取得的利润投入公共租界。他亲自打电话给包文，要求让杀害他女儿的凶手伏法。

工部局警务处负责采指纹的工作人员跑遍法伦夜总会，得到了一百万个指纹：客人的、雇员的、枪手的和看场子的小伙子的。这几乎是在做无用功，因为他们没法给那些逃离现场的家伙（顾客也好，劫匪也好）取指纹。然而有一组指纹反复出现……它们被污染，无法辨认，已被腐蚀得不成样子。克赖顿想起了联邦调查局及其出色的侦查工作。他的推测快要接近事实真相了：杰克和乔闹掰了；杰克试着把乔踢出去，并把生意占为己有。难道杰克想从"老虎机之王"变成"歹土之王"吗？克赖顿把乔和法伦夜总会负责安保的小伙子带到自己全天不休的审讯室里，提出那个他之前反复提出的问题：杰克在哪？他们轻蔑地缄口不言。克赖顿把美国法警萨姆·提特尔鲍姆也叫过来，因为自杰克因逃亡而失去保释金起，此人就成了搜查警力的一分子。提特尔鲍姆和克赖顿把那组指纹（他们认为是拉莱留下的）拿给"小尼基"，后者拍电报把它们发给他在华盛顿特区的联邦政府联络人。联邦政府的工作人员能再次施展魔法吗？

大西路上宏恩医院的大楼是"歹土"上唯一还在运转的医疗设施，谨慎的护士和医生拒绝去其他医院工作。就连传教使团的成员也撤出了这个地区，看起来已放弃了这里。萨姆·提特尔鲍姆和约翰·克赖顿去那里看尸体。在散发着甲醛臭味的太平间里，死于袭击事件的两人——爱丽丝·戴西·西蒙斯和沃尔特·伦塞并排躺在停尸板上，全身苍白赤裸。警务处曾用一模一样的橡胶尸袋装他们的尸体，现在这两个尸袋被扔在角落。他们生前互不相识，在上海各自走出的人生轨迹和在公共租界社会等级金字塔里各自占据的位置也相差悬殊。然而，他们现在都一命呜呼，肩并肩躺在那里。约翰·克赖顿震惊地发现爱丽丝的尸体无遮无掩，于是找了张布单盖在她身上，好为她至少保留一点尊严。爱丽丝·西蒙斯和沃利·伦塞两人的手指都被尼古丁染黄，头发也都染成黑色。伦塞的头盖被掀飞，脸颊似乎因此凹了下去，左脸仍然鲜血淋漓，后脑勺整个不见了。爱丽丝看起来仿佛正在沉睡。法医之前从她的脊柱中取出一颗毛瑟枪射出的子弹。

不仅总巡包文怒不可遏，尊敬的希尔米克法官也眼看要得中风了。别管什么法伦夜总会了，别管那个被人搞得乱七八糟的赌场了。爱丽丝代表"四百精英"，代表那些在过去一个世纪中，把上海这个通商口岸从小渔村建成为繁华大都市的家族。她并不是希尔米克口中的"奸商、诈骗犯和海盗"中的一员，她的死吹响了战斗的号角。公共租界这座堡垒必须得到捍卫。希尔米克大发雷霆，在会议桌前口沫四溅，额上暴起青筋：美国法警署和上海工部局警务处必须不遗余力地立即采取直接行动，找到并逮捕在保释期内逃亡的疑犯、这次案件的主谋杰克·T. 拉莱，将其投入监狱并引渡回美国。

38

奉警务处处长之令，所有人的休假都被取消。在工部局警务处的高级官员，也就是公共租界治安部队里的精英深夜召开的会议中，行动计划成形了。总巡包文当仁不让地与会，约翰·克赖顿坐在他身边。其他与会者都是英国人，都是上海的老牌巡捕，都是经受过实践考验的盗贼和不法分子的克星，而且都以清廉闻名。美国财政部的马丁·尼科尔森和最近被任命为美国法警的萨姆·提特尔鲍姆也加入了他们的行列，这两个人代表美国在上海的司法部门。

他们在克赖顿的办公室里开会，但主持会议的是包文。提特尔鲍姆点起香烟，把烟雾吹向头顶的日光灯，还拿出他的随身小酒瓶让大家相互传递；克赖顿则试着开窗。克赖顿喝了一大口酸麦芽波旁威士忌，被呛得说不出话来，但酒精帮他驱走了 2 月的严寒。毫不夸张地说，工部局警务处的总部冷得像冰窖一样，因为

"小日本"不遗余力地保证没有人能把煤炭送过来。这晚的主要讨论内容是对上海最臭名昭著的逃犯的指控、逮捕和起诉，此人目前仍被官方称为"杰克·T. 拉莱"。

"小尼基"提起了在法伦夜总会提取的指纹；克赖顿和提特尔鲍姆感受到了这件事里的讽刺性：找到一千枚指纹后，你可能仍然什么都不知道；一组模糊的指纹却可能揭示清晰而简洁的真相。杰克意在抹杀过去的行为竟加剧了他当前的困境，还搞砸了他的未来。

然而，华盛顿特区的联邦政府工作人员发回电报，表示调查难以进行，因为那些指纹过于残缺模糊，他们没办法比对它们与贝克尔或拉莱留在档案里的指纹。就司法层面而言，本案已走入死胡同；然而，警方知道杰克正处于绝境。日本人没有为其提供庇护，说明他们已断绝了与他的关系，并且终止了与辛迪加的所有谈判。因为杰克违反规则，辛迪加把他除名，同样不会为他提供任何保护。如果策划了这次袭击的是他，那么他的绝望只会更深一层。宪兵队告知警务处：如果警务处要逮捕一个名叫爱德华·T. 拉莱的人，他们是不会前来碍事的。杰克现在相当的孤立无援。此外，所有非日本民用船只都停在黄浦江上，这说明此人仍在城里⋯⋯的某个地方。公共租界总会把他揪出来的，防暴组的警用装甲卡车正恭候调遣，而且现在就是整顿上海罪恶世界的最好时机。若能抓住拉莱，警务处就能让其他所有不法经营场所歇业。

他们马上把赌场设为目标。反赌组用工部局警务处的防暴车撞碎了约瑟·博瑟罗长期运营的赌博酒馆银宫赌场的大门。九个华人荷官被捕，轮盘和大量毒品被没收，但他们没有找到杰克。博瑟罗次日一早就乘坐一艘挂着葡萄牙国旗的不定期轮船去了中立的澳门。警方还横扫了葡萄牙暴徒经营的 37427 俱乐部，这一次，除了非法经营轮盘赌，他们也把它供应和销售鸦片的罪名写入了案情记录。但第二天早上，葡萄牙领事法庭并未让步，只对所有嫌疑人执行了微不足道的罚款措施，这说明多年来托尼·佩佩托一直坚持的每月行贿效果良好。里斯本的忠诚难以动摇，鲍威尔的《密勒氏评论报》宣称葡萄牙领事同 37427 俱乐部以及银宫赌场都有经济利益关系。尽管如此，"胖托尼"的地方还是关闭了。

第二天晚上，反赌组掉转马头，查抄了沧州饭店，因为比尔·霍金斯在那儿的豪华套房里非法运营轮盘赌。反赌组抓走十四个华人荷官，但没有找到杰克。他们查抄了九江路证券交易所里的一处非法纸牌赌摊（杰克偶尔会去那里坐坐），五个正在玩牌的人受到了拘留两个月的处罚，但他们中没有杰克。在那个星期的晚些时候，警方的红色巡逻车又度过了一个忙碌的夜晚。他们闯进某条小巷上一家只接待中国人的赌场兼毒窟，因为有人告密说杰克蛰伏在那里。他们没找到杰克，但逮捕了一个老妇人，结果发现她是"咸菜阿毛"的母亲。这只不过是有人在利用他们来解决帮派间的恩怨。"咸菜阿毛"给母亲办了保释，把她带到法华村的大本营里，发誓要把任何还敢来找她的条子剁个稀烂。

提特尔鲍姆向媒体发誓，说他会拿下杰克·拉莱，恢复"山姆大叔"在上海的声誉。当警务处忙于查抄赌场时，提特尔鲍姆则在为抓捕拉莱那伙人中的其他成员辛苦工作。他抓到了施密特，也就是拉莱那条背着毛瑟枪的日耳曼走狗，然而这德国硬汉说自己什么都不知道。萨姆在美国在华法院的拘留室里把米基·奥布赖恩狠狠地教训了一顿，花了整整三天三夜的时间折磨他，想逼出供词，把杰克和法伦夜总会遭受的袭击联系在一起。米基被上海不算薄的黄页电话簿敲头，被拳打脚踢，还被狠狠地捏住阴囊。但他都挺过来了，还对着提特尔鲍姆的脸哈哈大笑：难道你认为米基·奥布赖恩，响当当的好汉，"拉莱之友"中的头号人物会出卖杰克吗？开什么玩笑，法警？干吗那么关心杰克在哪里？杰克没办法找你讨回人情，而乔就快破产了，这对你不是好事吗？黄页电话簿又一次重重地落到米基头上。

　　追捕行动进行到第三天时，提特尔鲍姆超出自身职权范围，踢开百老汇大厦里的房间门，把艾利·韦勒的余党拖到警察局。他们挥舞着自己的瑞士护照，告诉萨姆他这辈子休想得到任何情报。"给领事打电话，他知道我们都是良民。"他再次查抄沧州饭店，把轮盘砸得粉碎，并审问比尔·霍金斯。这位老人告诉他：四十年来，自己从未向上海警方透露过任何消息，今天也不打算这样做。霍金斯下定决心，准备回老家过退休生活：他在中国沿海经营了四十年的轮盘赌，该回曼彻斯特了。他的老朋友斯图亚特·普赖斯说自己对于这些天发生的事什么也不知道，自己只是个老头子，是一位好公民。萨姆砸烂了"维纳斯"，但萨姆·莱维告诉他：在阿尔·伊斯雷尔的葬礼后，自己就再没见过杰克。

留在上海等待轮岗的最后一批海军陆战队士兵说：一旦杰克·拉莱逍遥法外，你就休想再抓住他。提特尔鲍姆越过法租界的边界，强行进入那里的数家夜总会和妓院，引发了外交争端。他把"血巷"里的每家廉价酒吧都搞得鸡犬不宁，但除了一群擅离职守的海军陆战队士兵外什么也没找到。更过分的是，这些大兵还认为杰克是伙伴，是值得追随的领袖。他闯进马尼拉酒吧，在那里逮捕了巴贝，但她的嘴永远闭得像蚌壳一样紧，只会讲几句经过仔细推敲的骂人话。他把"大世界"后部的短租廉价公寓翻了个底朝天，只找到一群浙江来的妓女、几个受惊吓的中国人，以及一个戴纳粹臂章的尴尬德国人（他的裤子已脱到膝盖）和两个花枝招展、近乎半裸的"大世界"妓女。提特尔鲍姆想在逸园逮捕卡洛斯·加西亚，但他在重新考虑后放弃了这一计划。毕竟有些人有权有势，实在是惹不起。

第四天，萨姆·提特尔鲍姆以克赖顿的手下及防暴组为后援力量，向西开进法华村。小伙子们都武装到牙齿，以防三合会的人一起反击。"咸菜阿毛"守口如瓶，甚至从不拿正眼看萨姆，只是用粤语对着他叫。萨姆明白他的意思："咸菜阿毛"宁愿亲手捅死他那一大窝十恶不赦的徒子徒孙，也不愿告密。之前因为他母亲的事，警方已经跟这位深圳来的"大人物"搞僵了关系。三合会自成体统，但萨姆没有时间去尝试理解他们疯狂的准则。他查抄了愚园路上的阁楼，76号对此非常生气，认为他在胡搞，在践踏"孤岛"上的规矩。工部局警务处羞愧难当，但希尔米克法官让他继续搜查，因为事关美国的威望。萨姆现在孤注一掷，突袭了静安寺路上被围栅护起来的德义大楼。多年来，一直有人在楼里的35A号公寓组织高端的纸牌游戏，还在会客厅里放了毒品，并且为有门路的外侨富商提供色情服务。最后，提特尔鲍姆做得有点过头。希尔米克让他不要再去触"四百精英"中其他成员的逆鳞，而是把精力集中在"歹土"上。

既然如此，那就只剩下法伦夜总会了。萨姆之所以把法伦夜总会留到最后，是因为他知道事情会变得很尴尬——他之前在那里还有赌债未清。当听到拉莱的名字时，那些看场子的小伙子往铺满锯末的舞池地板上吐了口痰，但什么也没说。乔问：既然他来了，可否偿付之前借筹码的钱呢？艾伯特·罗森鲍姆在法伦夜总会的餐巾上潦草写下萨姆欠下的钱。那是一个有好几个零的数字，下面还画了几条横线以示强调。萨姆迅速离场。

　　萨姆知道拉莱还在城里。他就在这里，离得不远。萨姆能闻到"老虎机之王"的味道，听到他在大笑。然而，杰克到底在哪儿？

39

　　法伦夜总会遭袭已是十天前的事了。"血巷"里的氛围很沉重。杰克将曼哈顿酒吧转交给米基经营，米基则保证让杰克有现金可花。现金被杰克塞在一只皮制棒球包里，和"兔子球"、棒球手套，以及杰克在俄克拉荷马州立监狱里用过的神奇骰子放在一起。萨姆·提特尔鲍姆曾在37427俱乐部与杰克交臂失之，当时杰克偶然到访，跟里斯本帮派分子一起消磨了几天时间。他们有不错的咖啡，整天都和妓女厮混，整晚都狂喝滥饮。他转场到沧州饭店，但比尔·霍金斯很紧张。此人从19世纪20世纪之交起就在上海经营纸牌赌博和轮盘赌，曾数次被捕。但现在，他的非法勾当走到头了，他要离开上海。总之，克赖顿的手下夜以继日地盯着酒店。杰克闯进沧州饭店的阁楼睡了几天，对那里不甚满意：到处是蝙蝠、鸟屎，晚饭只有干面包。之后，他不得不藏在一辆装着待洗衣物的大车里，从工部局警务处停在酒店外的巡逻车面前溜走。然后是……百老汇大厦里的一张简易床（他在那里跟俄国老千们待了几天）；虹口上海大戏院楼上的一间公寓（萨姆·莱维的款待）；幻想曲舞厅（Fantasio Dance Hall）经理办公室里的简易床……他不停换地方，每次都要拿出成捆现金来买平安。法华村倒是比较安全，提特尔鲍姆很难找到那里去，但"咸菜阿毛"和三合会不太靠得住，没准会出卖他。多年来杰克几乎都是独行侠，这意味着他得靠自己。

　　他在霞飞路巴黎大戏院①的后排座位上小睡。这是一家放映老电影的影院，影片大多来自德国，但大部分观众是互相避免目光接触的俄罗斯人。杰克一句话也听不懂，但这里暖和、干燥且够暗，别人都看不见他。施密特溜进来，把塞满现金的棒球包推给杰克。杰克在梁先生的地盘月宫舞厅同巴贝一起过夜。巴贝嗑了药，整个人迷迷糊糊的，而杰克感到很无聊。约翰·克赖顿和工部局警务处根据密报搜查了那里，但杰克及时离开了——又是交臂失之。梁先生事先得到了警报，他们差几分钟就能抓到他。要知道，在最后那段时间，上海的

---

①　1952 年由政府接管后改名为淮海影院。——译者注

所有人都在出卖别人。尽管如此，提特尔鲍姆动作迅速，离杰克越来越近。米基说伊芙琳·奥列加会给他提供藏身之处。

但这是圈套——有伊芙琳在的地方总有圈套，只要回马尼拉问问那可怜的傻子帕科，或是任何一个她后来找的情人就知道了。那些家伙在她离开后都毒瘾缠身、无精打采、不名一文。伊芙琳最后终于把筹划了很长时间的牛郎店建成并投入运营。她把寂寞的外侨女士带进店里，让她手下那批漂亮的小伙子（拉丁民族的小白脸）照顾她们……她们先是领略到罪恶的快感，接下来却要面对勒索敲诈。拉莱觉得这真是疯狂，但他急需藏身之地。伊芙琳开出了足足两万美元的价格，说给她这笔钱，她就可以让他一直躲到风头过去。杰克明白自己并没有太多选择余地，但他不知道自己他妈的要藏多久。她会榨干他，且杰克明白她完全不可信。但提特尔鲍姆、克赖顿、宪兵队和几个怒火中烧的伦塞手下正在追踪他。

伊芙琳仍然想要落实她的长期计划：位于"歹土"边缘的忆定盘路的亲轴心国赌场，以及杰克之前的澳门联系人提供的轮盘赌台。她只需要再找两万五千美元，作为启动和运营资金；而杰克能管理赌场，就像在法伦夜总会一样。伊芙琳会和宪兵队达成协议，使杰克重新获得日本人的庇护。当宪兵队之前还在"歹土"为他提供保护时，克赖顿和提特尔鲍姆拿他就没有办法；且76号也会保护他，告诫公共租界当局离他远点。伦塞的小伙子的复仇对他来说倒是个风险，但总比一直睡在阁楼里的简易床上强。但他要花两万美元让伊芙琳把他藏起来，现在又需要准备额外的两万五千美元。去哪里弄钱呢？

杰克现在待在霞飞路上那家牛郎店的房间里，这个地方及其存在理由目前还不为公共租界和法租界的巡捕房所知。那位医生保证了他的安非他命药片能正常供应。伊芙琳给他从"维纳斯"带来咸牛肉马铃薯泥、上海风味的汉堡（上面还有个煎蛋）以及几美元的纸币。这些钱是从几位堪称忠实崇拜者的"拉莱之友"那里筹来的，他们以此表达大家团结一致、一如从前的意思。杰克通过米基给律师传话，让他们用电话、煤气和电车公司的股票兑付她要求的两万美元藏匿金。为了打发时间，他整天在铺了地毯消音的壁脚板上掷那些用旧了的俄克拉荷马骰子，且他每次都能赢。他把棒球扔出去，又戴着手套抓住它，又扔出去，如此来来回回。伊芙琳整天走来走去，穿着她那标志性的颜色绚丽的和服，这是上海鸨母喜欢的打扮。她常常发出刺耳的大笑声，带来西普调香水的缕缕清香。年长已婚妇女在唠叨，有人用塔加拉语闲聊，漂亮的阿根廷小伙子用西班牙语顶嘴——这些声音从早到晚响个不停，成为她的背景音。床架该上油了。

* * *

追捕工作继续一丝不苟地进行着。电台说每位巡捕都已得到一张拉莱的照片，叛徒莫伊和奇泽姆在 XGRS 电台上要求捕获杰克。莫伊说杰克象征了美国社会的腐化一面，奇泽姆说新的秩序将让杰克·拉莱这类人全部从中国消失。提特尔鲍姆说警方就快抓到他了。克赖顿正和"黄蜂"保持联络，他们之前的不作为再也不会被容忍。对杰克·拉莱来说，"歹土"已不再是安全区。

杰克仍然没想出挣钱的办法，他必须争分夺秒地解决这个问题。米基·奥布赖恩捎来钞票，但不能亲自来看他。克赖顿派出便衣在"血巷"监视曼哈顿酒吧，DD's 的每家分店外都停着辆巡逻车。米基的行动现在受到极其严格的限制。米基把那辆名爵卖给了一位单身

· 342 ·

且喜欢开快车的"格里芬"。听到这个消息时，泪水涌上杰克的眼眶。自从那夜在恐怖的塔尔萨孤儿院被打，这是他第一次流泪。杰克对那辆英国跑车的喜爱超过他对任何一个"娜塔莎"的感情，甚至是娜泽达。米基把杰克的狗"血巷宝贝"卖给加西亚，后者还没忘记杰克在自己的爱犬"黑多莉"身上耍过的花招。加西亚告诉米基，别让杰克指望自己再帮他了。DD's 被放在了拍卖台上，但投资者在战争面前紧张不安，没人出价，连极低价也没有。法租界的巡捕正在安装他们自己的老虎机，捣毁了米基之前设法再次安装并运行的那少数几台。这是一个时代的结束。杰克·拉莱把老虎机带到中国的沿海城市，并在过去十年里把它们介绍给每个口袋里有余钱的上海人。华人和外侨，海军陆战队士兵和水手，想要一尝赌博滋味的交际花和自以为幸运的妓女，甚至还有不当值的巡捕和传教士（一边赌一边祈祷不要被某个会众当场撞见）都曾拉动那些拉杆，使"老虎机之王"杰克·拉莱成为更富有的人。老虎机提供的资金曾助他开办了 DD's，从而进入高端消费市场。老虎机曾让他有了在法伦夜总会插上一脚的筹码。靠老虎机，杰克有了自己的跑车、棒球队、跑起来迅如闪电的灰狗、定制西装、手工皮鞋和舒适的公寓。老虎机是一项产业，让每家酒吧、夜总会、餐厅、舞厅和俱乐部都能抽成。廉价小酒馆用老虎机的佣金支付房租。海军陆战队俱乐部靠老虎机的收入发行自家的报纸。但这些都成为历史了。

米基清空了宁波人银行里的信托账户，让施密特步行去找杰克，把老虎机的最后一点收益交给他。甚至杰克和米基一度用来运送老虎机营收的可靠旧车帕卡德也被卖掉了。像往常一样，在滞胀面前卖价低得可怜。就藏匿杰克而言，伊芙琳的要价太高了。她说那两万美元都用光了，她需要更多的钱。杰克别无选择。米基把能筹到的钱都交给她。钱不断贬值，因此给出的钞票捆越来越大。

最后，杰克把手里价值两万五千美元的上海电力公司股票兑换成现金，作为"歹土"赌场的基金交给伊芙琳。她微笑着说：别担心，我的朋友杰克，一旦我们的轮盘在忆定盘路上转起来，我就会让你加入进来，到时候我们，你和我，还要回马尼拉去。两万五千美元现在还不算多，葡萄牙人要了一大笔钱，不然他们不肯从澳门的供货商那里把轮盘弄过来。76 号也要抽成，宪兵队和中国地主也是。宪兵队想要收保护费，而伊芙琳的安保人员是一群崇拜希特勒的暴徒，不管怎么看他们都不太可靠。然而，这是杰克最后一次掷骰子的机会了。

现在，伊芙琳又说，也许他们会搬到法租界，雇科西嘉人做保镖。与"小日本"相比，法国巡捕的胃口不算大，并且她跟亲维希派关系紧密。到这时杰克才知道他的两万五千美元去哪儿了。在"邪恶的伊芙琳"甩掉杰克和上海后，这笔钱就会成为她的退休基金。所谓的赌场纯粹是子虚乌有。杰克觉得这就是在画大饼；换成任何别的时候，他都不会跟伊芙琳的任何计划沾上半点关系。然而，现在并不是任何别的时候；现在是最绝望的时候。他意识到自己就像溺水的人，想抓住身边的一切东西，只要它能让自己冒出头来。现在他知道伊芙琳并不是自己的救命稻草，她只不过想榨干自己的钱财，是另一条死胡同。

随后，突然之间，现状也无法再维持了。几个英国婆娘不满这种勒索骗局，向法租界的公董局告发了伊芙琳。于是这份临时事业还没真正开始就已经结束了。伊芙琳因敲诈法租界里最可敬的人士（或是他们的夫人）

而惹火上身，甚至她那神通广大的保护人也平息不了事态。菲律宾和阿根廷男孩被强行赶走，牛郎店也被关闭。"哦，顺便提一下，杰克，我们把你给的藏匿费和其他现金，还有你的轮盘赌投资都花光了。而那些赌台在从澳门运到这里时遇到了些麻烦。"她指望杰克能相信这一派胡言，可他现在已经不在乎了。继续前行吧，再掷一次骰子。

杰克过去也曾跌到谷底，但他一向能东山再起。米基找来了他能够筹到的所有现金，塞进杰克那只值得信赖的、装满钞票的棒球包。在曼哈顿酒吧，他私下把它递给巴贝。她出去闲逛，从克赖顿派来的监视者身边经过。她看起来只是个在傍晚时分一边上街揽客，一边抽美丽牌香烟的妓女。她在伊芙琳那里把包递给杰克，再从他那里带走一包衣物。她告诉他，她在苏州河的另一边，在虹口，为他找到了一个藏身之处。

是时候回到起点了……

《购物新闻》
—"短报"—
1941 年 2 月 25 日　星期一

老实说，上海公共租界工部局警务处还能更无能一些吗？我们觉得它已经无能到了极点。大西路上法伦夜总会的枪战已过去两周，而警务处并未逮捕哪怕一个嫌犯。突袭中，两人死亡，数以百计的人吓破了胆，看似无所畏惧的警务处却只怕不请自来地进入"歹土"这件事会触怒 76 号。在当前紧急状态升级且延长的形势下，难道我们不能至少依靠自己的巡捕来保证行人安全吗？似乎不能。总巡包文自己也无话可说，与此同时，"绅士乔"每晚还在开门营业。

如今公共租界的煤价之高已创了纪录。紧急状态下，有人借物资短缺之机车取暴利，而工部局没有采取任何遏制这种猖獗行为的措施。难道说，我们尊敬的董事中有太多人和大分销商是好哥们儿吗？我们的消息来源称，在我们一边考虑是否要去银行贷款，好从鸿基公司买上哪怕一两块无烟煤的时候，董事们的炉火却烧得正旺。怪不得在需要低头躲避子弹，才能把珍珠押在轮盘赌桌上的情况下，有那么多《购物新闻》的读者选择在"歹土"消磨夜晚。这是因为在"伊文泰"和"阿根廷人"，甚至外墙被子弹打穿一两个小孔的法伦夜总会，可爱的炉火仍在熊熊燃烧。

您可能已经看到，我们尊敬的总董开着辆绿色的防弹 V - 8 卡迪（1928 年的古董车）在公共租界里兜风。他说这辆车之前是艾尔·卡朋的豪华座驾，一位赶时髦的富商特地把它从芝加哥海运过来。人人都喜欢的法警萨姆·提特尔鲍姆说这看起来很像那辆人称"老疤脸"的车，过去常在芝加哥招摇过市，而当时年轻的提特尔鲍姆正好是专门打击暴力犯罪的警察。据提特尔鲍姆说，就算用汤普森冲锋枪或"大红九"从近距离射击，它们射出的子弹也只会蹭掉车漆。希望这一点不会得到实践的检验吧。

为漫长的严冬所苦，对此深感不满吗？按徐家汇天文台的预测，我们即将迎来潮湿多雨的冬天。因此，我们最好未雨绸缪，从惠罗公司买上一件新雨衣。他们承诺说："雨停非我们所能，但我们的雨衣会让你保持全身干爽。"他们的雨衣有远东地区最全的花色和式样。女士雨衣价格为 8.95 美元起。现在正是购买的好时机。持您喜爱的本周《购物新闻》前往，您就会获得八折优惠。

让大家都知道那些劲爆的细节吧。编辑部地址：南京路 233 号 540 房间。电话：上海 - 10695。

40

花园桥上架起路障，还有日本海军的哨兵守卫。此处闲人免进，除非你持有通行证。浜西也是如此。现在每座桥都成了日本人的街垒。如果你能躲过日本人的江上巡逻队和不断扫射的探照灯，倒是可以坐舢板前往更远些的宝山。戈登路和麦根路的交会处本来位于公共租界较远的西北端，现在那里也成了前线，由万国商团中的美国队把守。杰克很幸运，因为那些家伙仍然爱戴他。

3月初，万国商团接管上海租界和日占地区间的分界线。麦根路的公交总站被美国队的沙袋，以及一尊带轮的37毫米口径的大炮完全堵住。如果有必要的话（早晚的事），它可以逼停一辆日本坦克。前线上有更多万国商团的士兵，把来复枪枪口指向对面的日本哨兵；日本人的枪口也指了回来。那些日本军人十分急躁，勾在扳机上的发痒的手指抽搐着。在1937年的那个残酷的冬天，这些有"非洛芄"瘾的士兵曾蹂躏了南京，从那以后他们就长期使用甲基安非他命。

万国商团的士兵端出食物和咖啡款待杰克。杰克把自己存下的来自博罗维卡医生的安非他命药片分给在场的所有人，受到大家欢迎。他们从扁平的小酒瓶里啜饮波旁威士忌，拿 XGRS 电台上莫伊和奇泽姆的言论开玩笑，因为这两个家伙嘲弄了罗斯福签署的《租借法》：把美元送到伦敦去吗？为什么要徒劳地抵抗，从而延长英国人民的痛苦呢？莫伊滔滔不绝地说：丘吉尔有"梅毒"，而罗斯福"精神错乱且愚蠢"；罗斯福还是个"战争贩子"，是"出卖朋友的人"；只有美国钢铁公司和标准石油公司的利润会得到捍卫；"德国的胜利不可阻挡"；"为什么美国人要在上海捍卫大英帝国？放下你的枪，登上你的疏散船只回家乡，找你们的爱人去吧"。不必在意这些，换电台比回美国更容易，你可以收听那些大型乐队的音乐：吉米·多尔西（Jimmy Dorsey）、班尼·古德曼（Benny Goodman）、格伦·米勒（Glenn Mill）……美国歌曲的声音压过亲日的演说声，飘过了苏州河上聚集的破船和舢板。

万国商团的士兵能让人通过铁丝网，穿过苏州河，最终进入虹口；重庆方面的密探、黑市商人、难民则要交买路钱。午夜时分，嘶嘶作响的街灯的功率降低，逐渐暗下来。戈登路巡捕房里只留下不多的骨干人员。防暴组正在等待"接警驰援"电话，也就是会让防暴组在接到电话后马上就穿起制服和靴子，带上武器，在五分钟之内冲出门去的报警电话。海军陆战队第四团的老医院实行灯火管制；过去的上海造币厂现在关门了，因为它造硬币的速度赶不上汇率下跌的速度。拜狙击手所赐，靠近租界边界线的地方完全没有街灯。谁会傻到爬上一架梯子，当着几码外的以射击为乐的狙击手的面，修理它们呢？

　　仍有足够多的人以帮助老朋友杰克、"幸运的杰克"、"塔尔萨的杰克乡巴佬"、讲义气的兄弟、美国同胞和老兵为荣。要永远忠诚！他们安排了一只友好的舢板，只要沿着边界线走下去，走到铁丝网的另一边，走到日本哨兵站着的地方的不远处，就能看到它，且不会有人前来过问。"中头彩的杰克"把手伸进那只可靠的棒球包里，拿些现金给小伙子。伙计们，为老杰克喝一杯，说些祝福的话吧。还有几个铜子儿给舢板上的那个老妇人。她的垃圾船上堆得高高的，都是来自公共租界的粪便。她把它们送到上游做肥料。这舢板臭气熏天，所以江上的巡逻队从来不搜查它。他们过了苏州河，把船划出了探照灯的范围。杰克下了船，翻过广东人墓地的围墙。巡逻队害怕鸦片鬼和鬼火，一向绕着墓地走。

闸北已完全成为不毛之地。人类的肢体散落在墓地里。这里曾遭受轰炸，尸体从脆弱的薄皮棺材里被掀了出来。墓地围墙外，几乎所有能走的人都逃走了。拉莱拖着沉重的步子向东走，穿过废墟走向虹口和沪北越界筑路，走向虬江路，回到"壕沟"，然后……去哪里呢？已经不可能划船出去，因为黄浦江现在几乎完全淤塞了。

他回到了虹口这个所有事情的起点。他曾在这里为萨姆和京吉教训来"维纳斯"捣乱的家伙；他曾在四川北路上的上海大戏院的后部掷骰子，他和乔的盛大传奇也正是从这里开始的。这里现在被战争破坏，但可能会成为一处避难处，为杰克争取思考的时间。

41

　　时值 3 月末。杰克已在虹口乍浦路景林庐中的一间小公寓里蜗居两周。这两周他过得无聊至极；他无事可做，只能花大把时间来反思自己生活中的那些转折点。生活中的一幕幕就像柯达布朗尼方盒相机里吐出的快照。俄克拉荷马州那处肮脏的孤儿院里，喝得醉醺醺的管理员总是把那些小混蛋饿得半死，这样他们就能私吞慈善捐款，用来供自己整晚喝酒、玩双骰儿。七岁时，他逃离孤儿院前去丹佛，在一家妓院里擦铜器，称嫖客为"先生"，把妓女叫作"姐妹"。十年后，他站在美国长江巡逻队"奎洛斯"号的甲板上，这也许是他人生中唯一一段安定下来的时间，当时他的生活井然有序，且他活得颇有归属感。他于 1921 年光荣退役，辗转于美国西海岸港口城市的酒吧之间，每晚都喝得酩酊大醉，睡在廉价小旅馆里时他扪心自问：伙计，接下来该干什么呢？午夜时分，他在塔尔萨肮脏的街道上开夜班出租车。那群混蛋给他提供了一个挣快钱的机会，让他当他们的司机。这可真不是个好决定啊，杰基小子。然后是俄克拉荷马州立监狱里的生活。俄克拉荷马州立监狱就是个由心理极度失常的人和被定罪的性侵者构成的"所多玛"。他早上和棒球队一起走出去，走出大门，逃之夭夭，等着警察的子弹和警犬前来找他。他跳上那艘去旧金山的货船，改头换面成了人称杰克的爱德华·T. 拉莱。他知道，现在只有一个地方能给自己回家一样的感觉，能庇护他却不问任何问题，它就是上海。

一切都已如此久远，而现在……

景林庐公寓由某个俄罗斯女人经营。巴贝之前在虹口时就从她那里租房住；后来巴贝混得好些后就搬到了法租界。这地方几乎被荒弃了，只有几个潦倒的日本妓女和一拨晃来晃去的中国短工。米基派施密特送来最后的现金——一万法币，但已经严重贬值。施密特持德国护照，能穿过日本人的封锁线，进入虹口而不必被宪兵队检查随身物品，因为德国和日本现在是亲密的轴心国伙伴。施密特举起手臂，向希特勒致敬，对方则报以"天皇万岁"。他把钱送给杰克后又赶回去，但这次就没那么幸运了——他发现约翰·克赖顿、萨姆·提特尔鲍姆和"小尼基"正张开怀抱，在花园桥靠近外滩的这边等着他。

* * *

杰克已开始蓄须。根据报纸上曾经的报道，纽约市的黑帮大佬、人称"利普克"的路易斯·布切尔特躲在布鲁克林时这样做过，迪林杰①被胡佛的联邦政府工作人员追上并被枪毙时也蓄了胡须。杰克已经丢掉那套标志性的细条纹西装，现在他身上穿的是卡其布裤子和棕色拉链夹克衫，它们是巴贝从廉价商店里买来的。他已不再是"老虎机之王"、赌场老大或法伦夜总会的赌博经理，而是一位生活规律、晚上睡在虹口的普通上班族。他的衬衫丢了几枚纽扣，断掉的鞋带打成结。他在房东太太处登记时使用了他脑子里想到的第一个名字：劳伦斯·弗兰克。这个名字是巴贝为他想出来的，曾写在他之前法租界公寓的假租约上，而那些年他和娜泽达住在一起。这是他的化名之一，而他有一份长长的假名

①　即约翰·赫伯特·迪林杰（John Herbert Dillinger），1930年代大萧条时期活跃于美国中西部的银行劫匪和美国黑帮分子。——译者注

名单。他从 12 月初起就一直在逃亡，三个半月后，他沦落到口袋里只有一万法币。杰克现在唯一的计划是坐不定期轮船去马尼拉，或是搭葡萄牙人的偷渡船去澳门。但这是空想，因为上海已被围困，码头被封锁了，黄浦江上的中国清淤船已被凿沉。他无路可逃了。

　　家具十分破烂，床垫里住满寄生虫。一天两餐吃的都是肉汤和面包，偶尔会有从乍浦路食摊上买来的日式烤鸡串，它们是由一位在公寓楼外工作的日本女孩替他买来的。她帮他的忙，他付给她报酬。她完全不会讲英语，他只能在深夜喃喃自语。灯泡上落着苍蝇。由于电力供应不稳定，灯每晚只能亮一两个小时，之后他就得用一盏臭烘烘且漏油的旧煤油灯照明。潮湿的墙壁鼓起了包，上面满是日文汉字，还有为狙击手留的射击孔。在外面，月光照亮了灰色的云朵，映衬出俯冲的蝙蝠。中国人说，蝙蝠是吉祥的象征，而"曾经幸运的杰克"急需某种代表幸运的守护神。

42

　　事情发生之前，杰克已经在脑海里推演过它的全过程。有些人为悬赏出卖了他。是谁呢？巴贝？不像。米基？绝不可能。伊芙琳？很可能。一位"拉莱之友"化身犹大？可能性最大。乔？他当然会出卖杰克，但他并不知道杰克的下落。杰克见过的最后一个"拉莱之友"是施密特，而且他敢拿一台老虎机的年收益打赌，是那个德国人开了口——现在是飞鸟各投林的时候了。他知道程序：克赖顿会折磨施密特，直到他崩溃；然后克赖顿会先给提特尔鲍姆打电话，随后拨"上海－15380"，打出一个"接警驰援"电话，叫来那辆红色巡逻车。接着，安在戈登路巡捕房里的一只警铃会响起，防暴组会集合起来接受命令和分给他们的武器，穿上防弹马甲，依序进入巡逻车的后车厢，穿过公共租界赶到花园桥，最后过桥进入虹口。克赖顿会提醒日本宪兵队：公共租界的巡捕要向苏州河浜北进发，他们会提前准备好通行证，以防发生误会。然后……

　　他们会在这条街周围拉起警戒线，包围这栋建筑，堵住乍浦路上的入口和边道，在对面的楼里布置拿点30式手枪和 P－14 型恩菲尔德的狙击手，封锁这片区域。五人突击小队和冲锋部队将会破门而入，队员会戴着锡制头盔，手持金属盾牌。他们的后援将包括狙击手、十四人的来复枪小队、更多的大卡车（车里有几十位从狄思威路捕房调来的工部局警务处华捕，都配备了警棍）。如果你打算跳窗而逃，或跑上房顶，突击小队就会让狙击手给你来一枪。但如果让他们走上台阶接近你，他们就会向你的肚子开枪，成就教科书般的警方抓捕行动。如果天色逐渐暗下来，他们就会拿来强光灯，收紧警戒线，让狙击手再靠前一点。来复枪手随后将戴上面具，把催泪瓦斯和臭气弹高高扔进来，然后将子弹射进烟雾中的一切。

　　他听到巡逻车的隆隆声，于是蹲伏下来，从窗户向外面的乍浦路望去。他看到防暴组从车后跳出来。巡捕穿着防弹马甲，紧贴身体斜挎着来复枪，戴着防护用锡制头盔，表情冷酷而坚定。来复枪手进入对面的建筑物。一分钟内，他看见他们出现在马路对面的屋顶上。

他听到警靴齐步行进的声音，那是一队穿油布雨衣的华捕手持警棍从街道两端逼近。然后他看到临时路障被拉回去，警务处的那辆黑色纳什车停在巡逻车旁边。克赖顿、"小尼基"和提特尔鲍姆坐在车里。克赖顿向防暴组的负责人做了个手势，"小尼基"和提特尔鲍姆绕到纳什车的后备厢，从里面拿出猎枪开始装弹。他们分秒必争。

催泪瓦斯滚进来，杰克从墙上的一个洞离开房间。这个洞被一扇屏风遮住，另一头是25号公寓房间。那个女孩正在房里，全身僵硬，吓得说不出话来，只能无声地抽泣。提特尔鲍姆拿着喇叭躲在装甲车后面，让杰克放弃抵抗。杰克能听到克赖顿和"小尼基"正大喊大叫，下达命令，协调拿盾牌的冲锋队。妈的，他们甚至带来了几个日本宪兵。他知道如果他们决定加码的话，接下来他就要面对手榴弹和随机射击。

杰克钻到金属床架下。他并不是在躲藏，只是想着如果他们一边开火一边冲进来的话，自己能有个机会。那个日本女孩蜷在角落里，双手抱头呜咽着。杰克感觉很不好：这不是她惹的麻烦，但现在被搅了进来。有些事情有必要考虑进去：那些狙击手当然喜欢试试手，而包文曾命令军械员改造每一支由工部局警务处配发的枪，这样军官就不能拉上保险栓，别人也不会发现他们动作迟缓。

提特尔鲍姆走上台阶，去敲 24 号的房门，大声地让杰克投降。约翰·克赖顿跟在他后面，米黄色的雨衣在他身后起伏，就像披风一样。"小尼基"也跟着约翰，扛着一架看似有他自己一半重的滑膛霰弹枪。台阶上越来越拥挤。他能听到他们互相叫喊的声音。他能听见他们已拿到他的棒球包，找到了最后一笔钱。杰克躺在床下等待。那位法警从墙洞那头钻过来，带着温彻斯特泵动霰弹枪，把枪口放低。克赖顿紧随其后，还拖着"小尼基"。可能那个女孩向床打了个手势，也可能除了床下，没有其他可供藏身的地方，总之，提特尔鲍姆把枪口指向床架下面，示意杰克从那里出来。

我不会束手就擒，杰克想，我会抓住机会。上海对他来说是最有可能碰上第二次良机的城市。总是有机会能让他再挺一天，再赢一轮……但今天显然没有了。杰克从床下挣扎着爬出来，棕色的裤子和拉链夹克套在睡衣上。他穿着植鞣皮布洛克鞋，但没穿袜子。他以塔尔萨人的方式咧嘴笑，向那法警露出被烟染黑的牙齿，向提特尔鲍姆后面的约翰·克赖顿点了点头。一切本不应该以这种方式结束，但事情其实并没有真正结束。

提特尔鲍姆用温彻斯特霰弹枪重击杰克的肚子。杰克站不住，跪了下来。对方把枪撤回，想来个爆头，但被克赖顿制止。这不是我们办事的方式。这位警务处人士用手铐铐住杰克，让他趴在地上，搜走了他口袋里仅存的日元。提特尔鲍姆和克赖顿一左一右地抓住杰克·拉莱的手臂，押着他走出景林庐。提特尔鲍姆这个人永远不会错过媒体采访，他已经让那些摄影师排成一行来拍摄他们从楼里走出来的这段路。克赖顿已经把雨衣扣紧，戴上帽子，没有在意记者。提特尔鲍姆把自己的帽子递给杰克，允许后者挡住脸，避开闪光灯，从而保证摄影师能把自己这位英勇的法警拍个够。到达马路边上后，他们退后一步，让两位缠着黄褐色头巾的大块头印捕把杰克·拉莱粗暴地塞进巡逻车。在车里他将挨一顿正义的暴打，他给防暴组制造了很多烦恼，而这是对他的惩罚。巡逻车的车厢门一下子就关上了。

43

　　只有在上海才能见到这样一支队伍：工部局警务处的警车车铃叮叮当当作响，前面还有克赖顿的深黑色纳什开路。当天是 1941 年 3 月 29 日，他们正把上海的头号公敌送去法庭。杰克·拉莱戴着手铐和脚镣坐在巡逻车上。车外，警卫骑着摩托车，汤普森枪手坐在摩托车的后座上，他们也要一起押送拉莱。杰克头天曾被锡克管理员打了一顿，伤口仍在流血。他穿着棕色工人裤和拉链夹克，但胡子不翼而飞——他们强迫他刮掉胡子，钝刮胡刀给他的上唇留下了严重的创伤。防暴组正在法庭外执勤，华捕用警棍把人群推回去。拉莱被身高六英尺的印捕押进来。一位汤普森枪手在巡逻车的车顶上扫视人群，以防有"拉莱之友"尝试帮其脱逃。

　　杰克回到美国在华法院受审，面临十七项赌博相关指控，但他们不能把法伦夜总会的枪击案归在他头上，这真是出人意料。施密特在打在头顶的上海黄页电话簿的压力之下，吐露了杰克的下落，但他没有谈及对法伦夜总会的袭击，因为他本人也是主犯之一。其他人也不会供出这事。罪名成立。现在大家都知道，这次联邦政府工作人员不能把从法伦夜总会采集的有酸液腐蚀痕迹的不完整指纹，与杰克留在海军档案里的指纹匹配在一起。法庭可以就赌博的罪行给他判刑，但现在该就杰克·拉莱在俄克拉荷马州立监狱的刑期算笔总账了。

　　法官正式判处杰克十八个月的刑期——每项指控算一个月，另有额外的三十天算是赠品。时间不算长。杰克的律师接受了判决——杰克会老老实实服刑，不会再从杨浦的华德路监狱上诉。但希尔米克法官说不行，犯人要在美国本土服刑。希尔米克是在报复杰克，报复他过去的哗众取宠、伪造的国籍以及那五万法币保释金的花招。他将在麦克尼尔岛①服刑，而且法官坚称他还要接着服他未服完的麦卡莱斯特的刑期。可以肯定的是，十八个月后，俄克拉荷马州立监狱的看守会搭乘渡轮，穿越普吉特海湾（Puget Sound），等在麦克尼尔监狱的

——————————

①　华盛顿州的麦克尼尔岛（McNeil Island）是美国联邦重罪监狱所在地。——译者注

大门口，要求麦克尼尔归还他们的犯人。联邦法官、受人尊敬的米尔顿·J. 希尔米克微笑着宣布了判决结果。"很不幸，你不能把自己的聪明才智和天分用于更合法的追求了，贝克尔先生。"

杰克并不在意他。他的目光溜向旁听席，那里坐着他的余党——巴贝、米基、一两位"拉莱之友"……还有乔，他戴着角制镜架的眼镜，和往常一样衣冠楚楚。在希尔米克没完没了地讲什么好与坏、对与错的时候，他们用眼神交流。杰克对乔咧嘴笑，但乔只是盯着他看，装作不认识他，然后向门口走去。

44

美国总统轮船有限公司（American President Line）
的"克利夫兰总统"号（*SS President Cleveland*）拔锚
起航，从外滩顺江而下，驶上归国的航线。船上乘客都
是从"孤岛"疏散回国的美国人。能离开华德路监狱，
杰克很开心。现在距离他上次蹲监狱已过去了二十年。

华德路监狱是"上海的巴士底狱"，是世界上为特
殊目的建造的最大监狱，里面挤着一千个罪犯，由凶狠
的白俄和锡克人看管。拉莱的囚室距死刑室只有咫尺之
遥，从死刑室的绞索里放下来的人会直接被送进监狱的
太平间。入狱时，犯人被收走领带、衣领、鞋带、背
带、皮带和剃刀，然后被扔进一间六十平方英尺的囚
室，里面只有一把木长椅、一块两英寸厚的床垫、一张
符合规定的毯子、一块固定在墙上被当作桌子的木板、
一只钉在地板上的小凳和一个日日夜夜都在散发臭气的
便壶（英国人叫它洗手间）。食物难以下咽，你甚至分

不出喝进嘴里的到底是咖啡、茶，还是可可。如果惹了麻烦，有禁闭室等着你，里面的"橡胶墙纸"可以让看守把你像球一样打着玩儿，让你在墙上弹来弹去。下午五点锁门，八点熄灯，早上六点起床。经允许，犯人每周可以从图书馆借一本书和一本有插图的杂志；每天可以进行半小时户外运动，但放风过程中必须保持沉默；每周可以洗一次温水澡。监狱奉行英国传统，这意味着你每天能喝一品脱啤酒，杰克把他的那份让给"数进宫"的老惯犯们喝。

杰克在华德路没待几天，但吃了不少苦头，直到米基前来打点一番，博罗维卡医生又通过一位圆滑的看守送来安非他命药片后才好过一点。"拉莱之友"送来成包的黑猫牌香烟，杰克可以用它们在狱里交换东西。巴贝送来炸鸡和咸牛肉马铃薯泥。伊芙琳送来一张纸条，说她很抱歉他们的生意没成。杰克诅咒自己与她的相识——当年在马尼拉时他就该走开不管，让老帕科弄死她。

现在，杰克·拉莱上了船，躺在头等舱室的铺位上（船上只有头等舱室有安全门和铁床）。他现在是"克利夫兰总统"号上的知名乘客了。刚刚他是坐着约翰·克赖顿的纳什车被送到码头的。他的手铐被除下，但他的脚踝上仍套着铁镣，脚镣的另一头连着床。一位工部局警务处的侦缉巡长负责监视他。这次他在旅客名单上登记的姓名是法尼·艾伯特·贝克尔。他将在美国司法部的关照下回国。这艘船将在神户停下，接上两百位被遣返回国的美国传教士，然后将直达旧金山的港口。很久了，杰克，你离开旧金山内河码头的那间公寓已经很久了。

这是第二十艘送美国公民离开中国的疏散船，上面载着坚持到最后的人，包括死硬的福音传教士、美国工厂的经理和老中国通。老中国通们在"中央帝国"已经住了好几十年，现在却不得不依依不舍地离开。那些一如既往地拒绝离开的坚定传教士在码头列队，唱着《直到我们再见之前，上帝会与你同在》。这是"克利夫兰总统"号最后一次载客航行，之后它将被美国海军征用。麻烦正在太平洋上酝酿。

4月24日，船在美国本土靠岸，州里的警察在岸上迎接。杰克把头发用头油捋顺，刮了脸，穿着衬衫和西装，打着领带，准备好面对媒体。他已做好服刑准备。他终是无法逃脱恢恢法网。他很想知道这张网还能罩住谁。之前在上海码头，约翰·克赖顿和杰克·拉莱曾在一起待了一分钟，这对老对头之间有一种不愿宣之于口的惺惺相惜。克赖顿说杰克之前做得真不赖，那些海军陆战队第四团的士兵和"歹土"上的富豪赌客会想念他的。杰克则告诉对方，有些人会想念，但也有些人不会，他知道有个家伙尤其乐于看到他启航。然后杰克·拉莱说，看在旧日的情分上，自己会告诉克赖顿最后一个关于上海的传说，算是一份饯别礼。克赖顿表示怀疑；但杰克直直地盯着他的眼睛，说如果他不相信，可以去问问艾伯特·罗森鲍姆，此人知道所有的前因后果。"而且如果你对此感兴趣，为什么不再去跟乔谈谈呢？让他别再怨恨我了。"杰克交给约翰·克赖顿一个黑皮小本子，在他肩膀上拍了一下，然后走下跳板。就这样，杰克告别了上海。

1941 年夏，热浪席卷了城市。一百年来，扬子鳄第一次来到上海。它们在夜里灵活地顺流而下，在泥滩里安家，因为黄浦江已淤塞，无法疏浚。据说它们慢慢眨动的黑眼睛和日本人很像。人们说它们会抓老鼠，会抢夺退潮时留在海边的弃婴，会吃掉猫狗和自杀者发胀的尸体，然后滑回泥滩，等待夜幕降临。人们从水面上只能看到这些爬行动物鼻子里冒出的气泡和眼睛里反射的光芒。其实没人见过扬子鳄，但它们的故事传遍上海的华界和租界。人们因丢失的宠物而谴责它们，还怀疑它们拖走了在海边搜寻宝物的清理沟渠的小孩。人们相信就是它们把运粪肥的舢板弄翻，把船上的人吞进肚子。

据说如果你在清晨沿着外滩去水边，就可以听到它们令人焦躁的咆哮声，那是它们在交配或生出完全成形的后代。它们试图上岸，进入城市的街道游荡，你可以听见它们的爪子在外滩的石堤边缘抓来抓去。据说在上海，它们是死亡的预兆，它们正

向城市蜂拥而来，因为它们知道这里是猎物颇丰的
猎场。

　　人们如此确信着……

45

　　乔的生意在走下坡路，但他还在勉力维持经营。1941年7月，天气炎热，法伦夜总会里非常潮湿：他们试着打开空调，但发生了短路，导致它未能运行。暴风雨来袭时，腐烂的木屋顶开始漏水。苦力爬上屋顶，用钉子把防水布固定在漏洞上。今晚，上海的炎热终于被一场席卷东海的台风挟来的暴雨驱散。暴雨凶猛地下个不停，把"歹土"和阴沟里的东西都冲了出来，到处弥漫着屎尿的恶臭。台风雨带来蚊子，人们的胳膊、腿、脚踝和脖子上出现了被挠红破皮的肿包。在开门营业之前，乔和留下来看场子的小伙子们挤在桌边，身边是他们精心布置的用来接雨水的桶。谁还会光临呢？还有谁会留在上海呢？宵禁时间很长，要到凌晨四点才结束。如果没有通行证，没人能通过沪西越界筑路上的封锁线。天黑下来后，黄包车和脚踏三轮车就停止工作，因为夜里实在是太危险了。

一度充满异国情调和诱惑的"歹土"上只剩下了恐惧和危险。从 3 月起，工部局警务处持续扫荡"歹土"的边缘，步步逼近。乔别无选择，只好做出停止经营轮盘赌、百家乐、纸牌和骰子游戏的决定。现在他只剩下乐队和歌舞表演了。尽管在工部局警务处眼里，他是个合法商人，但宪兵队和 76 号仍然来收税。他的收入每况愈下。

宪兵队和 76 号一手缔造了"歹土"，现在又打算摧毁它。海格路上的花会赌摊已付不出大笔税款。毒品供应被一再削减，毒品中的士的宁和泡打粉却越掺越多。在过去几个月里，医生害怕进入该地区，一直没人去海格路外的穷街陋巷检查妓女的身体状况，因此只有最穷困潦倒的人才会在现在这个时候找上她们。大家躲开"歹土"，因为它现在只是一处巨大的夜生活贫民窟。眼下去公共租界以西太危险了，连警务处副处长也在地丰路被枪杀。

成为攻击目标的不仅是警方。乔的竞争对手，一位赌场经营者在广东路被人开枪击中后脑，案发处就在外滩这个体面的地方。另一位赌场老板在大街上被绑架，绑匪切下他的手指，连同一封勒索信一起寄给他的家人。这两件事都让乔感到风声鹤唳。仙乐斯的夜总会被含磷和汽油的燃烧弹炸开了花。百乐门的一位伴舞女郎消失了，随后人们在苏州河里找到了她。她仍穿着蓝色的缎裙，但两块肩胛骨之间插着一把刀。法伦夜总会的安保级别已提到最高。

乔和小伙子们发现要保持冷静比之前更难，而且乔看起来越来越不修边幅。俄罗斯流亡者爱抽的手卷帕皮鲁斯基①香烟（卷得越来越松）加剧了他的频繁干咳。他上了年纪，脸颊和下颚上的肉松弛了，还有了将军肚。1929 年大华饭店里的那个青年，那个曾在巴达维亚、横滨、新加坡一路跳舞，最后回到上海的男人，那个曾在舞池里指导玛丽·碧克馥并将内莉抱在怀中的风流人物已一去不复返。他的牙齿很痛，但在上海，你现在已找不到一位有医德的、不只是贪图钱财的正派牙医。这个夏天，很多人都得了眼部或耳部感染，因为水龙头里的水被污染了。他睡不着觉，小解时觉得下面火烧火燎的。博罗维卡医生对此也束手无策，没法减轻这

---

① 帕皮鲁斯基（papyruski）是上海当时一种非常便宜和劣质的香烟。由一根中空的厚纸纸管和一根薄纸纸管组成，薄纸纸管里裹着烟草，厚纸纸管起一次性烟嘴的作用。

种疼痛。

曾几何时，人人都认识他。他曾是个大亨，有专用的司机、女佣、厨师、裁缝、保镖、鞋匠、印刷工和屠夫。全城的酒保都知道他爱喝什么。在他走进门的那一刻，斯滕格斯已放在吧台上。侍者知道他的口味：炸肉排，少放酱汁，或是直接上火腿蛋。理发师知道他的风格：头发在后面高高梳起。他们用锋利的剃刀为他刮脸，再抹上桂油香水。他在"小俄罗斯"修剪指甲。

水质太硬，使看场子的小伙子们头发根根竖起，就像刚遭受电击一样。现在他们需要大量润发油和成桶的发蜡才能把头发捋顺。他们得了红眼病、香港脚，全身上下都他妈痒得要命，擤出的稠鼻涕里都带着煤灰，痰则黏得像焦油。裁缝店因缺少布料而关门了，他们的西服和衬衫开始磨损。他们的鞋子掉了底儿，后跟破破烂烂的。他们围着一台短波收音机听战地新闻，然而只能听到本地电台亲轴心国的狗屎言论，同盟国的 XHMA 电台已永久停播。英国广播公司东方分部的信号经常受阻。莫伊和奇泽姆的激昂演说展现出胜利者的风范，无人敢于质疑他们。

电力供应不稳定，于是法伦夜总会的霓虹灯嘶嘶作响，还发出咔嗒声。屋内灯光暗淡，电流有时中断，有时又特别大，导致保险丝爆开。由于限电，灯泡的功率只有五到十瓦，现在法伦夜总会的侍者只能借着烛光为食客送上精简后的菜单。乔仍然坚决拒缴不断提高的税款。那些贪婪的秃鹫想从"歹土"上"头号犹太人"的生意中寻觅食物，但现在，即使他愿意向他们低头，也无法筹集足够多的现金。他们正在享用的那具肉体中，只有少量生命之血还在流淌。死亡到来只是时间问题。

如果可以的话，他们都会离开的……但是去哪里呢？没有护照，没有出境签证，不知道能从哪里离开，也不知道目的地在哪里。纳粹盘踞在维也纳，奥地利现在已被德国吞并，没有犹太人的立足之地。事实是，上海就是他的一切。乔现在全无办法，只有一个选择：留在原地。

* * *

约翰·克赖顿从 3 月起就一直很忙。上海的任何一个故事到最后都会发生转折，且总是会有未完成的工作。把这些都整理并解决好需要时间。抓捕罪犯的巧妙计划也需要时间来制订。杰克的小黑本真是令人难以置信的宝库，黑色皮革封面下的内页上写满了杰克在法伦夜总会借出每个筹码的对象、时间和细节，还记载了每笔借款、放贷和预交款，以及每笔债务，包括未付款的筹码和每位逃债者的名字。想知道法伦夜总会最大一笔坏账是谁欠下的吗？是法警萨姆·提特尔鲍姆。还有件事堪称"锦上添花"：此人曾主动提出用没收来的枪支和弹药抵债，而他本该把这批枪支和弹药锁好，等待警务处最后做出报废的确认。这批枪支和弹药把上海的罪犯和被杀害的警务处人员联系在了一起。每个"歹土"上的暴徒都有可能得到它们。

46

　　克赖顿约见乔·法伦，见面时手里拿着那个黑本。乔很高兴能给提特尔鲍姆上点眼药，于是确认了那些债务，然后给艾伯特·罗森鲍姆打电话，让后者跟克赖顿谈谈。好吧，杰克一度胡作非为，但现在已离开了，而提特尔鲍姆的确是欠债不还的混蛋。更重要的是，让提特尔鲍姆沾一身臊不会对乔或之前辛迪加的小伙子有任何坏处。实际上，这件事将成为美国驻上海司法部门所有该死的风暴的源头。

　　罗森鲍姆建议克赖顿去四处打听一下。提特尔鲍姆在全城都欠下了巨额债务。在美国乡村总会的扑克牌桌上他欠了一千；而在汇中饭店，仅餐费和房费两项他就欠了四千。他还欠许多现已倒闭的"歹土"赌场钱，比如"亚利桑那"、"阿根廷人"、"阿里巴巴"、托尼·佩佩托的"37427"和博瑟罗的"银宫"。在维金斯基的"栀子花"关门时，提特尔鲍姆仍有一大沓账单未付清。他在汉迪·兰迪酒吧和杰克逊·马酒馆还有更多筹码未偿付。该死，他到处都欠了钱！卡洛斯·加西亚私下向克赖顿确认，提特尔鲍姆曾在逸园的同注分彩①中输得一塌糊涂。上述赌场有一半都收到了用来抵债的非法武器，它们是从犯罪分子手里或在突击查抄中没收而来的，大家本以为它们已被报废、销毁。罗森鲍姆称，这呆瓜甚至喜欢上了花会，在百乐门附近巷子里的赌窟那儿都快信用透支了。

　　还没到 8 月，针对提特尔鲍姆的行动方案就制订好了。罗森鲍姆告诉提特尔鲍姆，他在法伦夜总会欠下的债务还未偿清，乔要求他还债，否则就要去跟克赖顿谈谈。提特尔鲍姆再次提出要以枪支和弹药还账。罗森鲍姆说自己会在法租界雷上达路那个藏匿处安排一次会面，把提特尔鲍姆介绍给一位 76 号的军官。提特尔鲍姆跟 76 号的那个人达成交易，把枪支卖了四千四百美元，弹药又卖了三千五百美元，货款是以百元美钞支付的。罗森鲍姆让他把钱存进银行，

---

　　①　一种源自法国的下注方式，即把所有特定类型的赌注都放在同一个彩池中，结算时胜者按下注金额分掉彩池中的余额。

再为还款出售更多的非法枪支。然后罗森鲍姆找 76
号帮忙，76 号派了一个听话的流氓去工部局警务处给
几支枪做登记。一个 76 号的暴徒竟然来登记枪支，
这真是前所未闻！克赖顿正等着计划进行到这一步。
在他的监视下，军械员在档案里检索枪支的序列号，
然后……找到了！这些枪曾在上海的法警署登记，据
称已被销毁。

曾几何时，这位大摇大摆的法警兼全城第一大嘴巴
提特尔鲍姆和杰克·拉莱的老虎机一样狡诈。真没想到
他会被逮捕，被录指纹，然后被移交给美国在华法院。
法院要求他交五千美元的保释金，但没人愿帮他出这个
钱。工部局警务处的巡逻车载着萨姆，向东开到杨浦，
来到华德路监狱。经历了称体重、量身高、检查身体、
录指纹、全身搜查、拍照片等流程后，提特尔鲍姆最后
被分配到杰克·拉莱那间最近才空出来的囚室里。这位
不光彩的法警将在这里等候审判。但事情的走向变得越
来越古怪。

* * *

两个月后的 1941 年 10 月 11 日，副巡约翰·克
赖顿向美国在华法院——列出对前法警塞缪尔·提

特尔鲍姆①不利的证据，包括债务记录，从这位法警的保险箱里找到的丢失的枪和军火，由罗森鲍姆牵线的向76号的特务出售枪支的交易，以及提特尔鲍姆在美国国民城市银行（National City Bank）里精确到美分的账户流水。萨姆意识到自己被罗森鲍姆和乔耍了。他们想要的从来不是枪；他们只是想要所有能指向提特尔鲍姆账户的书面证据。甚至在法警办公室里干活的中国孩子也站在了证人席上，因为提特尔鲍姆曾派他去帮自己存钱。这真是个坏消息，使公众大感尴尬。这位曾拿下了杰克·拉莱的人竟然和他的死敌一样狡诈。

但萨姆·提特尔鲍姆到底是谁？克赖顿在华德路监狱采集到的指纹和美国法院档案里提特尔鲍姆的指纹并不匹配。克赖顿通过"小尼基"再次向华盛顿特区的联邦政府工作人员求助，发现根本没有塞缪尔·提特尔鲍姆这个人，至少在芝加哥警察局里从未有过。此人自称曾在芝加哥或西雅图的大型报社工作，该说法也是一派胡言。明摆着的，提特尔鲍姆在司法部的申请表上冒用了别人的指纹。克赖顿查阅提特尔鲍姆留在华德路监

---

　①　即萨姆·提特尔鲍姆。——译者注

狱的体检档案，发现上面记载着此人身上有条七英寸长的疤痕，臀部和足部各有一处枪伤，而被任命为法警时他并未提及其中任何一处。

星期六那天，法庭里挤满了人，这次的审判对象是提特尔鲍姆。他面临十二项贪污指控，包括挪用六支柯尔特左轮手枪和一千五百发该手枪的子弹。希尔米克法官不在城里；罗斯福总统亲自指派了娄敦（Nelson Lurton）作为法庭的特别法官。地区检察官的特别助理查理·理查森曾帮提特尔鲍姆的申请走了特殊处理通道，还一直支持此人。案发后他受到媒体严厉谴责，于是没怎么露面。

娄敦非常严厉，他宣布这位自称萨姆·提特尔鲍姆的人确实是美国公民，尽管无法确认其身份，但此人必须服从法庭裁决。基于所有指控，他判处提特尔鲍姆两年监禁；此外因其捏造了身份，另判五年徒刑。他直视这位前法警的眼睛："你使自己的名誉蒙羞，使你的祖国的尊严受损，背叛了一度推崇你的人，还使自己蒙受屈辱。"被告一言不发，并不为自己辩护。但好戏都是要压轴的：提特尔鲍姆被指定在麦克尼尔岛的监狱服刑。这座监狱位于普吉特海湾，某位名叫法尼·艾伯特·贝克尔的人现在就住在那里。

约翰·克赖顿把全程不发一言的萨姆·提特尔鲍姆带下楼,带上巡逻车,送回华德路监狱。记者在外面的大街上互相推挤好争抢有利位置,场面之盛只有3月里拉莱那场审判可以媲美,而当时的提特尔鲍姆仍然佩戴着警徽,还向着照相机微笑。在车厢里,两人分享了一支香烟。汽车向东开往华德路。约翰·克赖顿问:"你他妈的到底是谁,萨姆?"

这个被定了罪的囚犯把烟蒂扔在红色巡逻车的地板上,踩灭烟头,然后坐直身体看着车顶,一言不发。

47

11月，法伦夜总会成为"歹土"上唯一还开门营业的大型娱乐场所，成为绝望、贫穷和孤独的前哨。音乐一如既往地十分刺耳，爵士乐仍然狂热，但演出都停止了。哈特内尔夫妇在确保自己能顺利到达美国中西部后，便乘坐疏散船离开了。迈克和他的"音乐大师"乘上了最后一艘匆匆驶向旧金山的美国疏散船。那支菲律宾乐队倒是想留下来，但纯粹是看在报酬提高的分上。此外，只有无国籍的"娜塔莎"留了下来，她们浓妆艳抹的脸仍然像旺季的黑莓一样随处可见。"歹土"上还到处都是同样满怀希望的年轻男子，包括无国籍的白俄流亡者和纳粹欧洲来的犹太难民。他们瘦削的身体上套着米黄色西装，但这些西装只有从一段距离外、在柔和的光线下或是在晚上看起来才是整洁的。他们白天睡觉，夜幕降临后才出来活动。他们围在舞池边，聚在桌子旁，在舞蹈和性事中忘记自己的悲惨遭遇，假装肚内还有食物。所有人都渴盼有人能在灯光亮起前把他们带回家。除了大批持枪劫匪、黑吃黑的罪犯、小型帮会的成员、擅离职守的海军陆战队士兵、三流小贼和骗子，没人留在城里。现在大家没钱玩轮盘赌了，轮盘最后一次在"歹土"上转动，赌注最后一次被放在赌台上。

然而，法伦夜总会里的人也许还算幸运。1941年冬，上海公共租界工部局从租界里收走了两万九千具尸体，其中既有华人，也有外侨。他们死于寒冷、饥饿、肺结核或吸毒过量。自杀率飙升：不想成为负担的老人直接躺在冰冷的小巷里，睡过去就再也没有醒来；看不到未来的年轻女子跳进黄浦江；无法维持生计的家庭把新生婴儿留在教堂前的台阶上，然而在被救起之前，他们就已死亡了。这些人都长眠在城外穷人埋骨的乱葬岗，没有墓碑，很快就被遗忘。年底之前，上海这个通商口岸的租界也迎来了末日。

* * *

从珍珠港传来坏消息。1941年12月8日，《字林西报》把黑体的"战争"一词放在头版。日军偷袭夏威夷；几小时后，日本人就杀进公共租界。他们发现除兼职的万国商团士兵外，公共租界无人防守，而万国商团的士兵一枪未放就被解除武装。在成为通商口岸九十九年后，上海终于陷落，它的百年纪念日近在咫尺，却又远在天边。日本海军特种登陆部队俘获了停泊在黄浦江上的美国炮舰"威克"号（*USS Wake*），舰长没来得及提前把船沉入江底。而英国炮舰"海燕"号（*HMS Peterel*）作为皇家海军驻华中队的骄傲，则成功做到了在被"日本鬼子"强占之前沉入江中。"歹土"被遗弃。现在该做什么呢？打开俱乐部的大门，坐下，吸烟，等待。于是，乔·法伦坐了下来，边吸烟边等待。现在一切都变了，"孤岛"不复存在。宪兵队控制了全城，工部局警务处被解除武装。现在，所有的仇恨、坏账和宿怨都要按东京政府的喜好来解决了。

乔知道他们会来找他。无论是宪兵队还是 76 号都不会饶过他曾经的反抗行为。他清楚他们会把自己带到哪儿去。那个地方在"歹土"之外，在公共租界的东面——沿着现在已被遗弃的外滩走，过了苏州河，进入虹口区。宪兵队把四川北路上那座不起眼的奶油色建筑物改成了他们自己的私刑地——大桥集中营。这里曾是公寓楼，于 1937 年被打了隔断，改建成肮脏的临时监狱、牢房和审问室。它们是为那些胆敢违反日本特高课的规矩的人准备的。人们试着忽略那些传言和尖叫声，忽略里面发生的真实事件。

终于，12 月 12 日那天，他们来找他了。

48

　　低瓦数的灯泡发出暗淡的光，在这样的光线下不可能分得清日夜。窗户被木板封死，所以乔甚至不知道自己是在一楼还是楼上。大概是楼上吧，他想。是二楼还是三楼呢？他记起曾被人拖上楼，经过了一张皇帝的骑马肖像，那是一个瘦弱的戴眼镜的男人。在路上，乔就在卡车车斗里被他们打了一顿。当一个宪兵队的暴徒用穿着靴子的脚踢他时，他把眼镜弄丢了。

　　他们抓住他，把他从自己的夜总会里拖出来。一队水兵用刺刀指着负责安保的小伙子，不让他们上前。他躺在敞开的卡车车斗里，看着天上的星星，同时卡车沿着大西路加速行驶，从"歹土"进入法租界，又沿着福煦路一路下行。路边的悬铃树一晃而过——为了让它们熬过冬天，它们的枝叶被修剪掉了，看起来就像上了年纪的职业拳击手肿胀的指关节。卡车转入爱多亚路，这些街道的柏油碎石路面反射出金属般的光泽。店铺在夜间上了铁格栅，大门锁得紧紧的，供电不足的街灯散发出微弱的光晕。乔·法伦的脸在寒风中冻僵了。刚才他们猛击他的睾丸，当时他吐出的污物还挂在下巴上。

老城区散发出花生油、樟脑和苦咸水的刺鼻气味。本地小贩喊叫着四散，让这辆军车通过。车经过外滩时，他被江水的气味包围，一艘轮船的汽笛发出凄清的鸣叫。卡车穿过花园桥时，金属格栅隆隆作响，蓝绿色的火星飞了出来。卡车左转进入北苏州路，经过百老汇大厦。这座建筑物现在是日本陆军联络部总部，所有的外侨都被驱逐出去。卡车沿河边开，经过那些泊在桥边的、挂着小红灯的舢板。最后，卡车右转开上四川北路，向那座高大的奶油色现代建筑，即大桥集中营驶去。遭到五花大绑的乔·法伦被押下卡车。他近乎半瞎，还流着血。他吸进上海夜晚的空气。自1929年起，他就视这座城市为自己的家园，而这是他最后一次吸入这里的新鲜空气。

他们拿走他身上所有的东西：玫瑰金戒指、内莉在他们进入逸园舞厅的当晚送他的铂金打火机、银领带夹、看场子的小伙子们在法伦夜总会开门营业后送的一对袖扣（做成了轮盘赌弹珠的形状）。他的鞋袜、夹克衫、领带、大衣都被脱下来了。他们只允许他穿一条腿的膝盖处已被磨破的西装裤、棉衬衫和马甲。他们没收了他的皮带，搜查并掏空了他的衣服口袋。他们没费心去录他的指纹。

他觉得很冷。他受伤的眼睛肿胀得太厉害，让他看不清东西，但他觉得房间里还有其他人。他能听到他们在呻吟，听到有人在讲英语，有人含糊不清地说上海话，有人用日语大喊大叫。他能听见女人的尖叫声从下方的地下室传来。很快他们就来找他了，虐待开始了。他们剥下他的衣服，让他身上只剩下内衣，然后开始打他。他被拳打脚踢，被扇耳光。他们用香烟烫他赤裸的胸膛和大腿，他听到腿上的汗毛被烧得咝咝响。他们找来更多香烟，塞进他的鼻子，从尾部点燃它们。他尖叫起来。他不在乎让他们知道自己有多痛苦，因为他知道无论怎样他们都不会住手。

这些人越来越过分。他们用电线把某种金属板和一块电池连在一起，然后把板子放在他的大腿、手臂和胸上。当板子被放到他的睾丸上时，他尖叫的声音比他自己以为的还要大。他失去知觉，他们把他扔回牢房，和其他呻吟的人关在一起。其他人被定期带出去。他听到了他们的悲叹和恳求。每次他都要感谢上帝：还好这次他们带的不是自己。但他也知道他们肯定会再来找他。

他们果然来了。他又被打了一顿，且在他身上烧出咝咝声的香烟比上次要多。他们这次把注意力转移到他的下体。这种疼痛比打耳光、比博罗维卡医生的某种庸医治疗方式还要疼。他们再次给金属板通电，戳向他的肾部、脾脏和睾丸。他昏了过去。他们在他的脸上泼散发臭气的水，掴他耳光，让他醒过来。接下来是更多电击和点燃的香烟。他感谢上帝，因为他又昏了过去。

他们从没把他带进真正的审讯室。特高课没有问题要问乔·法伦，他没有他们想知道的秘密。他只是曾经冒犯他们，拒绝与他们合作，拒绝缴纳他们要求的税款，因此他们恨他。这一切不过是报复。

最后，他被迫仰躺在一条木凳上，头从凳子的一端垂下，脖子向后被拉紧。一个很胖的日本人跨坐在他身上，防止他移动身体。另一人绑住了他的脚踝，因为他们怕他踢人。他们把枪托捅进他嘴里，捣碎他的牙，又捅进他的喉咙使他窒息。他们把一根原木垫在他脖子下，迫使他的头进一步向后仰，然后把枪拿出来，在他脸上蒙一块湿毛巾，盖住他的口鼻。当他还在为喉咙的疼痛和枪托油的酸味干呕时，一个士兵突然把水倒到湿毛巾上，于是水涌进他的鼻腔和口腔，他几乎在那条脏毛巾里淹死。他感到心脏快要爆开了，头也痛到不行。他努力把水吞下，一直到再也喝不下去；他们却笑着倒了更多水。最后他昏倒了，他们把他翻过来，让他侧躺着，然后离开了。

回到牢房后，他的胃仍然在胀痛。他甚至爬不到那只供犯人方便的桶那里去。看守坚持让囚犯们盘腿而坐，他感到每块肌肉都火烧火燎的，真是痛得要命。他没法清洁自己，只能坐在自己的排泄物里。但他现在已闻不到任何气味，因为鼻子已被灼热的香烟烧坏了。有时犯人能吃到米饭，有一次还有个烂鱼头。他努力咽下几口微温的米粥，盯着白垩土墙壁看，上面有英国国旗的涂鸦。他不确定自己在这里待了多久。一天还是两天？

他们又来了，接着又是长凳、毛巾、水、竹条和来复枪托的暴打。他们把水和煤油混合在一起，让他无法吞水下肚，只能呕吐。水里还放了胡椒，让他感到有火在烧。他们不停地倒，倒，倒……

肮脏的居住环境在晚上带走了同牢房一位狱友的生命。是疟疾、坏血病还是痢疾？乔·法伦的四肢已失去知觉。他挨打受冻，忍受剧痛，同时还没有饭吃。他沉下心来，尽可能让思绪远离痛苦、呻吟、老鼠和尖叫。他把眼睛挤成一条缝，让思绪四处游走，直到再也感觉不到肠子的抽筋、生殖器的烧伤、腿部的疼痛。他忘掉下巴上那片陌生的胡茬，要知道乔·法伦是一个从十五岁起就每天刮脸的男人。他的手指很疼，因为指甲都被拔掉了，要知道乔·法伦也是一个十年来每周必去"小俄罗斯"修指甲的男人。他的思绪越飞越远，让他再也闻不到汗水和粪便的味道。他去了另一个地方。

他忆起旧日时光，回溯人生旅程。他回到利奥波德城的街道、维恩莱蒙德剧院的廉价货摊和普拉特的餐厅。他看到了从的里雅斯特到新加坡再到阿德尔菲的漫长旅程。他穿着从裁缝托姆斯那里定制的六十美元一套的燕尾服，在大华饭店一众客人面前翩翩起舞。聚光灯打在他身上，而老怀蒂·史密斯在指挥乐队。接着是五福弄的日子。然后他看到了阿斯托里亚、东爪哇、马尼拉、横滨，但他的思绪最后总是回到上海。"富丽秀"、百乐门及那里的"宝贝"、法租界、逸园、法伦夜总会旋转的轮盘、他睡过的上千个歌舞女郎……以及内莉。内莉的微笑、大笑、怒火、脾气、叫床声、他们共度的时光，还有娇兰"蝴蝶夫人"的微弱香味。从新加坡到上海，两人的人生轨迹纠缠不清。他们一起在舞池起舞，一起睡在那间只供应冷水的老公寓的床上。后来他们在现代化的公寓里度过了更舒心的日子。他看到翩翩起舞的内莉、在舞池中滑行的内莉。内莉……现在已经离开，没人知道她去了哪里。

* * *

乔的朋友设法跟大桥集中营交涉，日本人出了个价，那位朋友同意了。1941 年 12 月 15 日，一辆黑色的大型轿车从实行灯火管制的街道冒出来，停在大桥集中营外面。两位穿着厚大衣的欧洲男子下了车，匆匆进楼。驾驶座上还留了一个人，且车没有熄火。在楼里，他们报上姓名，递过一袋现金，进入等待状态。过了一会儿，一个没穿衣服的人被扔在他们脚下，身上仅盖了条旧毯子。看着这个经营了"歹土"上最大的夜总会及上海有史以来最大的赌场的人，他们几乎认不出来。他满身瘀伤，肚腹鼓胀。他们轻手轻脚地将他裹在那条毯子里，抱出门，抱上那辆等在外面的轿车。

没人知道他到底是在大桥集中营里去世的，还是随后在汽车的后座上咽了气。可以肯定的是，当那辆车沿着四川北路驶去，穿过大桥回到公共租界的中心区时，乔·法伦已经去世了。

尾声　陷落的城市

　　这座城市被征服了。日军顺着外滩行军，沿着南京路和静安寺路向大西路挺进，然后离开这片区域，进入被占领的华界腹地。宪兵队焚烧"歹土"上的棚屋，借着火光取暖。在原来是赌场、夜总会、毒窟和彩票棚屋的地方，他们为军队建起兵营。士兵拥入城市，随后他们将向中国内陆进发，试图消灭重庆国民政府的最后一批残兵。

　　汪精卫和他的 76 号暴徒认为，国民党的游击队正躲在法华村里。伪军搜查了贫民窟，而重庆方面的枪手射杀了其中三人。宪兵队挥舞着军刀在伪军后面助阵。他们占领了毒品棚屋和"钉棚"，把"咸菜阿毛"的尸体举起来扔进河里。但在这之前，他们先砍下了他的头颅，挂在一根竿子上示众，提醒大家别想在他们治下的上海耍两面派的花招。

　　在花园桥另一边的虹口，"小东京"不断扩张，吞并了汇山路和百老汇路。日本水兵打仗归来，妓女和经营私酿烧酒的小酒馆因此数量激增。外滩上，那些一度受人尊敬的欧洲人的金属雕像被拆成碎片。原属法租界的外滩区域成为日本人江上巡逻船的停泊地。更多日本士兵在浦东码头下船，前来监管这座被征服的城市。

公共租界现在成为东京政府所谓的"大东亚共荣圈"的战略支点。日本官员聚集在外滩曾属于精英人士的上海总会的台球桌边。为了迁就他们的身高，台球桌的桌腿都被锯掉了一截。他们把犹太难民圈禁在虹口，并为这些不幸的无国籍者设立了一处隔都。同盟国的侨民也被关进类似的集中营。大西路上的阿什集中营①容纳了五百人，闸北集中营里挤了一千五百人。美国乡村总会集中营里关的人成百上千，海防路的集中营里还有更多人。浦东接收了两千人，杨树浦的人数与浦东相仿。愚园路的集中营里有一千人，龙华的老机场还关了两千人。极少数的幸运者很不体面地争抢红十字会最后一艘疏散船上的位置，那些不太幸运的人则被装进卡车运到大桥集中营。

---

① 即沪西第二集中营。——译者注

恶魔之城：日本侵华时期的上海地下世界

太平洋好似一只煤气罐，珍珠港则是那个点火开关。珍珠港事件后，战争全面爆发。在接下来的几年中，战火将从日本的北海道烧到澳大利亚的达尔文。世界还将见证巴丹半岛和关岛的残酷战场、马尼拉的万人坑和马来亚丛林里的杀戮。巷战在香港爆发，这座城市最后于圣诞节那天战败投降，落入敌手。英国国旗降下，太阳旗升起。曾经战无不胜的英国皇家海军在新加坡海域饮恨，这次战败和美国舰队在珍珠港的惨败一样令人震惊。在此后数年中，战争和屠杀接踵而至，直到轰炸引起的大火席卷东京，"小男孩"和"胖子"登场。广岛和长崎的摧毁最后彻底终结了东京的梦想。到那时，属于老上海的那一个世纪走到了历史终点。那段岁月的流逝速度之快令人想起了鸦片枪喷出的蓝色烟雾，而正是鸦片这种邪恶的物质推动了上海公共租界的诞生。而现在，这里的一切都与从前的那座恶魔之城不同了。

上海沦陷之时，杰克·拉莱正在麦克尼尔的囚室里掷骰子。与此同时，萨姆·提特尔鲍姆在两层楼下的牢房里假惺惺地说些怀旧的废话。乔·法伦躺在虹桥的一处乱葬岗中，坟前不见墓碑。公共租界没有了，法租界没有了，虹口的下等酒馆和低级舞厅没有了，"歹土"没有了，老上海没有了，没有了，没有了……

　　魔鬼已经赢得了这座城市。群狼一拥而上，尽情享用弱者的血肉。扬子鳄匆匆吞吃人类的尸体。鸦片鬼漫步游荡。鬼火在城市被攻陷的壁垒上跳舞。

后　记

　　乔·法伦被埋在上海一处无碑的墓穴里。法伦夜总会被关闭、取缔、洗劫，最后甚至被拆为平地，没有留下一丝痕迹来证明它曾经的存在。从名为《重建》（*Aufbau*）的纽约期刊上的一则广告可以看出，战争结束后，确实有人打探过乔的下落。《重建》的读者是世界各地讲德语的犹太人，曾登载了大屠杀幸存者的名单，还刊登了无数广告，为的是帮助犹太人与家人团聚，或在战后找到珍爱之人的下落。1945 年 10 月 26日的那则广告是这样写的：

　　　　我们的家庭曾在欧洲蒙受惨重的损失，随后我们从上海收到令人难以置信的消息，说我们尚在海外的亲戚已遭横死：

　　　　我们难以忘怀的父亲、姐（妹）夫、兄弟和叔叔，工程学博士恩斯特·（鲍伯）·利希滕斯坦（曾居维也纳）；我们亲爱的兄弟、姐（妹）夫和叔叔，上海的乔·法伦（约瑟夫·波拉克）；亲爱的侄子，我们姐妹的儿子，令人难以忘怀的保拉·海因茨·（哈里）·贡达（曾居维也纳）。

埃尔泽·利希滕斯坦，（娘家姓）波拉克，现居纽约长岛阿米提维尔劳登大道 123 号。

保罗·斯蒂芬·利希滕斯坦，现居巴勒斯坦。

马克思·波拉克和卡罗琳·波拉克，现居伊利诺伊州西斯普林菲尔德南格兰德大道 101 号。

奥托·波拉克和罗丝·波拉克，现居纽约市第 99 街 317W 号。

……以及所有其他亲属。

* * *

我曾四处寻找波拉克家族的成员，却发现作为维也纳犹太人，他们中的大多数人已在大屠杀中丧生。然后有一天，英格兰的雅基·米尔斯（Jacqui Mills）给我发了一封电子邮件。她是法伦的亲戚，之前一直想知道叔叔约瑟夫或乔的事，想知道他后来怎么样了。原来，乔的一个兄弟从纳粹占领下的奥地利逃了出来，跑到英国，定居在西南某郡，成为一个成功的打字机推销员，在英国的安定环境中撑起了一个家庭。但在我开始为写作本书进行调查之前，乔·法伦的家人并不知道他的真实命运，也不知道他在上海悲惨赴死的情形。

四十五岁的杰克·拉莱被定罪后，首先要为他在上海的所作所为服刑十八个月。刑满后他被移交给麦卡莱斯特，因为在他当初被判处的刑期中，他还欠二十三年没有服完。1942 年 8 月，他以入伍上战场为条件，向俄克拉荷马州州长申请赦免。这在当时是个很受欢迎的策略，很多被判处长期徒刑的人都做过此类尝试。州长并没有批准杰克·拉莱参军。然而，杰克于 1942 年 8 月 17 日获得赦免，成为战时特赦的受益者之一（好些州都推行了这种政策）。他走出麦卡莱斯特监狱（只在里面待了五十二天），成了自由人。杰克又一次走了运。法尼·艾伯特/约翰·贝克尔/杰克·拉莱走出狱门，从此销声匿迹。他是否会有新的化名？是否会去新的州或新的国家，从事新的犯罪行当？

萨姆·提特尔鲍姆戴着手铐，坐船离开上海。他乘坐的是美国海军的一艘军舰，当时它完成了在长江上的值勤任务，要返回加州。在旧金山，萨姆换乘了一艘为美国监狱服务的小艇，随后被带到麦克尼尔岛，服他为期两年的刑期。当杰克·拉莱自由地离开麦卡莱斯特时，提特尔鲍姆仍在服刑，还被关在麦克尼尔的牢房里。美国法庭从未真正查明他的身份。《密勒氏评论报》锐意改革的记者兼编辑鲍威尔曾深挖此事，了解到了当局已掌握的信息。华盛顿特区的联邦调查局认为提特尔鲍姆大约三十二岁，可能来自五大湖区，之前在纽约市面临多种指控（包括巨额盗窃罪）并被认定有罪，曾在佐治亚州亚特兰大监狱服刑。但也许那也是另一个人？

"歹土"完全落入日本人之手，帮派人士都各自散开了。传说托尼·佩佩托南下去了澳门，最后回到葡萄牙。在杰克·拉莱被定罪后不久，大家认为永远忠心的米基·奥布赖恩就离开了上海。奥布赖恩据传是美国海军的逃兵，因此他可能跟杰克·拉莱一样用了化名。施密特（大家有时也叫他史密斯）是德国公民，可能名为迪特尔（Dieter）。在珍珠港事件发生后，他不必进入集中营，但似乎在杰克被捕后他就从人们的视线中消失了。艾伯特·罗森鲍姆也难觅踪迹。工部局警务处曾上报说罗森鲍姆在 1930 年代第一次抵达上海时是个做跨国生意的毒品贩子，且"小尼基"马丁·尼科尔森曾经很想逮捕他。"小尼基"很确定他曾在墨西哥城、纽约和上海之间汇钱，却无法据此给他定罪。二战后，有个名叫艾伯特·罗森鲍姆的人的确曾向联合国善后救济总署（United Nations Relief and Rehabilitation Administration）在上海的办公室申请去美国的签证。但在战后犹太难民的圈子里，有太多名叫艾伯特·罗森鲍姆的人想要获得赴美签证了，因此没法确认那人的身份。

上海沦陷期间，唐·奇泽姆在这座城市里过着自由自在的生活，继续开展亲东京的宣传工作，同时在日本人的支持下发行《购物新闻》。他被称为"上海的哈哈勋爵①"。然而，日本人也逐渐厌恶他，最后把他扔进

---

① "哈哈勋爵"指在美国出生的英国籍广播员威廉·乔伊斯（William Joyce，1906～1946 年），二战期间负责纳粹德国的对英广播宣传工作。——译者注

上海的海防路集中营。在那里，他被日本看守和集中营里的美国同胞先后殴打。1945 年上海光复后，奇泽姆被逮捕，并被美国人羁押在大桥集中营里（现在受美国人控制）。他在那里度过了痛苦的十个月，直到 1946 年 8 月他终于熬不下去了。奇泽姆仍然斗志昂扬，向美国军方提出了法律质疑，因为美国军方将他单独监禁了这么久，却没有提出任何具体指控。美国司法部尽管认为他是 A–1 级别的叛国者，但还是下令释放他而没有提出指控，他立即离开了上海。奇泽姆的电台搭档赫伯特·莫伊似乎是法西斯主义的忠实信徒，而不是奇泽姆那样的机会主义者（很多人都这样看奇泽姆）。纳粹在欧洲战败的消息在上海宣布的当天，他就从 XGRS 电台的播音室窗户跳下去，自杀身亡。

比尔·霍金斯计划离开，但疏散船只少之又少，直到日本人入侵上海公共租界，他都未能取得成功。珍珠港事件后不久，他在上海去世。从 20 世纪初起，他就在公共租界运营轮盘赌。上海另一位犯罪老手、美国人斯图亚特·普赖斯在珍珠港事件爆发时已年届七十，战争开始后他被日本当局投入集中营。自 1904 年以来，他就是上海法庭的常客。

步维贤于 1945 年在上海去世。他的儿子乔治是"自由法国"的一位抵抗战士，在法国光复后回到上海。乔治后来因金融犯罪的罪名被中国政府逮捕，然后被剥夺财产并驱逐出境。加西亚和步维贤开办的逸园在 1951 年曾被中华人民共和国用来关押反革命分子。过去人们曾在观众席上为灰狗喝彩，现在许多嫌犯在此接受审讯并被判处死刑。

人称萨姆的沙洛姆·莱维，也就是杰克·拉莱在上海的第一位雇主在日本人占领公共租界期间，仍然经营着"维纳斯"。萨姆曾和他的小姨子京吉一起开办了"维纳斯"，但后来他们似乎大吵一架，从此闹掰。萨姆用一笔钱打发走京吉后，就开始一个人经营"维纳斯"。珍珠港事件后，他被迫关门。作为一位伊拉克公民，他没有被投进集中营，但他的活动受到严格限制：若非必要，不得离家。上海光复后，萨姆去了巴勒斯坦，最后成为一位以色列公民。晚年时他的健康每况愈下，部分原因就在于战时的中国过于贫困。他于 1950 年代去世。京吉与一位来自亚丁①的姓穆阿利姆

---

① 也门港口城市。——译者注

（Moalem）的男人结了婚。当时亚丁是英国直辖殖民地，因此她凭借婚姻取得了英国公民的身份。这家人被日本人关进龙华集中营。战后他们搬到澳大利亚，在悉尼定居。

在1938年他的姐夫阿尔·伊斯雷尔被杀害后，"恶魔"瑟曼·海德继续经营"德尔蒙特"，直到1940年停业。他回到美国，于1951年在加州中部的夫勒斯诺市（Fresno）去世。"德尔蒙特"一度成为"歹土"上门窗紧闭的废屋。1941年12月，住在它附近的十一岁少年J. G. 巴拉德（J. G. Ballard）壮起胆子走进这栋内部已残破不堪的建筑。后来他出版了畅销书《太阳帝国》（*Empire of the Sun*），讲述了上海沦陷期间和战时集中营里的故事。书中，他回忆了当时看到的地板上的破烂轮盘赌台和倒塌的雕像，说那些雕像看起来仿佛来自凡尔赛宫的花园。日本人于1942年炸毁"德尔蒙特"，为修建新的兵营清出空地。工地上的中国劳工偷运炸药，炸毁了新建的兵营，造成许多日本士兵死亡。在随后的混乱中，几乎所有的劳工都加入了游击队，投奔了重庆国民政府。

1942年，人称萨沙的亚历山大·维金斯基与利季娅·弗拉基米罗芙娜·齐拉加瓦（Lidiya Vladimirovna Tsirgava）结婚。维金斯基时年五十三岁，而出生于哈尔滨的利季娅还不满二十岁。他们相识于 1940 年，从那时开始秘密约会。他们的长女玛丽安娜（Marianna）于当年晚些时候出生在一列离开上海的火车上。火车最终抵达苏联与中国东北的交界处。维金斯基于 1920 年离开苏俄，在 1943 年返回。他的归乡归功于苏联高级领导人莫洛托夫的亲自过问。维金斯基曾是斯大林最喜欢的歌手，据说斯大林拥有他 1920 年前发行的所有录音带。斯大林对维金斯基音乐造诣的喜爱及后者的国际名声在某种程度上能保证维金斯基回国后的人身安全。尽管如此，那个年代仍然很危险：1948 年，在一次针对知识分子的"大清洗"中，维金斯基被安德烈·日丹诺夫列入黑名单。然而，据说斯大林曾亲自将他的名字从清洗名单中划去。维金斯基在苏联举办了两千余场音乐会，同时还在许多苏联电影里露脸，经常扮演革命前的贵族——他标志性的单片眼镜仍牢牢地待在该在的地方。他的女儿玛丽安娜和安娜丝塔西娅（Anastasiya）都成了苏联的电影明星。

也许最后一次提到维金斯基的书面记录是杜鲁门·

卡波特①的作品《缪斯入耳》（*The Muses Are Heard*），
里面描述了维金斯基的悲惨境遇。在《缪斯入耳》中，
卡波特称维金斯基为"内维斯基"（Nervitsky），并说
是在 1956 年的列宁格勒遇到了他们两口子。卡波特说，
利季娅"讲英语时带着矫揉造作的优雅，一种伊莉
莎·杜利特尔②式的牵强附会的精确"。对她丈夫的描
述则是"低吟歌手"，一位"比她年纪大一倍的绅士，
六十多岁，是个虚荣的男人，想必之前是个英俊小生。
但他现在大腹便便，下巴的线条已经垮了。他当时化了
妆——擦了粉，描了眉，抹了腮红"。维金斯基/内维
斯基告诉卡波特："我是内维斯基，俄罗斯的平·克劳
斯贝③。"卡波特继续讲述道，利季娅试图从自己和朋
友那里买冬天的外套。这次见面后不久，维金斯基于

①　杜鲁门·卡波特（Truman Capote）是美国文学怪才，代表作有
　　中篇小说《蒂凡尼的早餐》。——译者注
②　伊莉莎·杜利特尔（Eliza Doolittle）是萧伯纳的喜剧《卖花女》
　　中的女主人公。故事中，伊莉莎这个出身贫寒的卖花女在语音
　　学教授希金斯的训练下，于半年后脱离了原来的粗鄙，获得了
　　上流社会的认可。奥黛丽·赫本主演的《窈窕淑女》便改编自
　　这部作品。——译者注
③　平·克劳斯贝（Bing Crosby）的原名是哈里·里利斯·克劳斯
　　贝（Harry Lillis Crosby），他是 20 世纪的美国著名歌星、笑星、
　　影星。——译者注

1957 年在列宁格勒的阿斯托里亚酒店（Hotel Astoria）去世。利季娅于 2013 年在莫斯科去世，享年 91 岁。布比曾作为女友在上海陪伴了维金斯基很久，可她的命运不为人知。她可能姓福米尼赫（Fominykh）或福米尼（Fominyh）。传说她离开上海后去了香港，但无法证实这种说法的真伪。

伊芙琳·奥列加虽然有个俄罗斯人的姓氏，但她其实出生于英国。她似乎在珍珠港事件后于上海待了很长一段时间，也许住在法租界里。虽然有传言说她与轴心国在上海的几个主要官员保持了密切关系，但她仍于 1944 年 8 月前后被日本人逮捕，并被关进所谓的"闸北民众集合中心"。没人知道战争结束后她去了哪里。

那个时期的许多回忆录都提及博罗维卡医生，特别是巴克·克莱顿的自传《巴克·克莱顿的爵士世界》（*Buck Clayton's Jazz World*）。实际上，他很可能是卢多维奇科·博罗维奇卡（Ludovicko Borovicka）医生，出生于奥地利；但严格来说，自第一次世界大战后奥匈帝国崩溃，他就成了意大利公民。1941 年 1 月，这个博罗维奇卡因违反移民法规在美国被捕并被拘留。他被移交给蒙大拿州的密苏拉堡（Fort Missoula），那是美国人在二战期间关押被拘禁的德国和意大利国民的地方。在美国移民归化局的记录中，这位五十岁的博罗维奇卡是位训练有素的临床医生，精通德语和英语，对性病、结核病、癌症和热带疾病有研究兴趣。随后，他被转移到北达科他州的林肯堡（Fort Lincoln），一个类似的轴心国国民集中营，他接管了那里的医疗事务。据报道，他很快就赢得了病人和移民归化局管理人员的信任。为奖励博罗维奇卡，美国政府按照拘留所看管人员的标准，每周发给他两美元五十美分的工资，其良好的医疗服务曾受到表彰。

似乎在珍珠港事件爆发后，巴贝·萨德利尔就与所有人都失去了联系。后来她的人生轨迹被永远保留在鲍伯·帕特森（Bob Patterson）为《时尚先生》（*Esquire*）杂志撰写的一篇文章中。文章的标题很简单，就是"巴贝"这个名字。帕特森〔有时用笔名弗雷迪·弗朗西斯科（Freddie Francisco）〕是上海《大陆报》的一名记者。他说最后一次传来的消息称她去了中国内地，奔向重庆国民政府的势力范围。当被问及她的下落时，国民党当局回答说"还在调查"。尽管帕特森试着在战后寻找她的踪迹，但从未有人找到她。有谣言传回帕特森耳中，说她已经在广阔的中国大地上除上海以外的某个地方去世了。虽说她自称是因为差点儿在旧金山一场械斗中杀掉另一个女子，才来到了上海，但帕特森在和旧金山警察局核实后发现，他们并未公开逮捕她，也从未因任何犯罪嫌疑搜寻她。也许她本来不必到中国的沿海城市当交际花。

约翰·克赖顿和他的妻子朱丽亚被日本人投进上海的愚园路集中营①，那里的囚犯多为前法租界和公共租界警务处的雇员。战争快要结束时，愚园路的羁押者被转移到杨树浦集中营。这处监狱大院的围墙有十二英尺高，里面是五栋破烂的、鼠患严重的两层楼建筑。由于这里紧邻上海的主要煤气厂、自来水厂、日本军营和军火库，1945 年在这座城市获得光复的过程中，这处集中营面临着被同盟国轰炸的危险。战后，克赖顿成为东南亚战争罪行调查组（South East Asian War Crimes Investigations Unit）的数名警务处侦探之一，在苏门答腊岛和缅甸工作，调查日本人的战争罪行。克赖顿于 1947 年迁居香港，并于 1950 年代晚期去世。克赖顿的

① 即沪西第一集中营。——译者注

上司、工部局警务处总巡包文于 1941 年 8 月中旬离开
上海休长假，与他的家人一起在加拿大度假。之后他再
也没有回到上海；战时他主要在英国陆军的情报部门工
作（大多数时间待在印度）。随后他在加拿大皇家骑警
队（Royal Canadian Mounted Police）得到了一个职位，
并于 1968 年在加拿大安大略省的莱姆豪斯（Limehouse）
去世。

财政部专员"小尼基"，也就是马丁·尼科尔森，
在他的上海办公室里因心脏病发作猝死，仅仅几天后珍
珠港事件爆发。当日本人接管整个上海时，他的尸体仍
躺在殡仪馆无人认领。鲍威尔（他本人也在大桥集中
营里惨遭宪兵队的残忍折磨）写道："也许'尼克'逃
过了'小日本'，算是很幸运的，因为他追缉到的国际
毒品走私犯中有许多日本人，可能比财政部缉毒部门的
任何人抓到的日本人都多。我多年以前就认识了尼科尔
森，曾多次在傍晚到他家里做客。他讲述过自己与孤注
一掷的毒品走私犯斗争的冒险经历。最近有三个臭名昭
著的帮会分子在新新监狱①被处决……这是财政部派驻

---

① 位于美国纽约州。——译者注

上海的专员马丁·尼科尔森秘密工作的成果，他揭露了他们是跨国毒品链条中的一环。"在新新监狱被处决的三个犯人之一是路易斯·布切尔特，也就是那个尼科尔森提供证据，证明其与上海"歹土"的鸦片走私有关的利普克。

战后，土肥原贤二因战争罪被远东国际军事法庭起诉。据透露，作为日本陆军的司令和"对华特别委员会"的成员，他曾投票赞成袭击珍珠港。1948 年 12 月，他获得有罪判决，被判处死刑，死在绞刑架上。1944 年 11 月 10 日，日本人扶持的傀儡统治者汪精卫在日本接受治疗时去世，从而避免了因叛国罪受审。他属下许多从战争中幸存下来的高级官员被判处死刑。

那位差点让乔·法伦和内莉的关系完全破裂的拉瑞莎·安德森大约于 1912 年出生在哈尔滨。她继续在上海各种各样的卡巴莱歌舞厅跳舞。1940 年，她甚至被维克多·沙逊爵士雇用，在华懋饭店的塔楼总会成为人们的关注焦点。她的经纪人说她是 1940 年上海薪水最高的舞者。结束在上海夜总会的职业生涯之后，她把注意力集中到了她真正感兴趣的写诗活动上。拉瑞莎嫁给了一个名叫莫里斯·查兹（Maurice Chaize）的上海法国侨民，并于 1940 年出版了一本诗集，书名为《尘世间的草地上》（*On Earth's Meadows*）。在《我沉默，只因为……》这首诗中，她写道：

> 我为三教九流的外侨跳舞，
>
> 在剧场、俱乐部和卡巴莱舞厅。
>
> 我的舞蹈被人誉为
>
> 异国之舞。

战争期间和战争结束后，这对夫妇住在西贡和大溪地，随后搬到法国上卢瓦尔省（Haute Loire）的伊辛杰区（Yssingeaux）。拉瑞莎·安德森·查兹于 2012 年在法国去世，她被公认为两次世界大战之间，中国的俄罗斯流亡者圈子中最优秀的诗人之一。

内莉·法伦的最终归宿是个谜。

上海新旧地名对照表

曾用名	现用名
爱文义路	北京西路
倍开尔路	惠民路
白利南路	长宁路
百老汇路	大名路
东百老汇路	东大名路
静安寺路	南京西路
迈尔西爱路	茂名南路
朱葆三路/"血巷"	溪口路
公馆马路/法大马路	金陵东路
康脑脱路	康定路
古拔路	富民路
狄思威路	溧阳路
杜美路	东湖路
巨泼来斯路	安福路
忆定盘路	江苏路
爱多亚路	延安东路

曾用名	现用名
法华村	法华镇路
小沙渡路	西康路
福煦路	延安东路
戈登路	江宁路
大西路	延安西路
海格路	华山路
西爱咸斯路	永嘉路
华记路	永定路
极司菲尔路	万航渡路
霞飞路	淮海中路
江西路	江西中路
开纳路	武定西路
辣斐德路	复兴中路
"爱情弄"	吴江路
麦根路	淮安路
麦特赫斯脱路	泰兴路
博物院路	虎丘路
南京路	南京东路
雷米路	永康路

曾用名	现用名
亚尔培路	陕西南路
罗别根路	哈密路
施高塔路	山阴路
西摩路	陕西北路
山东路	山东中路
圣母院路	瑞金一路
薛华立路	建国中路
地丰路	乌鲁木齐北路
惇信路	武夷路
华龙路	雁荡路
华德路	长阳路
汇山路	霍山路
虹口公园	鲁迅公园
兆丰公园	中山公园

致　谢

　　有许多人贡献了《恶魔之城》讲到的老上海的轶事和故事。这些人包括 Robert Bickers（掌握着有关上海公共租界工部局警务处的大量知识）、Douglas Clark（理解上海迷宫般的司法系统）、Andrew Field（曾对上海城市舞厅文化进行深入调查）、Fred Greguras（研究过驻上海美国海军陆战队第四团）、Katya Knyazeva（掌握有关上海白俄圈子的详尽知识）、Greg Leck（了解战争期间中国被关押的同盟国平民的大量细节）和 Sue Anne Tay（其文章和照片揭露了上海"慰安所"的真相）。还要感谢以下长期居住在上海的外侨：Graham Earnshaw、Duncan Hewitt、Peter Hibbard、Tess Johnston、Ned Kelly、Lynn Pan、Bill Savadove 和 Mike Tsang。

　　我要感谢 George Krooglik，他的父亲 1941 年在上海公共租界工部局警务处工作，是警务处防暴组的一员，他的母亲则是美琪大戏院的一位引座员。乔·法伦的侄孙女 Jacqui Mills 是波拉克家族的一员，该家族最后定居于英国。她一直想知道那个"有辱门楣的人"身上究竟发生了什么事。我很高兴她联系我，让我对乔有了更中肯的新认识。京吉·穆阿利姆的娘家姓是加扎勒（Ghazal），她曾是萨姆·莱维在"维纳斯"的合作伙伴。她的儿子，住在澳大利亚的 Dan Moalem 慷慨地与我分享了信息和照片。住在加州的 Vera Loewer 也是如此，她的父母是瓦夏·伊万诺夫和克拉拉·伊万诺夫。前者在百乐门的白俄室内乐队吹单簧管，后者则是"百乐门宝贝"之一。他们是这一切的见证人。可怜的戴西·西蒙斯（在错误的时间出现在错误的地点）的远亲 Steve Gensler 也贡献了一些细节。Vadim Zaliva 允许我读 George Radbil 的回忆录。后者于 1930 年至 1946 年住在上海，是极斯菲尔俱乐部的雇员。该俱乐部位于"歹土"愚园路 1484 号，他是那里 1938 年至 1940 年的收银员兼经理。他的回忆录中有关于亚历山大·维金斯基和布比·福米尼赫的记忆。Daphne Skillen 是阿斯托里亚面包房及虹口百老汇路一家茶室的业主 Kyriaco Dimitriades 的女儿。在伦敦北部的海布里（Highbury），我和她一边喝茶一边吃蛋糕，她亲切地与我分享了她关于老上海的珍贵记忆。艾利·韦勒的亲戚 Jim Cunningham 长久以来被他极有趣的先辈深深吸引。他大方地与我分享韦勒在中国令人称奇的经历的细节，并出示照片作为佐证。遗憾的是，本书篇幅有限，我无法完整叙述艾利的精彩生活和时代。任何想要在此人有趣的生平中找到有价值主题的人，可不必在本书上浪费时间了。

我还必须感谢伟大的汉学家魏斐德（Frederic Wakeman，1937~2006 年）对上海"歹土"的研究。他的著作《上海警察》[*Policing Shanghai, 1927 – 1937*（1995）] 和《上海歹土：战时恐怖活动与城市犯罪》[*The Shanghai Badlands, Wartime Terrorism and Urban Crime 1937 – 1941*（1996）] 使我第一次对上海历史的这个侧面产生了兴趣。我要感谢大英图书馆、香港大学图书馆和上海图书馆典藏中心的员工。还要感谢伦敦图书馆（London Library），我在那里完成了本书的大部分内容。

我要感谢 Jo Lusby 耐心地等待本书。北京企鹅的 Patrizia Van Daalen、Lena Petzke 和 Anya Goncharova 对

本书的出版亦有贡献。感谢澳大利亚企鹅的 Nerrilee Weir 负责处理版权事务。我谨向纽约 Picador 公司的 Stephen Morrison 和伦敦 Riverrun 公司的 Jon Riley 深表感谢，感谢他们的支持和建议，感谢他们成为我的出版商。特别要感谢墨尔本的 Arwen Summers 和纽约的 Emily Murdock Baker，他们两人一起编辑了我的手稿，能和他们一起工作非常愉快。我还要特别提一下我的出版经纪人 Clare Alexander，在伦敦 Aitken-Alexander Associates 工作的 Lesley Thorne，以及在 Kudos Film and Television 工作的 Sue Swift、Diederick Santer 和 Ollie Maddenc 对我的支持。

图书在版编目（CIP）数据

恶魔之城：日本侵华时期的上海地下世界／（英）
保罗·法兰奇（Paul French）著；兰莹译. -- 北京：
社会科学文献出版社，2020.7
书名原文：City of Devils：A Shanghai Noir
ISBN 978 - 7 - 5201 - 6567 - 9

Ⅰ.①恶…　Ⅱ.①保…　②兰…　Ⅲ.①纪实文学 - 英
国 - 现代　Ⅳ.①I561.55

中国版本图书馆 CIP 数据核字（2020）第 069718 号

恶魔之城：日本侵华时期的上海地下世界

著　　者／［英］保罗·法兰奇（Paul French）
译　　者／兰　莹

出 版 人／谢寿光
组稿编辑／董风云　李　洋
责任编辑／廖涵缤　　文稿编辑／王洪洁

出　　版／社会科学文献出版社·甲骨文工作室（分社）
　　　　　（010）59366527
　　　　　地址：北京市北三环中路甲29号院华龙大厦　邮编：100029
　　　　　网址：www. ssap. com. cn
发　　行／市场营销中心（010）59367081　59367083
印　　装／北京盛通印刷股份有限公司

规　　格／开　本：889mm × 1194mm　1/32
　　　　　印　张：14.75　插　页：0.625　字　数：225 千字
版　　次／2020 年 7 月第 1 版　2020 年 7 月第 1 次印刷
书　　号／ISBN 978 - 7 - 5201 - 6567 - 9
著作权合同
登 记 号／图字 01 - 2020 - 2954 号
定　　价／72.00 元

本书如有印装质量问题，请与读者服务中心（010 - 59367028）联系